U0906752

捎话

刘亮程 著

译林出版社

目　录

人物表

谢：毗沙小母驴

库：毗沙国翻译家，捎话人

莎：库的妻子

德：毗沙西昆寺昆门

妥觉：黑勒人妥的头和毗沙人觉的身体错缝在一起的鬼魂

乔克努克：毗沙国孪生将军

买生：黑勒国前桃花昆寺昆门，后桃花天寺天门

卡汗：黑勒国王

黑丘：黑勒公马和丘兹母驴交配生的马骡子

第一章　西昆寺

扁

从门缝看塔是扁的。塔后高耸的院墙是扁的。围坐塔下的昆门徒是扁的。香炉和烟是扁的。嗡嗡的诵经声响起来，声是扁的，像浮尘像雾，裹着昆塔一层层攀升，升到金灿灿的塔尖时，整个昆塔被诵经声包裹。那声音经过昆塔有了形，在塔尖上又塑起一层塔。一座声音的塔高高渺渺立在裹金的昆塔之上。诵经声又上升，往声音的塔尖上再层层塑塔。越高处的塔就越扁，越缥缈。

她每天站在门后看，这扇从未打开的木门上裂了一个缝，像一只扁长眼睛。她能看见声音的形。天蒙蒙亮，昆门徒在塔下扫树叶的唰唰声，像一片片大叶子在飘。昆门徒知道自己在扫声音的叶子，他们不急，一下一下地挥动芨芨草扫帚，让每一声都圆满而去。东边村子的鸡鸣像衲衣的细密针脚，每个黎明的鸡鸣给寺院纳一件声音的金色蔓纱。北边毗沙城的狗吠是块状的，“汪、汪”的狗吠在朝远处扔土块，扔到西昆寺上空变扁了，成叶片儿，在诵经声塑起的层层高塔间飘，在眼看亮起来的沙漠旷野上飘，飘到快没声时被下面村庄的狗吠接住。一个又一个村庄的狗吠在大地上接连起来，一直接到北边的丘，西边的黑勒。

她常听身旁的驴说起黑勒。“黑勒人改宗不吃驴肉了，在那里，驴可以一直活到老，不用担心被人宰掉。”都是黑勒毛驴捎来的话。黑勒城的毛驴把话传给进城驮货的乡下毛驴，乡下毛驴站在村头往另一个村子叫，另一个村子的驴接着往更远的村子叫。一夜工夫，一句驴叫从黑勒传过英噶莎尔、渠莎、西叶、固玛，传到毗沙城外的大小村落。第二天，赶早市的乡下毛驴又把话嘀咕给城里毛驴。驴都知道黑勒和毗沙在打仗，有关黑勒的言论只能交头接耳地说。

以前，西昆寺的诵经声也在一个又一个村庄城镇的昆寺间传诵，一直传到英噶莎尔神木寺、黑勒桃花寺。现在，那些寺院有了不一样的声音。驴很早就听出那些寺院里传出不一样的诵经声，驴耳朵长。西昆寺的声音在毗沙界外被另一个声音截断，西昆寺的诵经声就往高处传，传到高处的声都是扁的。

她左眼贴门缝看一阵，又换右眼看。左眼看熟的人，右眼一看又觉得生。我要一直在门后待下去，门板上的裂缝会变大，大到门一样，我直直出去，静悄悄坐在诵经的昆门徒中间，不说话，不让他们看见。这样想时她已经坐在那里，在门板的前一个口子裂开时她就在那里。后一个口子开裂前又合住，她被关进圈里，成了一头小母驴。她知道自己小，一个小姑娘的小。她正长身子，长毛，在这个比驴圈高大的黑暗房子里，她静悄悄地从门缝看了好多天，把外面的一切都看扁了。

走来两个人，一个是侍候她的德昆门，寺里昆门徒都这样称呼他。另一个满脸胡子，脸扁长。看第二眼时觉得那人熟，像在哪见过，闭眼想想，又觉得第二眼里想起的是第一眼里的形，两眼间的印象仿佛隔了一年。

长胡子在塔下站住，望塔尖。那个仰望的脸她确实在哪见过。

德昆门走一段回过头，见长胡子站在塔下仰望，德昆门也仰头望。望是扁的。那个长胡子一定望见塔尖上空层层叠叠的塔了。那是她的望。在这个扁长门缝后面，她独自望了多少个早晨的声音之塔，也被一个人望见了。她突然一阵冲动，血往喉管涌，嗓子里像有一头发情的驴在狂奔。

“昂……昂叽。”

只叫出半句，她被自己的鸣叫吓住。那叫声轰地涨满屋子，从门缝，从看不见的墙隙喷涌出去，在屋外的寺院里来回震荡。然后又被四周高高的院墙拢起来，被高竖的昆塔扶起来，有模有样地竖立在半空。在那个仰脸望天的长胡子眼里，一座驴鸣的巨大昆塔在空中骤然现形。他一定看见了驴鸣的形，看见由诵经声塑起的重重高塔之上，一座驴鸣的大昆塔，更高，更亮，更缥缈。

诵经的昆门徒们扭头看，他们只看见两扇紧闭的门，看不见门缝和后面的一只眼睛，看不见她突然闭住的嘴。看是扁的。在她贴着门缝的眼睛里，一座驴鸣的巨大昆塔，烟一样消散在空中。

高

西昆寺的早晨从半中午开始，黄昏则在半下午早早来临，它高耸的院墙把寺里的白天缩短，夜拉长。库从家赶到寺院门口时，太阳一房高了，进去寺里的太阳还没出来，昆门徒们在高墙的阴影里做早课。西昆寺有五重阴影，墙的，塔的，乌鸦的，昆门徒的和诵经声的。声音的阴影在高墙上头，那些念诵声在垒一堵高墙，一字摞一字，一句摞一句，越摞越高。

库喜欢这座寺院的清晨，早起的昆门徒、译经师和来自东西方遥远地方的昆门徒，在寺院的各个角落做早诵，至少有几十种语言的声音，一部昆经被毗沙语、昆语、黑勒语、皇语、丘语同时吟诵，每一种语言里有一个不一样的昆。西昆寺聚集着来自世界各地不同语言的译经师，昆经从这里被译成无数种语言。一部昆经由此变成无数部。库是寺里的常客，他会说寺里所有译经师会说的语言，每当他脑子里某一种语言寂寞时，就到西昆寺，找会这种语言的人说话。以前城里常有过路的外国人，找上门来让库做翻译。库的师傅去世后，知道语言最多的就是库了。自从毗沙与黑勒的战争爆发后，从西边来的商人少了，西昆寺里汇聚的昆门徒却多起来，诵经声也比以前嘈杂急切。

捎话让他来寺里的德昆门在门里候着，他眯着眼睛，不愿把头伸到外面的太阳里。昨天傍晚，一个骑驴男人头伸到院墙上喊库，妻子莎过去开门，让他下驴进院子。他没下驴，头探在墙头上低声说："西昆寺德昆门让我捎话，说王大昆门请您明一早到寺里去一趟。"王大昆门捎话来，一定有大事。库天刚亮就出城奔西昆寺来，一直走到日上树梢，才走到跟前。

德昆门没睡醒似的，走路和神情都像在梦里。库随他绕过大殿走上昆塔间坑坑洼洼的石板道，整个寺院在厚厚的阴影里，只有那座最高的昆塔尖伸到半空的阳光中，亮闪闪的。库盯着光亮的塔尖看。塔有三十六层，是毗沙国最高的昆塔。西昆寺七十八座昆塔都在墙的影子里，只有它的顶高过院墙，早早伸进阳光里。

围坐在高塔四周诵经是昆门徒每日必做的早课。不同语言的声音围了三层，仿佛昆塔裹了三层声音的纱。塔抖擞起来。库觉得眼前的昆塔比平时高出许多，仿佛那些诵经声从底下将塔托起来，托到一片天光里。

“王大昆门在候您呢。”德昆门的声音像一句梦呓。他回头看他，又仰脸跟着库仰望。

“昂……昂叽。”突然一声驴叫。

塔下诵经的昆门徒朝传来驴叫的那扇紧闭的大门望，德昆门丢下他往驴叫处跑。库依旧仰着脸，他看见昆塔在轰隆的驴鸣里悠地升到云端，又稳稳落下。

库第一次在寺院听到驴叫。寺院不养驴。民间有母驴和昆门徒的故事。毗沙人敬昆，昆门徒和母驴的事儿都推在驴身上。驴的名声不好。但昆门徒出行又离不开驴，昆门和管事都有专用毛驴和驴车，大小昆门徒也有供养人用的驴和车。寺院北坡下的驴车院有上百辆车，几百头驴，供昆寺专用。以前驴车院在寺院后门旁，后来昆门徒嫌驴叫太吵把它移到了坡下面。

昆门徒诵经时最讨厌驴叫。驴叫从空中把诵经声盖住，传不到昆那里。西昆寺的高院墙就是为挡住驴叫而修的。几十年前，寺里的上上任昆门开始修高墙阻挡驴叫，原先的院墙两丈高，昆门下令修到五丈，驴叫还是传进寺院。又修到七丈，驴叫依然传进寺院。往九丈高修时，远近的毛驴都不叫了。据说驴不敢叫了。墙修到五丈高时驴就知道寺院要修一堵高墙挡住驴叫，修墙的砖头全是毛驴从三十里外的砖窑驮来的，好多毛驴驮砖累死。但驴不管，再累也扯嗓子叫。驴跟墙飙上劲了。从五丈到七丈，墙垒了七年，驴对着墙鸣叫了七年。往九丈高垒时驴害怕了。驮砖的驴老远磨屁股，不敢往墙下走。高晃晃的墙让驴恐惧。驴不飙着叫了，驴叫飙到云里，墙肯定垒到云里。驴被人的倔强吓住。驴不叫了，但墙还在往上垒，一直垒到老昆门谢世。

毗沙与黑勒的战争却从此开始。墙垒好的当年秋天，毗沙国收到黑勒王朝的国书，内容是毗沙西昆寺的高墙挡住了黑勒城的太阳。毗沙在黑勒东方，每天早晨，西昆寺高墙的影子伸过茫茫沙漠，伸过塔河、羌河，把阴影笼罩在黑勒王宫，笼罩在黑勒大天寺的金色天顶上，这是毗沙国对黑勒王朝的严重挑衅，毗沙国必须在十日内把西昆寺的高墙拆了。

结果是毗沙国军队和昆门徒在第十日直接开到黑勒。毗沙军早晨从西昆寺的墙根出发，在高墙的影子里，穿过沙漠戈壁，一直西行到黑勒城外，跟城内的昆门徒里应外合，很快攻破城门，把黑勒大天寺拆了，寺院还给昆门徒。大天寺本来就是由被毁的昆寺改建的，墙上没铲净的壁画还在残缺地述说着昆的神迹。那时候库还小，库的师傅作为翻译官参加了那场战争。

“西昆寺的高墙真的挡住了黑勒的太阳？”库问过师傅。

“毗沙和黑勒，是东西方势不两立的两堵高墙，他们都认为对方挡住了自己，都发誓要把对方推倒。”

库的师傅那时就知道这个仗打不完了。他把自己会说的所有语言传授给库，库跟着师傅说着谁也听不懂的遥远地方的语言。仗打到第二十七年，师傅老死了。

放

德昆门急急往这边跑，一个扁身体在门缝里越跑越圆，最后把院墙、塔、塔下的人都挡在后面。

她知道自己嘴长惹事了，德昆门来收拾她。在寺里关了两个月没叫一声，晚上嘴套着笼套，张不开。白天吃草喝水时昆门时刻守在身旁。驴叫前先咳嗽清嗓子，再仰头大喘一口气，然后昂昂叫，德昆门有充足的时间制止，她一咳嗽清嗓子，一根红柳条打在嘴上，连仰头大喘口气的机会都没有。今天她实在忍不住，德昆门又不在身边，嘴一张就叫出声，她被自己的鸣叫吓住，看见一座声音的昆塔巨大地凸显在寺院上空。

以前她看自己的叫声是一道七色虹，尤其夜晚，她站在城墙边对着城外叫，声音的虹飞架在城墙上头。城外很快有驴鸣的虹飞架过来，一时间，无数道彩虹架在夜空。

刚才的叫声却大不一样，半句鸣叫要把寺院胀破似的。没叫出的半句轰隆在喉管里，冲到嗓子口的鸣叫憋回去有多难受，叫声在肚子里翻腾，肚子胀，放屁。屁也不能随便放，憋住，看四周没人了悄声放掉。

人前不放屁，寺前要闭嘴。驴都懂这个，人教出来的。人经常在驴多处教训不懂规矩的驴。主人左手牵驴缰，右手提长鞭，打一鞭，训一句。

“让你嘴长乱叫。”

“让你屁多胡放。”

她亲眼见一头公驴在集市上被活活打死。那驴在国王讲话时突然叫起来，惹得众驴齐鸣，国王的话被盖住，灌进人耳朵的全是昂昂驴叫。

因为乱叫胡放屁被宰了卖了打死的驴不知多少。

驴当人面前放屁是最不容许的。毗沙人忌讳屁，小孩不在大人面前放屁，晚辈不在长辈前放屁。毗沙人都有放屁不出声的本事。从王宫到集市，听不到一声屁响。昆门徒诵经时更是下面出不得声。昆怕屁熏臭。念经拜昆时放一个响屁，再念十年经都修不回来。

前年，黑勒军进犯到渠莎，烧毁七座昆寺，杀了数百昆门徒，国王在毗沙西昆寺外给亡者做盛大超度，城内外所有寺院的昆门徒聚集一起，上万信众骑驴坐驴车拥到西昆寺，人和驴在院墙外围了三层又三层。超度仪式后，西昆寺王大昆门望着哗哗袅袅西飘的经幡和烟，突发奇想，提出一个用屁报复黑勒的妙策，并马上得到国王和昆门徒的一致赞同。

报复行动当即开始，云集西昆寺的众昆门徒、众毛驴全屁股朝西，对准黑勒，国王率众大臣领头屁股朝西。

“放。”大昆门一声令下。

“砰。”先是国王的屁响了。接着“砰砰啪啪”的响声从寺院到院外，人屁和驴屁连成一片。众昆门徒嘴里念着咒，后面砰砰啪啪放着屁。

“我毗沙国国王及万众昆门徒之臭屁，乘此东风飘到黑勒，风多长屁多长，一路先把黑勒地界灌浆的麦子熏臭，把树上的青苹果熏臭，把河里的水熏臭，把锅里碗里的吃食熏臭，最后，把手上沾了毗沙人血的刽子手熏死，让他带着一身的屁臭死去，让整个黑勒从此臭名远扬。”

那是毗沙国人和驴最痛快的一天，憋了几百年没出声放屁的毗沙国人，都抓住机会大放特放。驴也逮住机会大肆喷放。在能看见声音形状和颜色的驴眼睛里，噼里啪啦的屁声先在人头顶塑出四方的西昆寺，然后，风将声音拉扁成一只鞋形，鞋尖朝西，这只黑色大臭鞋哗哗啦啦地掠过房顶树梢，朝黑勒城方向黑黑地踩过去。

毗沙人痛痛快快放完屁，他们转过身，在爽快的东风里朝西看，仿佛看见自己的臭屁正随风飘过沙漠、胡杨林、村庄城镇，到达想象中的黑勒城。

傍晚，正吃晚饭的毗沙人闻到空气中熟悉的臭味，驴也闻到了，继而看见满城炊烟往东飘，刮西风了，他们晌午放的臭屁在东风里没飘过沙漠，风转向了，那些被风篡夺了声音的屁调过头，朝着毗沙城呼呼啸啸飘过来。

深

拐入一条生着古怪榆树的幽暗小道，有昆门徒在扫地上的树叶，唰唰的扫地声像在打扫弥漫空中的其他声音。树荫下一长排土房子，后面是高大庙宇。库随德昆门从一个小门进去，里面是一间套一间的小房屋，每间房里背对背坐两个抄经昆门徒，泥塑似的静。库从他们身旁走过时，感觉自己轻微得像一粒尘埃，都不能扰动他们眨一眨眼睛。

库也常在这些小土房子里背对背与人译经，每部昆经都必须两人或多人背对背翻译，然后一同比对勘定。库不是专业的译经师，但他懂的语言比所有译经师都多。所有译好的经卷最后都要读给库听一遍。

每个小房间有一方天窗，透着灰灰的亮，德昆门的光顶晃过时，房间瞬间亮堂一下，又暗了。

两年前，库在黑勒也被人带入一间套一间的矮土房子，里面没有天窗，窗户被麻布遮着，领他的买生头戴麻布，只露出一双黑洞洞的眼睛。库心怯地跟在后面。一个月前，西昆寺王大昆门用皇语给库吟诵了一首律诗，四句，让他转成黑勒语捎给黑勒桃花寺买生昆门。库到黑勒时，桃花寺早已被毁，黑勒城里到处驻扎着操各种语言的域外军队。库靠流利的黑勒语和外语，很快找到买生昆门，这位堂堂大昆门在黑勒偏僻的母驴巷子里做了剃头匠，而且改了宗。

库坐在咯吱响的剃头躺椅上，仰脸望着早年师傅向他多次描述过的这位大昆门。桃花寺是师傅西行的落脚处，他每次在这里停留，打探远处的消息，然后在黑勒的驴叫声里起程，向西走到泰语尽头，到达康语和天语地区。师傅每次带回一两种新语言，独自在家里说，也教库跟他一起说，他们用这些遥远地方的古怪语言，说身边人和牲口的事，等待有一天操这种语言的商旅途经毗沙。

“你的脸长进胡子里了，让它露出来点吗？”买生的剃刀是新打制的，库对他的手艺有点担心。

“我的头里装着别人捎给您的一首诗，方便说给您吗？”

“还是装在您的头里带回去吧。”

“是毗沙西昆寺王大昆门捎给您的。”

买生的剃刀在库的喉管处，突然不动了，刀刃凉凉地停在那里。库的脖子一下硬了。买生一定看见他脸上的胡须嗖地全竖起来。

“您不会连头一块儿拿走吧。”库牙缝里挤出一句话。

买生三两下把库的脸收拾好，赶紧拉他钻进身后的小土房，从小土房又钻进另一间小土房，最后在亮着一方天窗的小房子里站住，买生一把扯掉头上的麻布。

“黑勒城因为不改宗被割掉的头太多。我留下这颗头，就是想等来昆的音信。”

一个月后，库辗转回到毗沙，向西昆寺王大昆门汇报了黑勒城大批昆门徒被杀，所有昆寺被毁，昆经被烧的消息，还捎来买生给王大昆门的话：“方便译一部黑勒语昆经捎来。”

推开一扇门，外面是长长的走廊，廊柱穹顶的油彩让库眩晕。王大昆门就站在走廊尽头的一扇窗前，看上去他的人形一半进入墙上的壁画里，另一半留在那里候着库。

库跟王大昆门有多年的交谊，王大昆门是沙洲人，他念毗沙语昆经时尾音带着浓浓的沙洲皇语腔调，库的皇语也带着浓浓的沙洲味道，他俩见面就像一对老乡重逢。

“又见面了。”王大昆门向库施了礼，带他穿过一个殿堂，在后院的侧门口停住。门开了个缝，库看见里面拴着一头小母驴。难道刚才就是她叫的？一头小母驴也能叫出那么大声音？库心里嘀咕。

“劳驾你把她捎到黑勒，交给桃花寺买生昆门。”王大昆门盯着库专注看驴的眼睛。

“我只捎话，不捎驴。”库愣了一下，随即应道。

“你就把驴当一句话，不用搁脑子里，她有腿，你骑也好牵也好，捎给买生大昆门就好。”

带他来的德昆门递过两锭银子。

“老规矩，回来拿剩下的。”

库迟疑了一下，收下了。

“后天就是行像节，各大寺院依次举昆像进城，今年的行像节后，由西昆寺组织千人行像队伍，去固玛，沿毗沙国西界行昆像，大小寺院村庄都要走到，以鼓舞边界昆门徒信众。这是寺院自发的，你可随在行像队伍里一同出去。”王大昆门说话慢慢的，他把每句俗常话都诵成了昆经。

德昆门嘴凑到库耳朵上叮嘱了几句，库憋住气，德昆门嘴里有一股陈腐苞谷杂粮的气味。

细

她听到那扇门后有人说话。她惹大事了。驴在寺院门外都不能大声叫，她竟然在寺里叫了。刚才，德昆门跑到紧闭的大门外，恶狠狠对着门缝训斥。

“你这个挨刀的，敢在寺里大叫，活得不耐烦了，今天就让你见阎王。”

德昆门知道门板上的缝，他天天在这间阴暗房子里陪她，伺候她。他见她眼睛贴门缝看，也凑过来看。不知道他从门缝看见的塔和人是不是扁的。他跟她脸挨脸看一会儿，就抱着脖子摸，顺毛摸，他很会摸驴，摸着手就移到屁股上。

门突然打开，闯进两个屠夫，一个拿刀，一个拿绳，恶狠狠扑过来。她认得屠夫。屠夫身上背着数不清的命，阴森森。拿绳的把她一前一后两个蹄子绑上，交叉一提，肩膀一扛，半个身子悬空，一个骨碌撂倒在地。拿刀的眼睛阴阴地盯着她，一把宰牛刀在眼前晃来晃去。她认得宰牛刀，比宰羊刀大，也认得屠夫宰牛时的眼神。看来这次可不是嘴上挨条，是脖子上挨刀子了。她使劲扭头，缰绳拉得门环哐当响。她想外面肯定有人会听到。

屠夫一只手摸她的喉管，顺毛摸。另一只手里的刀在眼前闪着寒光。她见过宰牛宰羊的场面，牛挣扎，羊不挣扎，撂倒后屠夫抚摸羊脖子，羊很快安静下来，自己伸长脖子，屠夫麻利地捅刀。现在，屠夫的一只手正抚摸她的脖子，她惊恐地瞪大眼睛，不知该做何反应，她没见过人宰驴，不知道驴怎么死，是像牛一样挣扎呢，还是羊一样温顺地躺着。人宰驴都拉到墙后面宰，不让驴看见，这是规矩。“让驴看见不好。”她听人说。是对人不好呢，还是对驴不好？

她本能地四蹄乱蹬，想爬起来，脖子上却觉到了抚摸的舒服。她眼睛一闭，脖子一伸，就等着挨刀了。

“别宰她。这驴我买了。”声音很大地回荡在房子里。

她知道是幻觉。牲口被宰前都有这样的幻觉，看见一个不认识的人往跟前走，手里拿着一根细细的黑羊毛绳子，走近了绳子套在脖子上，说“这牲口我领走了”。每个牲口临死前都看见自己被不认识的一个人牵走。

她扭过头看见要牵走自己的人，竟是刚才那个仰脸望塔的扁脸长胡子，后面跟着德昆门。

“这驴我买了。”那声音又回荡在房子里。

“不卖，宰了剥皮。”屠夫的声音一样大。

“我多付你钱。”

他从肩上的褡裢里掏钱，听到铜钱在手上响。在集市上她听多了钱的响声，几个月前，她就是在一阵钱的响声里被德昆门从驴市买了来。她眼睛翻着使劲望要买自己的长胡子，知道自己的魂就要跟这个人走了。还想看一眼拿刀的屠夫。看不见。屠夫下刀前都不让牲口看见，看见了会被盯上。

晃在眼前的大刀一下不见了，抚摸脖子的手也停住，她知道要动刀了，脖子上的毛被扒开，刀刃从那里嚓地割下去，叫出声音的喉管被割开，血喷涌出来，周围的人怕血喷到身上忙躲开。然后，剩下的时间就只有自己知道了，时间突然变扁，身体好像辽远地铺展开，割开喉咙的头跟身子一下失去联系，头不动了，眼珠里的光一点点地退回去，往看不见的深处回，那里有一个地方亮起来，完全地亮起来。身子不知道头里面发生的事情，一下下抽搐，腿在蹬，似乎想跟头取得联系，身体的每个地方都变远，远得不知道发生了什么，死亡在朝身体的每个部位传递，死亡的消息从脖子传到背、前腿、肚子、屁股，一直到后腿；后腿不相信死，它朝上蹬，给头和脖子打招呼，头不理睬，它就一直动，一直动，屠夫站起来擦刀上的血了，它还在动，屠夫把肚子、蹄子上的皮剖开要剥皮了它还在动，屠夫嫌它动得碍事，刀背砸了一下，它不动了。

她就这样死去了。跟在集市上亲眼看见的另一个牲口的死一样。那次她拴在一旁，不眨眼地看一头小牛犊被宰，看见她死了好长时间，直到剖开的半个身体挂在铁钩上，鲜红的肉还活着，在跳。扔在一旁的头上的一双眼睛还灰灰地望。那时她不知道这场漫长的死亡也是自己的。

眼泪突然流出来。她没流过眼泪。在她努力朝上的泪眼里，屠夫的手伸过来，接住长胡子的钱，听见钱在屠夫手里响，知道这桩买卖完成了，她就要被那根细细的黑毛绳牵着，走从没走过的黑路了。

谢

“谢。”库喊了一声。她慢慢回头，眼睛疑惑地看着。

“谢就是你的名字了。”

出西昆寺前，库问德昆门。

“她没有名字，不过是杰谢巷的。你起个名字叫她吧。”

德昆门打开一扇厚榆木门，门洞黑黑的，走几步又打开一扇门，等第三道门打开时，库的头一下伸到炽烈的阳光里。刚才还萦绕耳边的诵经声被隔到墙内。库像从一个装满声音的桶里出来，耳朵瞬间空了。

寺院外的坡地长满苦豆子，一直长到坡下的驴车院。库从来不知道这里还有一个隐秘门洞。

“谢。”库又喊了一声。她耳朵机敏地耸了耸。

“耳朵里长毛的，听不进人话。你多叫几声，她就认了。”德昆门说这句时她回头乜斜了一眼，眼睛不看德昆门的脸，斜对他的肚子和裆部。库跟着她的眼睛看过去。驴眼睛流气，不看正经地方。德昆门也注意到她看他那地方，抬手拍了把驴背。

“库，你记住了，不能让她的皮毛有丝毫损伤。还有，她是头小处母驴，你要把她的完好身子交给买生大昆门，千万别叫公驴给爬了。”

德昆门说完进门去了，厚厚院墙的门洞里传来三道门上锁的声音。

库照昆门的嘱咐连叫了几声“谢”。她像是被这个名字叫醒，晃头又跺脚，眼神却依旧充满疑惑地看着他。

库被她看得有些不自在。刚才在寺里，德昆门把头伸到库耳边说："屠夫都叫来了，快下刀时你去把她救下。你救了她，她会感激，死心塌地认你做主，一步也不离开你。"

库按德昆门的吩咐演了一场刀下救驴的戏，现在还觉得不好意思。骗人的事库经历得多，骗驴还是第一次。要是让这牲口看出破绽，可丢死人了。这驴鬼着呢，看上去是头单纯小母驴，眼角的余光却一直鬼鬼地瞟库，库不知道她脑子里在想啥。

库手牵缰绳，眼睛被这小驴的身子吸引，刚才在寺里王大昆门指给他看时，他第一眼就觉得这小驴不一般：她浑身的皮毛放着洁净的光，仿佛刚刚长出，从没落过一粒土；那纯洁的脊背也从没人骑，更没哪头公驴的前蹄子搭上过。库不由伸手摸她的脖子，又摸脊背，手不忍落下去，感觉像很久前，他初次抚摸莎。库从康商人手里带莎回家时，她十岁，也可能九岁。库给康商人做了七天翻译，商人生意做赔本，没钱给库，就把拾来的一个小姑娘给库抵了翻译费。库等这个小姑娘长了三岁，当了三年爸爸，然后让她做了小妻子。库记得他的手伸过去触到她时心里的颤动。这小驴浑身都是新鲜绒毛，他摸过去时感觉她身体在颤，蹄子也在颤。或许从来没有一只手这样抚摸过她呢。库想。

"谢。"库忍不住又叫一声，她乖巧温顺地偏过头，拿脸蹭库的胳膊。看来她认了这个名字了。

库轻轻在她背上拍一巴掌，意思是走了。她却站着不动，库拉缰绳，她后退。是头犟驴呢。库拾了根红柳条就要抽打，突然想起德昆门的话，举到半空停住了。他有制服犟驴的办法，却不能对这头小母驴下手。看来只能来软的哄着走了。库左手拿红柳条，右手抚摸谢的鬃毛。“我们回家了，乖乖，回去吃苜蓿。”苜蓿是人种给牲畜吃的精草料，驴吃苜蓿，就像人吃肉一样香。谢听见苜蓿耳朵一耸，随即昂起脖子，傲气地斜眼看着库，然后慢腾腾迈动步子。

一条小道隐约穿过长满苦豆子的坡地，下去就是驴车院，那是一个专供昆门徒用驴的大驴圈，平时有上百头毛驴在院里。以前库在寺里帮助翻译昆经时，往来也是驴车院的毛驴接送，毗沙最漂亮的驴都在驴车院里，库看见那些驴在朝这边望，望他身后的小母驴呢。

长

“谢。”

叫第二声时她才意识到在叫她，眼睛疑惑地看着，耳朵一耸一耸。一声声的“谢”叫进身体，那里有一个地方被唤醒，她一下激动起来。谢是她家乡的名字，她家住的那巷子叫杰谢，传到驴耳朵里只有一个“谢”字。

她浑身的毛还竖着，腿还在抖。当她从那个黑门洞出来，头伸到外面明晃晃的阳光里时，就知道没事了，真的被这个长胡子买了。脑子虽然知道没事了，身子还在惊恐中，仿佛脖子真被抹了一刀，头和身子分开了，没事的消息传不过去。

买她的长胡子叫库。在寺院后坡上，德昆门这样叫他。他叫“库”时手摸她的脖子，声音直灌进耳朵，是有意让她听见。

叫库的长胡子男人围着她看，从头看到屁股。好像发现了什么，眼睛凑上去，手轻抚她的毛，他的手可比那德昆门轻柔得多，他看得那么仔细，不会看见那些字吧？

两个月前，她被德昆门从驴市买来，他们把她牵到一个木架子下，四蹄绑住，两根皮带拦在肚子下面，整个身体悬空提起来。两个剃头匠往她身上搭热布。她认得剃头匠，毗沙城的剃头匠都一个模样，光头，肩上搭一个装剃刀磨石肥皂和布巾的牛皮褡裢。若是走村串户的剃头匠，褡裢就搭在驴背上。

她浑身被热气腾腾的棉布包住，不知道他们要干啥。过了一阵，热布的一角掀开，一边站一个剃头匠，拿剃刀刮她的毛。她左右扭头看，身上的毛一片片掉下来，皮子上有一种从未有过的清爽和舒服。

剃完了，绳子解开，德昆门牵着她在小院遛两圈，她不敢看自己，脊背肚子光光的，像换了一个身体。德昆门把她拴在柱子上，提来一满筐铡碎拌了麸皮的草料，看她吃完，又提来一大桶水给她饮。

天黑了，她又被绑在木架子上，这次是两个昆门徒，一个掌灯，一个俯在她身上。突然一阵扎疼，她心里一紧，以为遭剥皮了，强扭头往后看，灯光里那人拿一根铁针往她皮上扎，旁边掌灯人手里捧一卷书。一阵一阵地生疼，像牛虻咬。她扭动身体挣扎一阵，安静下来。到后半夜，掌灯昆门徒挪到另一边，她看见自己的肚子上密密麻麻一片东西，认出来了，是人看的一种字。在昆门徒拿的书里，在木简上，在集市店铺门头，到处都有。

他们把这些字刺在她肚皮上干啥？她不住扭头看，那些字一个一个印在脑子里，密麻麻一片黑字，虫子一样往皮里钻，疼痒难受。这样的罪受了两个晚上，她好像浑身被针扎遍。在她屁股上扎字时，昆门徒的手在她那里蹭来蹭去，流好多水。

大群苍蝇牛虻围着飞，她身上裹着布。白天德昆门牵她在太阳下溜达时，身上的布掀掉，晚上又盖住。

过了好多天，身上的毛又长起来。德昆门每天细心照料，梳她身上的毛。她可从来没享受过梳毛的感觉，那些痒一片片地梳掉了。扭头再看不见身上的字。一闭眼脑子里却站着一头浑身爬满黑字的驴。尤其在早晨的诵经声里，她看见自己身上的字在动、在发光，好像被唤醒，活了一样。她不喜欢早晨，周围全是嗡嗡声。一寺院的诵经声全灌进她的耳朵。受不了，想叫。声没出来，嘴上已被打一棍子。

长胡子男人试探地摸她的背、肚子、屁股蛋子，她紧张地挪屁股。她怕他看见那些字，又怕他像那个德昆门一样。他经常半夜摸到驴圈，想占她便宜。就在昨晚，他又摸进来，把她往槽边搡，自己站到槽沿上，屁股往边一扭，他爬空掉下来。

德昆门一天到晚围着她转，给她喂草饮水梳毛，她的屁股蛋就是他给喂圆的。她喜欢他摸，就是不让挨近。她没长大呢。她眯着眼睛憧憬时，脑子里想的是一头跟她父亲一样高大的公驴，而不是一个人。

想到这里她又侧眼看库。刚才，这个长胡子男人拍她的脊背，让她走，她不动，拉缰绳，她后退。她对他使了驴的犟劲，让他知道自己的驴脾气。她也领略了他的脾气。但还是他先软下来好言哄她。驴不能啥事都依人，给人惯出毛病。这是母亲自小教她的。现在他们并排儿走着，一根缰绳把他们连在一起，她在这头，他在那头。她心里美滋滋的，从今往后，这个长胡子男人就要围着她这头小母驴转了。

第二章　大驴圈

驴知道

头一伸进城门，谢就被浓浓的驴味道迷住。在寺院闻了几十天人味儿，谢还是觉得驴味道好闻。人味道也不难闻，尤其寺院那德昆门搂着她脖子抚摸时，嘴里的陈腐苞谷味，是她喜欢的。谢第一次闻到苞谷味道，是母亲把她生到一地苞谷秆上，她挣扎着摇摇晃晃站起来，母亲拿嘴舔她的脖子，舔她被黏液糊住的嘴和鼻孔，她闻到了那股以后自己长好槽牙才亲口尝到的苞谷味道。主人每晚进圈来，口袋里摸出半把苞谷粒，放手心喂给母亲吃，她在母亲嚼苞谷粒的嘎嘣声里迅速地长出牙齿。

前后左右都是驴，拉车的，驮人驮东西的。路边树上、木头上拴的也是驴。许多乡下的人和驴都逃难到城里，原有房子不够住，就在房子上盖起房子，整个毗沙城比以前高出两层。路被新盖的房子挤窄。大小寺院里都挤满了人和驴。国王限制毛驴进城，收驴头费。毗沙城以前人头比驴头多，但驴腿比人腿多。现在驴头人头一样多，一头驴占三个人的地方，就显得驴比人多。没钱交费的农民把驴拴在城外，城墙根成了驴扎堆的地方。驴在城墙根又围了一圈墙。夜里驴嘴对着城墙叫，驴叫声在城墙上又砌一堵墙。住在城里的主人都能听出自己家的驴叫，听到就放心了。守城士兵却不放心，前些个夜里有黑勒军混在墙根的驴群里，半夜人站在驴背上攀墙。那夜没有星星，驴全屏住气，不敢叫，眼睛朝上看爬了一城墙的人。驴眼仁的光给守城军帮了忙。那些黑勒兵手刚摸到城墙顶上的砖，就被候在那里的士兵一刀剁了，人像石头一样腾腾砸下来。驴这时候狂叫起来。毗沙兵冲到城外，在鸣叫的驴群中抓到上百个捂着断了的手在地上打滚的黑勒兵。

谢不住朝后看，看自己的肚子和后背，她不敢看周围的毛驴，但能感到那些驴的眼睛都在她身上瞟。他们也许不会看见她身上的字吧，密密麻麻的字已经长进毛里，长进肉里，长到她脑子里。那些驴或许只对她黑亮的皮毛感兴趣。库比谢更担心周围的毛驴，他一会儿牵着谢走，一会儿又走后面，把谢护在中间。库牵谢走路边，那些驴往路边靠；走中间，那些驴又往中间挤。库想让谢快走，摆脱这些骚公驴。怎么可能呢，一头屁股开花的小母驴，就是驴世界的中心。前面的驴回头看谢，后面的驴嘴凑过来闻谢，牵驴人也扭头看他们。库不住地吆喝谢快走，他只知道自己进城回家了，不知道谢也回驴圈了。

大驴圈

毗沙城在驴世界里叫大驴圈。远近的驴都这么叫。当年，毗沙地上的驴被人牵着驮砖头土块垒城墙时，驴世界里就风传要修大驴圈了。毗沙驴张狂地朝四处鸣叫，修大驴圈的消息被一个又一个村庄城市的驴接着传向远方。那时候，大地上远远近近的地方被驴叫声连起来，远远近近的路被驴蹄印串起来，一声驴叫可以传到世界尽头再传回来，一头驴也可以走遍天下再转回来。毗沙驴早就认为自己站在世界中心，南来北往的人和驴汇聚到毗沙城，再走向四面八方。世界围着毛驴转。毗沙驴天生知道自己的每一声驴鸣都会被大地上的驴和人听见。他们嘴对着高远处大叫时，脖子挺直，在能看见声音形状和颜色的驴眼睛里，驴叫声在毗沙城上层层叠叠垛起一座红色城堡，城堡周围辐射出条条红色道路，连接东方西方。每头驴都知道那城堡的一小段墙是自己的叫声垒起的。一声声的驴叫往天上垒城，驴叫一声，天上的城长一寸。不叫城便塌下来。驴不能让声音的城塌下来，就不住地叫。

人不知道驴为啥不住地叫，但驴懂得人为啥不住地念经。毗沙城里家家户户早晚念经。寺院的念经声更是一天到晚不停歇。谢在寺里听昆门徒念经，知道人和驴都用声音在天上垒城，人看不见声音的形，但清楚那些声音往天上走，人在高处的云上筑天庭。人的天庭为啥塌不下来？驴叫声从下面支撑着。每一声驴叫都是支撑天庭的一根柱子，驴不叫，天会塌。天真会塌吗？谢不知道。但她知道驴不叫会死。谢也想叫，嗓子痒痒的，喉咙鼓胀，她回大驴圈了，得叫一声，却没叫出来。侧眼看走在身边的库，这个救了她性命的长胡子男人，他知不知道自己生活的毗沙城在驴世界里叫大驴圈呢？

早　年

早年，全毗沙的驴都投入到修大驴圈工程中。驴比人干得卖劲，每天早晨，人没起床，驴就叫唤着出工，驴喊驴，一大群。驴早早到工地，排成长队，人把土块砖头木头绑驴背上，驴自己驮到地方，卸了再返回。不用人牵人吆喝。驴说，人帮驴修圈，驴得跑前面。

大驴圈不知修了多少年，累死几十代人几百茬毛驴，终于在驴年修好了。驴高高兴兴住进去，人因为要伺候驴，也住进去。住的人比驴多，一头驴得好几人伺候。驴没手，所以割驴草，清驴粪，喂水，梳驴毛，钉驴掌，护理小驴，都得人干。驴只动动嘴和蹄子，就行了。驴说，人真是个好牲口啊。驴说这话时斜眼看着人。

后来，有些聪明驴看明白了，人给驴修一个大圈，是把驴圈起来，给人修寺垒塔。毗沙驴除了拉车驮人，还要没完没了给人驮砖头修寺造昆塔。这个活，驴和人干了一千年，驴干乏了，人也干乏了。人一乏，就往驴身上爬，驴就更乏。谢的母亲就是被主人用乏后卖掉了，谢跟母亲一起上集市，主人为了卖掉一头用老的母驴，在街上站了大半天，所有停下的人都眼睛看谢，以为主人要卖这头漂亮小母驴。母亲被一个黄胡子老头便宜牵走时，谢一直看着她走过街角，全世界的乏都在母亲年迈的身体和不住扭头看她的眼神里。

到现在，还有一半驴固执地认为毗沙城是给驴修的，世界是驴的，人是驴的牲口，人虽然骑在驴背上，但驴叫声骑在人的声音上，驴在天上的位置比人高。另一半驴则早就认定自己是被人使唤的牲口，四条腿得听两条腿的。一头驴得把这事想清了，才好决定咋样做驴，是安心给人当牲口呢，还是把人当牲口。

谢的母亲就是头固执的犟驴，谢自小听母亲讲修大驴圈的事，讲修西昆寺高墙的事，讲毗沙人照的镜子是驴驮来的，烧的香是驴驮来的，信的昆也是驴驮来的。母亲讲这些驴事时，眼睛里放着一头驴的荣光，她却只是一头常年驮烧柴的苦命毛驴，背上的毛磨光一大片。她驮的烧柴有红柳、梭梭、果树干，捆整齐，驴背两边各一捆，中间顺便搭一捆青草，是人给驴吃的。母亲说，人生来就是伺候驴的，人给驴割草、从井里提水出来饮驴、种苞谷胡萝卜喂驴、修驴圈让驴住，连清扫驴粪的活都是人干的，驴只要眯着眼睛跟着人走，就行了。

驴知道跟人走着走着，人就跟着驴走了。

看看街上的驴和人，都这个样子。年轻人牵着缰绳急死慌忙走在驴前头，以为有啥好前程要奔呢。中年人并排儿走在驴身边，手搭在驴背上，像夫妻像兄弟一起过日子。老年人慢腾腾跟在驴屁股后面，驴领着人，回家呢。人一辈子围着驴转，最后转到驴屁股后面时，人就快死了。

谢一出生就是一头高傲的小母驴，她从母亲那里继承了一头驴所有的倔强和傲气，学会斜眼看人，眯着眼看人。

半个人

在谢眼里毗沙街上满是忧伤的乏人，有劲的出去打仗，打个半死回来，剩下的日子就在驴背上过。驴背上多是半死不活的人。驴也半死不活，低着头，眯着眼。谢听母亲说，二十年前一场战争中，黑勒军俘虏一千毗沙人，要全杀了，汗王说杀了就没了，不如当废物扔回去。结果，一千人全被打断胳膊腿，挑断脚筋手筋扔在戈壁上，黑勒人想让一千个残疾人，拖垮毗沙一国人。可是，毗沙毛驴把这场灾难承担了，驴腿成了断腿人的腿，驴背成了伤残人的家。那场战争后的几十年，上千个驴背上驮着不能下地走路不能抬手端饭的废人。

每场战争都有被砍成一半的人回来，驴背成了他们后半生的家。还有一茬茬老了的人。人老了乏了都往驴背上爬。在毗沙，每头老驴背上都爬着一个老人，驴的寿命是人的一半，人一辈子得伺候两头驴。驴老了乏了就要挨刀子。听说黑勒人改宗不吃驴肉了，驴乏了老了也能活，活到老死埋在果树下面。驴早把黑勒人不吃驴肉的消息传至毗沙。驴还听说黑勒人改宗不修昆塔了，驴也不用长年累月给人驮砖头。

谢的爷爷的爷爷是驮砖头累死的。那年改了宗的黑勒让毗沙国连吃两场败仗。败了的毗沙人用本来垒城墙的砖头垒了一座高三十六层的大昆塔，求昆护佑。结果第二年毗沙攻陷了黑勒城，得胜的毗沙为感昆恩又垒了更多昆塔。第三年黑勒人反攻过来时，毗沙人正在昆塔上垒砖头呢，这个活早已耗尽毗沙国男人女人和毛驴的力气，结果毗沙吃了大败仗。

塔

从主街朝右一拐，谢跟着库踏上城墙边一条林荫道，谢认出这是自己回家的路，路旁高高的白杨树上拴满了驴，谢走过时陡然响起的驴叫声比白杨树还壮还高，直插进云层里。库要把自己送回以前的家吗？远远地，谢望见原先主人家门口的昆塔了，三座，中间高两边低。塔尖常有乌鸦起起落落，主人拿箭射，也不真射，吓飞就行了。夜里，塔上黑乎乎爬满鬼魂，一层塔挤一层鬼，都等着。驴能看见鬼魂，人看不见。

去年，前主人的儿子被征去固玛打仗，那一仗在驴世界里影响巨大，毗沙死了上千人，千头毛驴赶去驮死尸。前主人的儿子骑马跑得快，没被敌人追上，捡了条命，人却昏死过去，被一头驴驮回家。谢那时半岁，看见主人的儿子软软地被抱进屋子。赶紧请来医师把脉，说脉在，人活着，但魂不在了。

又请女巫婆来招魂，说骑马跑太快，人回来了，魂还在固玛往毗沙的路上。

“那咋办？”

“等。”

幸亏人病倒了，病是好事情，让人停下来等。

家里人等不及，去固玛的路上喊，把魂往家里引。每个路口站一个人，喊那男子的名字，怕魂走岔路回不来。

路上全是喊魂的，有的人只找回来一个头，家人捧着头喊身体的魂。有的只运回半截身体，拿着带血的衣物喊头回来。主人家的儿子算是幸运，全身回来了。

这期间一伙伙的鬼魂从塔上下来，正午地上没影子时鬼都消失，太阳稍斜，影子里就生出一伙伙鬼，墙的驴的人的和树的影子里都生出鬼，等着领没魂的身体走。到了夜里鬼挤成堆，墙头、房顶、锅头、晾衣竿上都是鬼，有大胆鬼爬窗口朝里伸手，谢大叫一声，鬼吓走了。有谢在鬼不敢乱来。鬼怕驴。

一个早晨魂回来了，扒门口看已瘦得皮包骨头脱了形的身体。谢屏住气。守在床边的巫婆知道魂回来，赶紧开门，轻声呼唤，招魂入体。

僵死半月的身体一下坐起来，眼睛直直看周围人，看窗外圈棚下一头斜眼看他的小驴，谢仰起脖子，咳嗽一声，算是问候。

第二天一早，天蒙蒙亮，谢看见那活过来的男子备好马鞍，挂上水囊、食物褡裢，手提弯刀上马出去，父亲在后面喊，母亲出门追，家里的小妹突然疯了似的跑上路，扯嗓子大叫着追哥哥，追过一条街，又一条街，她的哥哥头也不回直奔固玛战场去了。

当晚，小妹大病，高烧，不住大叫。又请巫婆来，说治不了，得赶紧往西昆寺送，寺里大昆门能起死回生。

父亲把女孩抱到大驴背上，女孩不愿意，要小驴。女孩声音细细地哭，针尖一样往心里扎。谢驮着女孩从南门出来，往天上乌鸦呱呱叫的西昆寺走。女孩一趴到背上谢就感到了烧烫，走到半路却渐渐凉下来，谢觉得不对劲，回头看女孩的父亲。父亲也知道女儿已经走了，流着泪让驴儿往前赶。谢不知道该走快还是停下来。正犹豫着，见女孩的魂儿悠地到了头顶，倒骑着看自己的身体一点点凉透、变硬。

女孩第三天被埋了，葬在西昆寺西边的大墓园，她的魂却不走，在谢身上驻了七天，不清楚为啥，天庭的门开了几次缝儿又关住。谢认得天庭那两扇老桑木大门的吱呀声。毗沙人家都不用桑木做门，中原传来的风俗，皇语桑丧同音，不吉利。毗沙人只用榆木、胡杨和沙枣木做门。主人家的院门就是胡杨木做的，关门时门板碰门框的声音干烈空洞。谢一晚上站在院墙根的草棚下，看主人家睡觉做梦，谢不睡，站着想事情。

一天早晨，谢又听到天上桑木门开个缝儿，知道女孩要走了，谢昂起头。

“昂叽昂叽……昂。”

一口气叫了七声，一声高过一声。谢看见自己的声音在天地间竖起一座七层高塔，红色的，塔尖直抵天庭。天庭守门人被惊醒。人间的驴叫声从严实的桑木门缝穿透天庭，那里的人都被唤醒，竖耳倾听来自另一个世界的美妙声音。被他们遗忘在世间的最平常的驴叫，一时间成了天庭里的圣音。那女孩的魂就在这一声高过一声的驴叫里升了天。她到达的一瞬，地悠地反转过来，曾经无限留念的人间像一朵缥缈的云，似有似无地浮在上面，驴的样子被她忘记，驴叫成为她再也听不懂的陌生声音。谢在那时斜眯眼睛，听自己的叫声从天上往下落，一座声音的高塔砖砖瓦瓦往下塌落，好一阵落不完。

而在那孩子的耳朵里，这个声音在往高处退去，她对人间的唯一的记忆是一个声音，多少年后，她循着这个声音回来，找到有驴叫的村子，找到有驴蹄印的路，找到有驴吃草的庄稼地，她还会找到一头像谢的小毛驴，黑肚皮，黑眼圈，眯眼看她。

女孩安葬后不久，谢被主人牵到驴市上卖了。毗沙人都知道驮了死人的驴不干净。买谢的是德昆门。

用

谢在门口的昆塔下停住，眼睛眯眯地望关着的大门。谢的母亲早不在这个院子，对她好的小女孩死了，夜夜抱一捆草料喂她和母亲的那男人应该还在，那个早晨骑马奔走的男子还没有回来。谢心里潮潮的，想叫一声，又忍住。她知道那个家已经不是她的。她被卖给德昆门，又转到这个叫库的长胡子男人手里。

谢不由往那个家挪动蹄子，库一拉缰绳，他们接着往前走。谢边走边回头，不知道库把她牵哪儿去。她本来已经被屠夫抹脖子剥了皮，却被这个男人买下。他不会再转手倒卖了吧？驴不怕被卖来卖去，卖到哪都有人伺候。库刚刚买她到手，还没用呢，怎舍得卖给别人。倒驴客都是把驴买来，占个便宜再卖掉。库是不是那种爱占驴便宜的男人呢？

谢老早听母亲说过，男人分好驴不好驴两种。驴也分让人好不让人好两种。让人好，受人宠，别的驴就嫌弃你。毗沙地方的母驴多得能把公驴累死。驴最终是跟驴过日子。驴不喜欢你了，你咋办呢？

表　情

迎面走来一伙赶驴人，驴背上疙疙瘩瘩驮着货。骑头驴的是个蓝眼睛人，见了库赶紧下来施礼。库叽里咕噜跟他说话，他说那些遥远地方的话时，脸上表情都走远了，变成另一个人。谢想，人因为说不同的话才长成不同地方的人。因为话不同，说话的嘴就不一样，脸上表情也不一样，脑子想的事情不一样，头也不一样。谢见过从隔着几百条河几千座山的地方来的毛驴，长相叫声跟毗沙驴一模一样。全世界的驴都叫一个声音，所有驴长得也都一样。

库和那人说话时，其他人和驴都看谢，有一头骚公驴肚皮下兀地伸出一截子，昂昂地就要扑过来，被赶驴人制住，赶驴人也盯着谢的屁股看，谢不自在地夹紧尾巴，那地方痒痒的。

过来几个昆门徒。领头的跟库打招呼，另几个一只眼看库，一只眼斜着看谢。谢知道他们看啥，昆门徒眼睛贼，看到哪哪就痒。

谢身上的痒有两个，一个是西昆寺那德昆门找见的，他每夜来圈里，手在那地方摸，那个从未有过的痒就从深处往外走。那是一只人的手在母驴屁股上摸出来的痒。谢那时想，一个被柔软的人手抚爱过的小母驴，以后咋跟公驴过粗糙日子呢。另一个痒是刺在身上那些虫子般的字，它们长进毛里，长进肉里，在皮肉里面痒。谢怕他们看见身上的字。字刚刻上时她时时扭头看，一个字一个字看，后来毛长出来时，那些字印在脑子里，眼睛一闭就看见一个光秃秃的自己，爬满字。身上的毛长出来，脑子里那个自己却一直光光地站着，不再长毛，皮上的字清清楚楚，每个字谢都熟悉。

痒

这会儿两个痒都出来了，从尾巴根到脖子根，都痒。朝墙根蹭，被库拉住。谢任性地后退，屁股贴向墙角。库生气了，大喝一声。谢瞪库一眼，屁股在墙上蹭起来。

那墙角已经被驴蹭圆，土块缝粘着驴毛，墙根散着驴尿臊味，谢蹭了屁股上的痒，脖子上的痒还在。这个痒只能别的驴帮忙。驴啃脖子工骗工。这句人的俗话，说的就是两头驴啃对方的脖子相互解痒。更多的痒还是靠自己蹭。早先毗沙驴蹭痒全靠树和墙，几乎所有的树被驴蹭歪蹭倒。如今就只有蹭墙。两头驴见面，先问你在哪蹭痒。答在西城墙角。你呢？说在东城昆寺。寺院柱子蹭痒最过瘾，八角塔也过瘾，驴脊背痒了爱往寺里跑。毗沙的老寺老墙都是驴蹭倒的。驴见面不问年纪，问蹭倒几堵墙。驴贴墙上蹭痒时心里有一堵墙在晃，晃着晃着，腾地倒了。毗沙老城每天有三十堵墙倒塌。人不知道是驴蹭倒的。驴经常说到西昆寺去蹭痒。每头毗沙驴身上都有一处西昆寺的痒，到跟前却都被高墙吓住。城里城外的驴都说一起去城墙下蹭痒，试试能不能把城墙蹭倒。城里驴朝外蹭，城外驴朝里蹭。结果多少代驴老死墙根，城墙纹丝不动。

家

太阳已经落到城墙后头，库的家在西城墙的巨大阴影里，门口立着两座塔，都不高。谢往塔尖上望，库也跟着望，又回头看谢，他不知道谢望见了什么。

院子里拴着七八头驴，都是乡下毛驴，跟逃难来的主人一起借住在院子里。过来一个房客牵库手里的缰绳，库看着躁动起来的几头公驴，连忙摇头，说不用了。

屋里出来一个小女人，眼神怪怪地看着谢又看着库。

库把谢单独拴在窗户框上，窗户里面是卧室。谢看到院子里除了库的卧室其他全是一间挨一间的驴圈棚，里面住人又拴驴，驴粪和公驴的尿臊气味把鼻孔灌得满满。

院子里全黑了，屋里更黑，谢抬头窥窗户里面，看了好一阵，看清躺在一起的两个人，嘴对嘴低声说话。谢不想听见人说话，那些毛驴暗中跟自己打招呼呢，跺蹄子、咳嗽、眼睛幽亮地瞟，都拴在槽上，过不来。谢羞涩地眯眼低头，耳朵朝着他们，却听见屋里的两个人说到自己。

“库你要牵一头骚母驴上路，我会吃她的醋。”

“你别多想，是西昆寺昆门让我捎这头小母驴到黑勒。”

“你没想想昆门让你捎一头小母驴到黑勒是啥意思？”

“昆门说让我把驴当一句话，不用搁脑子里，骑也好牵也好，捎给桃花寺昆门就好。还说不能破了她的处。”

“那你千万不能破了她的处。”

“你说什么呢，我是那种人吗？”

“我听说有人把黄金珠宝藏在小母驴阴道里，没交配过的小母驴阴道紧，能把珠宝夹住。库你手伸进去摸摸，里面有没有东西？”

“你去摸。我一个大男人，咋好意思。”

“你装啥正经？”

“我可不是你想的那样。我们经常跑远路的，有个毛驴子做伴，六条腿走不寂寞。”

“有头小母驴陪着，就更不寂寞了。”

两人突然不说话了，传出窸窸窣窣的声音。谢扭头看暗地里那些驴，他们都在看她呢。也不知道那些公驴咋想她的，谢装没看见，扬起头，院墙外黑黢黢的城墙竖立在半空，几颗星星挂在墙头，也可能是巡逻士兵手里提的灯笼。谢以前那个家也在西墙根，她夜夜看见墙头移动的灯火，听母亲说修城墙的事情，说城里城外的驴和人的事情。

开门声

突然响起咣咣的敲门声。库出来慢了，门直接被撞开。提刀的民兵像一截木头直撞进来，声音也直硬。房客和驴都醒了，站在院子里。士兵挨个搜查房子，驴圈也不放过。说是搜黑勒奸细。前些天捉了三个奸细，混在逃难的毗沙农民队伍里进城的，其中一个把收集的毗沙情报刻在羊皮上塞进母驴屁股，出城门时被发现。这个奸细又招出另两个。三个奸细的头被割了倒吊在城门外的木架上，割掉的头拿一根皮绳连在脖子上，垂到地，过往的人都踢一脚。

一个提刀民兵走到谢跟前，眼睛贼贼地看谢。

“这小母驴屁股里不会有东西吧？”民兵摸着谢的背，手往屁股上滑去。

“她还是头小处母驴。”库赶紧回答。

民兵离开后，后面的人家响起咣咣的敲门声，一会儿是更后面的人家。过一阵，另一条街的敲门声响起来。

主人和房客进屋睡觉了，驴在黑暗中亮着眼睛。驴不睡觉，也不做梦，驴看人做梦。谢眯眼看黑洞洞的窗户，只听见窸窸窣窣的声音，像是男女主人在黑暗中摸索着找见彼此，先是脸找见脸，嘴找见嘴，腿找见腿，身体的动作完全被声音描述出来，两个抱在一起的身体在徒劳地飞翔，飞起来，落下，又飞起来，没完没了。

里面终于安静了，剩下女主人的声音。

“库，你有好几年没往西走了。我死心塌地跟一个捎话人过日子，就是想有朝一日，你能走到我的家乡，捎一句话给我的母亲。她老人家或许还在人世。她为养活我的弟弟妹妹，把我卖给康商人，我先被卖到说黑勒语的地方，又被转卖到说毗沙语和皇语的地方。我只会说我家乡的语言，其他语言我一概不会也从不去学，我害怕一旦我学会了别的语言，就再也回不到家乡了，我会在别的语言里生活，乐不思归。你趴在我身体上学会了康语，我只让你在我身上说我家乡话。你像我的父亲一样。他一直在外面给别人打仗，有一年他改了宗回到家，他让我们把供在家里的昆像砸了，我母亲不愿意，说你不住家的日子我每天对着昆像祈祷你平安。昆虽是泥塑的，也是家里的一个人了。我给他点香时他是昆，对着他祈祷时他是昆。平时他就是站在那里的一个男人。夜里我害怕时，一想到靠墙站着的他，心里就踏实了。如果你一直不回来，他就是我依靠的丈夫，是孩子依靠的父亲。这就是我们家的昆。我们拜了他几十年，拜成一个亲人了。你不能把他砸了。但我父亲还是把家里的昆像毁了。他在外面信了天，便再容不得别的。父亲留下一笔钱，又被别人雇去打仗了。说是到说黑勒语的地方去打仗。他或许就在黑勒的雇佣军里，你到了黑勒，去找找我的父亲。他或许已经死了。他走后我母亲把碎了的昆像收拢起来，供在原处。我母亲说，昆像碎了也是昆。”

全是那女人的话，男人打起鼾声了女人还在说。

驴知道

一声声的驴鸣就在这时翻过城墙落进来，院子里的驴都躁动地跺蹄子打响鼻。谢耳朵耸立。去年，谢在那个院子里跟母亲一起听越过城墙的驴叫，母亲说，每一声驴鸣都是远处另一头驴鸣的传声。驴在给人传话，远处出事情了，人和人在打仗，场面被附近村庄的驴看见，驴赶紧叫，叫声被下一个村庄的驴接着往再下一个村庄传，半个时辰传到毗沙城外。毗沙城墙有五六头驴摞起来那么高，城外的驴昂脖子对着城头上的云朵和星星叫，红色驴鸣像一道道虹跨过高墙。城里驴听见了赶忙叫起来，院子里的驴也叫起来，一时间毗沙城被驴叫声涨满。谢没叫，眼睛看窗户里面。驴叫是给人听的，人出事了，得先把人叫醒。库开门出来，伸手摸谢的脖子，另一只手摸到谢的嘴唇。谢想库应该听出驴叫声的异常了。

黑漆漆的城墙上亮起好多灯笼，守城军人听到密密麻麻的驴叫翻墙而过，都醒了。“在城墙上听驴叫犹如目睹繁星升空。”谢的母亲有一次驮石头上城墙，听见一声声的驴叫从地上升起来。城里有专门的驴司，那是人中间懂驴的，负责听驴叫获悉远处消息。他们都是驴年生人，长着驴眼和驴心，驴见了都能认出来。

房客也都出门来跟驴站在一起，在高亢的驴鸣底下窃窃私语。过了一阵，王宫城楼上的大钟突然响起来，铛铛铛、铛铛铛，声音紧促，紧接着寺院的钟跟着响起来。钟声一响，驴叫声都停了。驴知道给人的话捎到了。

第三章　行　像

乌　鸦

毗沙城到西昆寺的路前半截由驴叫声铺成，后半截被乌鸦的翅膀覆盖。库和谢从城门口出来，耳后根上就一阵阵驴叫，那些拴在城墙根的毛驴，嘴对着他们往城外的路上叫，叫得谢不住回头。谢一回头库也跟着回头，怕哪头骚公驴又从后面扑过来。刚才，库没注意，一头公驴险些爬到谢背上。

行像队伍远远地走在前面，库没赶上在城门外举行的行像仪式，听说原先准备的大型仪式因为前方的败仗取消了。国王携大臣在城楼上观看了仪式，众妃子宫女在城头往下撒九色鲜花，行像队伍依次自城楼前经过。这阵势库见得多，自毗沙黑勒开战以来，每年的行像仪式就变成一场鼓励昆门徒的重大活动。

昨晚的驴叫让库没睡好觉，起来晚了。库的小妻子在天亮前又咬他的耳朵叫醒他，她知道库一走就是一年，她要把库一年的力气榨干。

“让你爬不到那小母驴背上。”她浪声说道，好像有意让拴在窗口的小母驴听见。

行像队伍已经走进漫天的乌鸦翅膀下面。

西昆寺是有名的乌鸦寺。从远处看寺院高墙上空黑压压一片，走近看地上也全是乌鸦。库小时候常随师傅来西昆寺，一路上人们望着漫天乌鸦把西昆寺叫乌鸦寺，走到跟前立马改口。西昆寺的乌鸦一半在天上，一半落在寺院屋顶、参天老树和林立的昆塔上。乌鸦全飞起来天空装不下，全落下来寺院盛不下。只好轮流起落。飞在天上的啊啊啊叫，落寺院的不叫，黑黑地站着，听昆门徒诵经。

斜

今天西昆寺外的诵经声和哭声压住了乌鸦的鸣叫。寺院门口聚了一摊驴和人。绑在驴背上的死者被抱下来，平放在铺开的麻布单上，有上百个，都没有头，脖子上面盖一方白布。行像队伍静悄悄停住，昆门徒们手持法器，口念昆经，绕着满地的死者转圈，人群跟着转圈，驴也跟着转，天上黑黑的鸦群也在旋转，嗡嗡的诵经声旋转向上，漫天乌鸦啊啊地叫魂，库转得头晕，感觉自己的魂也升了天。

超度仪式后，死者入殓，胡杨木棺材一字摆开，棺木上搭简易棚帐，供家人烧纸悼念。棺材停放三天，中原传来的习俗，这三天里天底下的路为亡人敞开，远近亲人会赶来，亡者散失的气息自各地回来，丝丝缕缕地，聚成一个魂儿，罩护住躯体。三日后，魂儿飘走，躯体入土，就近葬在寺院周围。

西昆寺院墙外埋满了毗沙几百年里的亡人，死者全脚掌朝昆塔安葬，民间的说法“脚蹬昆塔好升天”。西昆寺有一百零八座塔，最高大的昆塔在二十年前就朝东斜了，民间传闻是昆塔西边埋的人太多，死者的脚把塔蹬斜了。寺院的昆门徒也信这个，做超度后给死者家人选寺院东边的风水宝地，希望靠死者的脚把东斜的昆塔蹬过来。库的师傅就安葬在寺院西边的坡地上，那是毗沙国最大的一块墓地，从昆寺建成的一千年来，毗沙的王族都往这里埋，早先是皇家的墓园，后来百姓也跟着往四周埋，说是死了也要跟着国王。在蹬斜昆塔的众多脚中，也有库的师傅的脚，那是毗沙国走得最远的一双脚，几乎到达所有说泰语、皇语、昆语、康语、天语地区。十五年前，师傅死于毗沙黑勒的一场战争，师傅作为翻译官随军进攻黑勒，一度打进黑勒城，后来又败退回来。师傅是在那场漫长的战争中老死的。战争从库的师傅小时候就打起，老死前还远没有结束。库给师傅选了寺院西边的坡地，脚正对着西昆寺最高的昆塔，方向是库拿眼睛吊的。库用两只眼睛吊线，眼睑微垂，鼻尖对塔尖，端正无误。不像那些请来吊线的木匠，拿一只眼对方向。一只眼睛吊正的，两只眼睛看是偏的。偏一点，脚就蹬空了，升不了天。好在西昆寺昆塔林立，蹬不到这个会蹬到那个。可是，西昆寺的高墙把所有矮的昆塔都挡住，所有死者的脚，便都蹬到最高的昆塔或高墙上。

库牵着谢绕过西昆寺高高的院墙，在密密麻麻的墓群里找到师傅的坟。谢一走近坟墓便胆怯，眼睛鬼鬼地看，驴能看见鬼。库看不见。库在师傅坟头烧纸，跪下磕头。这是库每次出远门前必做的。库走的所有远路都是师傅走过的，库相信师傅的魂会保佑他。

师傅的坟头正对着西昆寺最高的昆塔，库眯眼吊了一下线，发现它又朝东斜了一点。库心里咯噔一下，一种不好的预感涌到心头。这个预感在心里藏了十几年，库每去一次黑勒，每眼见一场黑勒和毗沙的战争，这个预感就更强烈一次。只是，库不愿相信这个预感是真的。刚才在寺院门前，库听拖运死者的赶驴人说，黑勒人已经打到固玛，毗沙军队也聚集到那里。库心里不好的预感又翻涌上来。

昆腿子

行像队伍踏上毗沙城外的拜昆路，这条路连接起西昆寺、赞摩寺、牛头山寺等几十座大寺和数不清的小寺，一头驴腿不停地跑，一年也转不完。行善人家每个寺都烧香，每座昆像都拜，年初头一天从西昆寺、赞摩寺拜起，一天拜一座昆寺，挨着的拜两三个，年底还有一半没走到呢。富人家专门雇有拜昆的腿子，分几路，骑驴赶驴车，一年到头跑，工钱揣进跑腿人腰包，功德算在主人头上。毗沙驴两件事，驮砖修塔，驮人拜昆。毗沙城外的路被一年四季拜昆的人和驴踩平踩瓷实了。

眼　色

往西走是茫茫的沙漠戈壁，天灰蒙蒙地落着土，看不见远处，只能从前后驴叫知道拜昆队伍有多长。去固玛要穿过几十个村庄，每个村庄间都是一天的路程，远近都得一天走到，半道上没有歇息处。库每次去黑勒也这样走，早先跟着师傅走，后来一个人走。

不断有骑驴人靠近跟库说话，人和人打招呼，驴跟驴使眼色。人的招呼打完了，驴的眼色使不够。谢心里瘙痒，却眯着眼睛不搭理那些驴。库看出谢是头有傲气的小母驴，却也知道顾忌主人面子，不会当主人的面被别人家公驴勾引走。

走了一阵库一翻身骑到谢背上，屁股紧贴谢的皮毛，两腿夹住肚子。这个人很轻呢。谢暗自庆幸没摊上个死重的大胖子。谢小时候只有主人家的小女孩骑，女孩死在她背上后，主人把她牵到驴市上卖了。她还从未被大人骑过呢。谢自小就听母亲说，人和驴本来就是一个东西，人是驴的上半身，驴是人的下半身。这个叫库的男人就是她的上半身了，他们合成一个身体，他在上头动脑子，她在下面动蹄子。人比驴少两条腿，人想多远的事，都得骑驴去。没有驴，人哪都去不了。

这会儿，库正低头看谢的脖子和肚皮呢。他或许从未骑过这么年轻漂亮的母驴呢，他看得那么仔细，不会看见皮毛下的字吧。谢猛地撒蹄子跑起来，库朝后一仰，又稳稳地坐住，像长在了谢身上。

昆　缘

走在最前面的是西昆寺的行像队，德昆门带领，由十四头驴驮着五米高的木制裹金彩绘昆像，百位昆门徒吹着法号一路护拥两旁。其他昆寺的行像队跟随其后，绵延数里。

谢和库远远跟着，母驴不让靠近驮像驴队，驮昆像的全是公驴，怕分了心。驮昆像的驴是专门驯养的，一般驴驮不了，驴心里有鬼，怕见昆。驯驴的路数是将昆像请进驴圈，让驴日夜看。昆像先在驴脑子里坐住，才能在驴背上坐住。

谢的父亲当了多年的昆腿子，他驮过西昆寺两人高的大昆像，由十四头驴站成十四根柱子，抬昆像的木架绑在十四个驴背上，昆像端坐在十四头匀步行走的驴上。驴身上披银挂金，驴笼套系着红缨穗，驴尾巴包着红丝绸，驴蹄腕系着铜铃铛，驾驴人依铃铛响声判断驴步子是否走乱。驴也听着铃铛声调整自己和其他驴的步幅。谢的父亲做左手头驴，他蹄腕上的铃铛最大声音最响，出发前驾驴人响鞭一抛，他起左前蹄，十四头驴的左前蹄跟着起步，小铃铛跟着大铃铛一路响去。那是谢的父亲最风光的时候，他背上放着金光，所有年轻母驴都希望让他爬。

“你是有昆缘的。”谢很小时就听母亲说。

“你父亲那次把西昆寺的大昆像安安稳稳驮到毗沙城门前的坐台上，他浑身汗淋淋，被主人牵到河边饮水，好多母驴跟在他屁股后面，你的父亲训练有素，见到再漂亮的母驴也能稳住步子。可是，当他低头喝水的当儿，看见溪水里我的影子，我在河对面看他呢，他猛地抬头看见我。这下他稳不住步子了，昂头大叫一声，前身一纵，后蹄一扬，甩开主人手里的缰绳，扑腾腾蹚过河，直接强爬在我身上。然后，就有了你。”

谢最后一次见父亲是在几个月前，母亲望着拴在一驾破驴车上的老驴说：“那就是你父亲，他老了驮不了昆像了，驴老也就一两年的事，别看他现在有皮没毛，年轻时可是傲得很呢，一年四季屁股后面跟一堆年轻母驴，他想上哪个上哪个，一般的母驴他不正眼看。我就看上他的傲气和放荡不羁才跟了他。不放荡还叫驴吗？在这个世界上，只有我们驴和人，一年四季都发情，人情欲比驴旺，他们不光对自己，还对我们发情。”

母亲说这些话时她也是一头老驴了，谢或许是她的最后一个孩子。

谢眼睛亮亮地看着站在驴车旁的父亲，父亲也看见了她们，疲惫的脸上有了一丝驴的笑容，他扬头要过来，却被缰绳牵住。

加　入

村庄一个远离一个。有村庄的地方就有一窝子树。也有的村庄一棵树都没有，荒凉地裸露在干台地上。

每经过一个村庄，首先是村里的驴撒欢蹦子跑来，驴见驴多就兴奋，主人见驴往拜昆队伍里跑，也不好意思落后面。跟在人驴后面的是羊群，每户都会供一只羊跟在行像队伍后面。羊知道自己跟在后面是供人一路上宰吃的，羊昂着头，把咩咩的叫声念成不生不死的绵长昆经。狗也跟着人。正是草木结籽牲口发情季节，空气里满是牲口的臊味儿，人闻着也来精神。

荒野上的小路踩成大路，弯路走成直路。都是驴蹄子在走。人黑压压的一层覆在驴背上，人上头是尘土，有往下落的，往上扬的。尘土上头啥都看不见，只有驴叫声在那里回响。昆门徒的诵经声也往那里集合。

下一个村庄在驴叫声能传到的地方。驴能喊叫多远？这个骑驴人知道，从听见下一个村庄的驴叫，到走到跟前，就是大半天。世上的路都是驴叫声量出来的。驴叫声和隐约的狗吠声连起互不搭理的两个村子。

几乎每个村子都剩下半村人，一半房子荒着，没有人烟，有人烟的院子也是半家人，男人被征去打仗，剩下老人孩子。女人都藏起来，不敢出门。

骚　动

后面一阵驴叫，谢和库都扭头看，一个人正被一头大公驴拖着跑，那公驴昂昂叫着，几下挣脱主人的缰绳，朝谢直奔过来。库拾起一截干红柳根迎头扔过去，正打在公驴鼻梁上，公驴顿时停住，鼻子流血。主人从后面追过来，抓住拖在地上的绳子。公驴眼睛红红地盯着谢，就地跳了几个蹦子，脖子伸直，头昂起，一连串的鸣叫直蹿出去。在能看见声音形状和颜色的小母驴谢眼里，那叫声活脱脱一根十里长的黑驴鞭，横在空中。这头一叫，其他公驴都扭过头对着谢鸣叫，一时间整个天地就被公驴硬邦邦那家伙胀满，有横着的、朝天竖着的、斜插在空中摇晃着的。谢眼睛眯着，羞赧地看。谢懂得公驴母驴间的好多事情了。不像去年，她在主人家的时候，母亲前后左右护着她，生怕那些骚公驴靠近。邻家的大公驴也知道她小，凑过来闻闻她屁股，眼睛色色的，边调戏身旁的大母驴边等着小母驴长大。长大有两个标志：一是头脑开窍，二是屁股开花。谢知道自己的屁股已经开花了，那香味几十里外的公驴都能闻见。现在，遍地公驴闻着她屁股开花的气味在鸣叫呢。

傍晚，大公驴的主人凑到库身边。

“跟你商量个事。”

库不高兴地看着那男人和他身后狂躁的大公驴。库知道他要商量什么，没有搭理。

“你看，我的公驴一路上往你的小母驴跟前凑，拉都拉不住，他想爬你的小母驴，我若不帮他把这事办了，他一路都不好好驮我。”

库还是不搭理，胳膊挽住谢的脖子。

“你喜欢她我能看出来。但母驴肯定还是更喜欢公驴。”

库依旧不搭理。

“我给你两个饼，你就成全下他们吧。我这牲口若不把这股子野撒了，我真是骑不住了，他跟我憋气呢。他驮我一路，我得帮他办成这件事。我每年都帮他找母驴，我帮他舒服一阵子，他就会让我舒心一年。”

库突然脾气发作，对那人怒吼起来。

“你这个驴日的，赶快给我滚远，我不会让任何人和驴碰她，我要牵着她去黑勒，这么远的路上，她是我唯一的伴侣，我跟我的师傅过了几十年，跟我的小妻子莎过了五年，这一年，我要跟这头小母驴过。谁都不许打她的主意。”

库说的是皇语，那男人显然听不懂，但知道库在大发脾气，听完摇摇头，牵公驴走开。公驴也知道主人没谈成，朝库尥了两个蹶子，走了。

夜　晚

驮像驴队在前方停住，后面的驴队跟着停住。驴蹄踩起的尘土停不住，一溜子往后飘，像一面天上的褐黄大旗。

后面的人丢下驴往前面走，昆像从驴背上卸下来得需要上百个人手，人人都想抬一次昆。几十根驴缰绳交给一个人手里，驴原地打转，看着人去抬昆。库去不了。他不敢把谢的缰绳交给别人。德昆门的话时刻在他脑子里：“她是头小处母驴，你要把她的完好身子交给买生大昆门，千万别叫公驴给爬了。”

德昆门说这话时眼睛盯着库，好像对库不放心似的。

库也不放心这里的驴和人，那些男人们，看见母驴都眼睛发红。

沙地里有一口泉，泉边孤孤地长一棵树。人群自动排起长队取水。库上次经过曾在这地方歇脚，叫一碗泉，细细的一股泉，每次只够舀一碗。库牵着谢排了好长时间队，终于轮到自己。

沙漠上的夜，像是从东边盖过来的巨大毯子，只一会儿工夫，所有人和驴，都盖在里面了。

库取下驴背上的褡裢，铺在沙地上，当铺盖。褡裢一头装干饼，饼下面藏着些铜钱。另一头装盛水葫芦。躺下时褡裢装饼和铜钱的一头当枕头，头枕干粮好入梦，盛水葫芦也取出来放在头边。驴缰绳绑在胳膊上。

库躺下看谢，拉了下缰绳。谢知道库让她卧下，就乖巧地卧在库身边。库朝谢身边靠了靠，手摸到谢腰上。谢不知道库要干啥，警惕地站起来。库再拉缰绳谢没有听他的，眼睛鬼鬼地看库。

人都躺下睡了，四周全是站着的驴。驴站着睡觉，站着做梦。

天色暗了一层，那些公驴的眼睛却贼亮地盯着谢看，还跺蹄子，打响鼻，谢把头低偎到库身边，装作什么都不知道。

库很快睡着了，而且做了梦，梦里库暖暖地躺在妻子莎怀里，好像是第一次，他摸她还没长黑的那点绒毛，她还是个黄毛丫头呢，本来想等她的小绒毛长黑，可是等不及了。库摸着突然全身都是毛，一下醒来，发现自己紧搂着小母驴谢，库不知谢什么时候已经卧在身边，他贴着谢的前身都出汗了，库不好意思地挪了挪顶住谢肚皮的下半身，见谢扭头看自己，眼睛鬼鬼的。

谢起来站了一会儿，又挨着库卧下，和库头挨头。库往后缩了一截，头挨着谢的脖子，不然一晚上他吸的气都是谢呼出的。

库胳膊搭在谢背上侧靠着，谢的体温一下传给了库。库能感觉到谢皮毛下那颗年轻心脏的怦怦跳动。她确实太年轻了，也就是一个小少女的年纪，比库的妻子莎还小呢。想到妻子莎，库的心里软软的，库抵账把她领回家时她才十岁，库当女儿养了她三年，然后娶她做了小妻子。库想这些时，手却在谢身上抚摸，谢若是个女孩，也就十岁的样子，但这小母驴已经发育成熟，那些公驴都闻到她发育成熟的气息了，库也闻到了，一股夹带青草味儿的腥臊，让库也一阵阵地兴奋。

谢扭头看库的手，在她肚皮上轻轻移动，浑身的痒又出来了。谢见过男人摸女人，都这样轻柔，摸驴可不行，驴一身毛，摸出来的全是痒。谢一痒身体就抖。

库知道谢痒，摸到屁股时顺手抓一把，谢就更痒，没有的痒都让他抓出来。库不像那德昆门，把手指头伸进去搔里面的痒。谢感到库的手像风一样轻轻抚过时，那些刺在毛根下面的字一个个都活了。库不知道把手指伸到浓密的毛下面给她抓痒，如果伸进去，库会摸见那些字，他的眼睛会跟着进去。如果发现了，库会怎样？还会牵着自己往前走吗？谢不知道。她唯一知道的是不能让库知道自己身体上有文字。

几千人的鼾声和梦话，在沙地上飘浮。月亮升起来。整个夜晚只有月亮这张没有表情的脸，对着满地或仰或侧一样没有表情的人脸。

不远处是端坐在沙丘上的七尊昆像，高高矮矮坐了一排，月亮把昆的面容清晰地勾勒出来，昆像坐东朝西，看不清昆的眼睛，似乎昆坐着睡着了，昆也在做梦，一地的驴和人，都是他梦见的。

昆像前有昆门徒打坐，比昆像矮小，对着昆彻夜静坐。一群喘气的昆门徒，面对七尊不喘气的昆。库也起来打坐，他经常独自一人在荒无人烟的沙漠露宿，静坐是避开恐怖黑夜的最好办法，入静后人去了别处，远远绕开黑夜，身边的鬼哭狼嚎都跟自己没有关系。

起昆像

起昆像礼从天蒙蒙亮开始，醒来的昆门徒面朝昆像盘腿坐地，每人身旁站一头驴，缰绳绑在主人胳膊上。七尊昆像前，驮像的驴队整齐站好。端坐昆像的木架被人整体抬起来，安放在驴背上，每头驴都被牢牢捆绑在木架上。

昆像坐稳后，大昆门开始起头念经，昆门徒们跟着念诵，一时间地上和空中的沙尘都被诵经声安稳住。

谢站在打坐的库身边，盯着西昆寺高高的昆像看。她父亲曾经驮过的这尊昆，比其他的昆都高大华丽，昆身上的裹金，在昏暗的曙色里发光。谢看见她父亲曾驾过的左手头驴位置，昂首站立着一头大公驴。谢从来没有见过父亲驮昆像时高大威武的样子，全是母亲说给她的，每当母亲对谢说起父亲时，都骄傲地昂着头，挺直因为驮烧柴而压弯磨掉几块皮毛的脊背。母亲说，一头驮过昆像的大公驴，鬼不附体，人骑上高人一等，更是让多少母驴倾慕啊。谢满心倾慕地看着那头像父亲一样的大公驴，他不知道有一头小母驴在远远地含情脉脉地看他。他当然知道有好多母驴在眼热地看他，所以他谁都不看，昂着头。

沙　漠

昆在驴背上动起来，远看似乎昆自己在走，昆在驴和人上头走，所有驴腿人腿都是昆的腿，昆往高远里走，尘土中的驴和人越走越低。

一天的路都在沙漠中。太阳像一个火团悬在头顶时，沙子开始烫脚，行像队伍里大多是光脚的农民，下一个村庄在连绵起伏的沙包后面，望不见房顶炊烟。驴和人都不能再走了，队伍松松散散地停住。人从驴背上下来，钻驴肚子下面乘凉，驴也把头伸进自己的前裆里乘凉。

库把谢肚子下面的烫沙子扒开，扒出一个沙坑，自己侧躺进去，谢肚子下一片阴凉，刚够库乘凉。

没穿鞋子的农民把脚伸进烫沙下面的湿沙里，驴蹄子不怕烫，就地站着。谢见其他驴把头伸进前裆里躲太阳，也学着把头伸进前裆。驴和人都害怕把头暴晒坏了，想不清楚事情，那样就麻烦了。

太阳偏西时队伍行到一个沙沟里的村庄，所有房子塌了，树全干枯，草和庄稼死一地，只有昆塔突兀地耸着，孤孤一座。库上次去黑勒时也经过这个村庄，随三个赶驴人一起走的，走到这里浑身的汗毛倒竖，不敢停下来，打驴赶紧走，一个死掉的村庄比一堆死人更吓人。

毛驴和人都放慢脚步，往高塔底下聚，驴不用人赶，围着塔转起圈。毗沙驴见了塔就转圈，跟人学的。人怕驴跑远回不来，从小就教驴转圈。拉车驮人驴天生会，不用教。人只要教会驴转圈，就不操心驴会丢了。不管往东走还是往西走，走着走着驴就自己转回来。

教驴转圈的最好方法是拉磨。

谢半岁时被牵去随母亲拉磨，磨房没有窗户，门缝透来一丝亮光勉强照在地上。母亲走在深磨道里，蒙了眼睛。谢瞪圆双眼，深一脚浅一脚走在旁边。牵她的驼背男人跟在后面。转了两圈，眼睛被一块毡子蒙住，磨房一下变成黑洞，谢知道身旁黑黑地走着母亲，谢的蹄声踩在母亲的蹄声上，一圈一圈转，嗒嗒的蹄子声是圆的，磨盘上麦子和石头的碾磨声是圆的，那个驼背男人不知在哪里，他没有声音。

后来，不知道转了多少圈，谢站在了外面，头一阵晕，天和地都在转，越转越扁。后来天地不转了，谢自己学会了转，围着拴驴桩转，围着驴圈转，尤其见了昆塔，腿不由自主移过去，绕着塔转。毗沙城大大小小的昆塔下都有毛驴转圈，有人牵着驴转，有时主人躺驴车上睡着，醒来见驴拉着车转昆塔，不知转了多少圈，天都快转黑了。

库边转边仰头看塔尖，所有驴和人都仰头看塔尖。驴看塔尖也是跟人学的，驴见人仰望，也跟着望。谢不知道库望见什么，在谢眼里塔上爬满大大小小的鬼魂，一层一层，都等着升天。鬼升天得驴帮忙。鬼魂看见来这么多驴，都高兴地跳起来。鬼双手并住，腿并住，直上直下地跳，塔身上起起落落全是鬼。谢知道人看不见鬼魂，若看见早吓得跑了。

“昂叽昂叽昂叽。”谢屁股后面一头公驴大叫起来。

几乎是同时，所有的驴都叫起来。

塔上的鬼魂纷纷乘着驴叫上升。天庭不通驴车，但驴叫声是路，一声驴叫顶多送一个鬼升天，众多鬼魂升到半空唰唰掉下来，天上下土一样落鬼魂。鬼是干的，天旱鬼多，鬼多人不好过。一茬一茬人死了变成鬼，活着的人，走他们留下的路，住他们空出的房子，吃他们余下的粮，鬼一层层围着看，每家院子四周围满人不知道的鬼魂，全是走掉的人，围着看人过日子。驴和鬼站一起看。人的日子是鬼的戏，鬼没表情，脸白白地看，偶尔在夜里弄出些动静，人知道鬼在倒腾，鬼不走人不宁，想法驱鬼，送鬼，把鬼送上天，地腾出来让人安心生活，一茬人把一茬人往天上送，寺院，昆塔，诵经声和晨钟暮鼓，都是干这个活的。驴叫声也是。家里养头驴，天上多个仙。驴叫通天，人都知道，人生时骑驴，死了魂附驴体。

源源不断的驴和人加入其中，圈越转越大，也越转越紧，转成一盘大磨。转到后来里面的人和驴头转晕了想出来，可是没法出来，也停不住，后面的推着前面，库感到自己被夹得紧紧，裹挟在一个巨大的旋涡里。

升　天

几十头驴的驮队，扬着沙尘迎面走来，走近了才看清，每头驴背上趴一个死人，拿皮绳绑住，赶驴人跟后头，也不牵缰绳，任由驴走。

谢见每个驮尸的驴背上都倒骑一个鬼魂，张着无神的眼睛朝这边望，谢紧张地后退，浑身的毛唰地竖起来，谢驮过主人家小女孩的尸体，那个小鬼魂就是这样倒骑在她身上，谢可不愿再招惹上别的鬼魂。

谢出生的那个夜晚，主人站在驴圈外等谢出生，旁边站了一堆鬼也在看。鬼喜欢凑堆看生人和死人。谢第一眼看见的是鬼，一伙一伙眼前过，院子住的鬼比人多，谢用半个夜晚和半个白天分清了人和鬼。鬼是以前死了的人，剩下一个魂影，挨上去凉凉的，也没有味道。鬼在黑夜出没，人有时也在黑夜出没。

主人家小女孩死的前夜里一个小鬼趴窗口望，朝里招手。谢斜眼看。那鬼也扭头看谢。谢跺蹄子，赶鬼走。鬼一跃到房上，头探下来看窗户里面。

这里的鬼都知道，驴背是鬼魂升天的第一个阶梯，每一声驴叫里都有一个鬼魂升天，但不一定都到天庭。驴叫时，狗会跟后面汪汪吠叫，把升到半空的鬼魂叫下来。狗希望鬼留在夜里做伴。狗睡觉，鬼睁眼。

更多鬼魂升不了天，就爬塔，一层一层往天上爬，爬到塔尖的鬼魂跳着朝天上喊，招手。后上去的把先上去的挤下来。每当有一家起塔，四周围一圈鬼魂，塔垒起一层，上面立马挤一层鬼，人不知道正垒的塔上挤满鬼魂，许多鬼被砌进去，鬼砌进墙里塔就不稳，鬼一动弹，塔就摇晃。白天人垒墙，晚上鬼垒墙，大鬼把小鬼折三折，一个压一个往上垒。垒到鸡叫哗啦啦全倒掉。

驮昆驴队让开道，昆门徒和信众默念昆经，目送驮尸驴队走过。

“是哪里打仗了？”库问经过身边的赶驴人。

“固玛。”赶驴人一脸悲伤地回答。看样子驴背上的死者是他的亲人。

行像队伍突然停住，传来话说前方在打仗，原计划到固玛的路线改了。库看见队伍在灰色的沙地上拐弯，先是驮昆的驴队在前面掉转头，后面的人和驴跟着转弯。库和谢站在一边，看浩荡的人驴转一个大弯走上回头路，最前面是西昆寺的高大昆像，其他寺院的昆像紧跟着。库要去固玛，不能跟他们回去。很快，库和谢落到了队伍的最后面，扬起的尘土像一堵墙把他们隔开。库搡搡谢的脖子，意思是该走了。谢甩了两下头，随库前行。走一阵回头看，行像队伍已经埋入低远的尘土中了。

第四章　固　玛

战　场

天空灰蒙蒙下着土，浮土从头顶从四周合围过来，沙地上没有路，只看见前头有一片模糊的矮树林。库牵着谢往树林那边走，有树的地方也许会有人家。

左右突然竖起两堵尘土的墙，连天接地，一下子挡住天光。两堵墙在渐渐移近，库和谢夹在中间。

谢不安地扭头，耳朵一耸一耸，谢听到四周不祥的动静，拿脖子搡库。

库意识到自己站在交战队伍中间时已来不及躲开。几乎同时，毗沙语和黑勒语的喊杀声突然从两旁直冒出来，看不清有多少人马，只听见两片喊杀声对冲过来，两堵尘土的墙混合成一堵。

库急忙骑着谢往毗沙军那边跑，又担心被毗沙兵当成冲锋的黑勒人，赶紧停住，下了驴呆站着。骑马的不杀骑驴的，骑驴人不打仗，这是规矩。库紧紧牵住驴缰绳，就差没躲在谢肚子下面。

一阵铁碰铁的尖利响声夹杂人的喊杀与惨叫声。库抱住谢的脖子，躲闪着，他们果然对牵驴人不感兴趣。

只一会儿工夫，战场安静了。库四处望，第一波冲杀的士兵几乎全倒在地上。

装　死

库知道第二波冲杀会很快开始，牵着谢赶紧走，又不知道往哪走。谢也被杀人场面吓晕，头往库怀里偎。眼看两边尘土又起，冲杀的马队在嗒嗒推进，库一着急丢开缰绳，趴到一个挨了一刀的毗沙兵身旁，那人肩胛骨被砍断，倒地后背上又挨了一刀，好像没死，脚尖一下一下蹬着地，蹬出一个沙坑，地上全是他的血，库趴在血泊里，左右两下，滚成个血人，又往脖子脸上抹一把血。

库丢下谢趴地上装死，谢装不了，呆站着，斜眼看库，往库身边靠。库朝外挥手，示意谢别过来，就地站着。谢不听。

那人的腿还在动，脸一半埋进沙土，露出的一只眼睛半睁着，直直看着库，目光发灰，库学他的样子一半脸埋进沙土，露出一只眼睛看他。

库这才看清那是一位毗沙国将领，库仿佛在哪见过他，又觉得没见过，不敢认。

对面那只眼睛一动不动，像被眼前的东西定住。库一下浑身发毛，在那只眼睛里定住的，正是满脸血污的自己。库想把眼睛移开，可是，他的眼睛被那只眼睛定住。

这时天空响起哗哗的翅膀声，一群白鸽子在头顶飞旋。可能是栖在不远处那片矮沙枣树林里的鸽子，被马蹄声惊飞起来。

又一轮对杀开始了。库朝下的耳朵里灌满了隆隆的马蹄声。沙地在颤抖。库的一只眼睛看见两个骑马人往这边追杀过来，被追的好像受伤了，一只胳膊垂吊着，拼命往这边跑。

那条腿还在动，脚尖一下一下地蹬着地，像要挖一个把自己埋起来的洞。库怕引来敌人，急忙朝那腿上蹬一脚，他一下不动了，半睁的眼睛还灰灰地看库。

一队骑兵狂奔到跟前，谢赶紧躲一边，眼睛瞅着浑身是血的库。骑马人没跑多远，被对面毗沙骑兵堵截回来，一匹马直奔向库，眼看踩上了，谢脱口大叫。

“昂叽昂叽……昂。”

那匹马猛地刹住，上面的人险些栽下来，冲杀的马队也顿然停住。谢被自己的鸣叫吓住，不久前在寺院谢也被自己的鸣叫吓住，荒野中的叫声没有形，像一股裹挟沙土的旋风，蹿到半空又轰轰隆隆坠下来。

打得火热的仗突然被一头驴叫停，所有眼睛都看着谢，人的，马的，库对面那人的眼睛也睁了一下，好像有了点光，很快又黯淡下去。

又一阵驴叫灌进库的耳朵，人的声音全听不见了。一头背上驮褡裢的黑勒驴直奔过来，后面另几头在追赶。“黑勒驴灰，丘驴黑，毗沙驴肚皮白。”跑前面的驴肚子底下硬邦邦伸出一截子。“白肚皮的毗沙母驴，天下叫驴都想日。”谢知道这些驴事。丘和黑勒的叫驴，哪个不喜欢跑毗沙的差事，都是奔着毗沙母驴去的。

那公驴奔到跟前，二话没说就往谢屁股上爬，谢扭屁股躲开，连爬几次没上去。公驴看来硬的不行，嘴凑过来啃谢的脖子，驴啃脖子工骗工，互挠痒痒，谢可没兴趣啃他的脖子。那驴边啃边说软话，后面那头也奔到跟前，直接往谢屁股上爬，先到的这头急了，屁股一抬，一蹶子尥过去，那头肚子上重重挨了一蹄子，两头黑勒叫驴踢打起来。库担心地看着谢和两头黑勒叫驴搅和在一起，怕谢跟他们跑了，又不敢起来去牵她。谢的眼睛却一直不离库，这让库有了点放心。

人　头

突然的驴鸣让指挥战斗的人清醒过来，双方指挥官都喊叫着组织队伍，库半睁的一只眼睛里处处马蹄纷乱，周围是毗沙人的声音，迎面逼来黑勒语和天语的喊杀声，两队人马对冲在一起，一阵马嘶人叫和刀刃碰击后，地下倒了一片人，没砍死的蜷曲身体惨叫，一个黑勒骑兵，背上中了三箭，不知道自己死了，还举刀砍杀，刀举到半空醒过来，身体僵硬地掉下马背。背上没人的马匹四处乱跑，有的马惊了，横冲直撞，有的转着圈找寻主人。谢站在原地，扭头看四周，看趴在那里的库，人打仗跟毛驴没关系，站着看就是了。那两头黑勒叫驴依旧围着谢相互踢打，库见谢不住地看他，突然脸红起来，觉得这样装死丢人了。

接下来的场面把谢吓坏了，一个人被砍下马，砍他的人下马来揪住头发，一刀把头割了，又翻身上马，提着血淋淋的人头奔到对峙的马队前，抡圆了扔向对方。很快对方也有人头扔过来。

一颗飞来的人头砸在库身旁的沙地，几个人围过去，对着人头大喊，“都木都木”。库听出“都木”是一个毗沙军官的名字，“都木都木”的喊声引起了一阵毗沙语的喊杀声。

毗沙兵也把杀死的一个黑勒军官头割了，抡圆了扔向对方阵地，一时间天上人头乱飞，打杀的人都抛开对方去割地上的人头，几乎所有被杀死的人都被割了头，人头成了攻击武器，漫天飞。

黑勒语夹杂天语的喊杀声突然高亢起来，毗沙兵扛不住，往后撤，四周一下满是黑勒兵。一个黑勒兵提刀走向库，谢急得跺蹄子。士兵把库旁边躺着的人头提起来，库眼睛眯一个缝，见黑勒兵在砍那人的脖子，一刀没砍下来，砍第二刀时，那人的腿又蹬了一下，他从死的沉梦中惊醒，又活了一下，库一轱辘爬起来，黑勒兵吓得后退两步，举刀要砍，库连忙喊了句黑勒话，又用天语说了句“天至上”，士兵的刀停住了。

突然刮起东风，沙尘弥漫，毗沙兵顺风扑杀而来，黑勒兵赶紧上马逃跑，库就地趴在已经没头的那个尸体旁，想看看谢在哪里，却睁不开眼睛。一颗头重重落到库的头顶，差点砸着库，库朝上翻眼睛，看见他的鼻子和染成红色的胡须，吓得赶紧闭眼，觉得这颗头在哪见过，睁眼看，想不起来。那割掉的头眼睛半睁着，目光散散地看库，又像看那个无头的身体。

喊杀声好像远了。库又听见头顶上哗哗的翅膀声，大群鸽子在天上飞旋，有三只白鸽子落下了，一人身边落一只，对着他们咕咕叫，库心里一下安静了。

四周又是毗沙语的喊杀声，一阵马蹄从头顶踏过，库觉得该起来了，刚抬起头，头发被一只手揪住。

“我是毗沙翻译家库。”库用毗沙语大喊，又用昆语念了句昆经。

黑勒人败退到干河沟对面，毗沙军没有乘风追击，仗从中午打到傍晚，人马都乏了，库趴地上装半天死人，起来感觉地直晃，耳朵蒙蒙的，这场几白人马对打的战争，在他贴地的右耳朵里留下长久的纷乱马蹄声。

库扯嗓子喊“谢”，抓他的毗沙兵问谢是谁。库朝马队里指。一个士兵抓住了谢，谢一甩头，一趟子跑过来。

“她是我的。”

库一把拉住缰绳，驴牵在手里，他才觉得安全了，牵驴人不打仗，“骑马不欺骑驴的，骑驴不欺牵羊的，牵羊不欺抱鸡的”。这个集市上的规矩，战场上也管用。

乔克努克

乔克努克将军一眼认出满脸污血的库。

“士兵说捉到一个装死的毗沙人。大家都在拼命，你趴地上装死，装死是翻译家的特权吗？”

“我这颗头里装着几十种语言的昆经，你也不舍得让它砍了当尿壶吧。”

乔克努克将军笑了笑，他的笑容里有两张脸的表情在晃。三十年前库在毗沙王宫初见他时就是这个感觉，两年前在渠莎见他也这样。他的微笑里藏着一个不笑的人。有时又在不笑的脸上藏着另一张笑脸。

乔克努克将军吩咐部下赶快给库找匹好马。

“怎么能让我们的大翻译家骑一头小毛驴在战场上乱跑呢？”

“骑上马就是战士了，我还是骑驴。”库抱住谢的脖子。谢听出他们在说自己，脖子紧贴库的胸前。

那边有人急喊将军，乔克努克跟库道别，然后消失在尘土里。

太阳快落了。一整天太阳都蒙在浮尘里，这会儿勉强地露出脸。天上乌红的晚霞和沙地上一片一片的污血辉映着，远远近近都是喊声，喊人的，喊马的，受伤疼得喊叫的，混杂一起。人马逐渐往大沙包上集合。毗沙军的红色大旗竖在那里，乔克努克将军骑着枣红大马立在战旗下，显得异常威严。

“将军唤您过去。”过来一个提刀的骑兵。

前后都是往坡上拥的骑兵，库一跃骑在谢背上。他隐约听见将军在高处喊话，四周一下安静下来。库的耳朵蒙蒙的，听不清将军在说什么。但他听出将军的声音里有另一个声音在飘。许多年前他听他说话时就觉得他有两个嗓音，就像他有两个表情一样。

库和乔克努克认识有三十年了，见面却是有数的几次。一次是十年前，乔克努克将军带领毗沙军占领黑勒，毗沙举国欢庆，国王设宴给将军庆功，库以翻译家的身份参加了宴会，乔克努克将军带来黑勒及周边好几个语言地区的归顺者，库准确地翻译了他们向国王的祝赞。那次战争的背景是黑勒汗王阿布带军向西攻打萨曼王朝，毗沙国得知消息后派军尾随其后，袭击了黑勒军。黑勒军被迫回师，在英噶莎尔与毗沙军决战。阿布战死。毗沙军占领黑勒。另一次是三十年前，国王为乔克努克的父亲庆功，毗沙军在大将军率领下，和黑勒城内的昆门徒一起攻占了黑勒。库随从师傅参加宴会，他在那里认识了毗沙国大将军的儿子乔克努克，那时他十五岁，已经随父亲打过无数次仗，那次攻打黑勒城，就是乔克努克的孩子军团打头阵，他们白天在农民的庄稼地里睡觉，晚上夜行军。那时从毗沙到黑勒，一路村庄城镇几乎全是虔诚的昆门徒，他们用庄稼地、羊圈、草垛和葡萄架掩护了庞大的毗沙军队。只可惜那次胜利的时间非常短，黑勒军在逃亡途中很快组织了反击，并夺回黑勒城。此后，两国处于拉锯战之中。库的师傅和乔克努克的父亲，都在此后漫长的战争中老死。

师傅死后，库成了毗沙国最有名的翻译家。乔克努克也在父亲去世后，成为毗沙国最传奇的大将军，他率领的无眠之师在不分白天黑夜的战斗中取得辉煌战绩。

点　名

沙漠上的黄昏，半个天是红的。库和谢在骑兵护卫下走到沙包顶上。将军喊完话，用眼神跟他打招呼，他的眼神里一样有另一个眼神在动。

毗沙军开始清点人数。点名军官骑黑色大马，手捧羊皮封面的厚厚名册，一个一个念名字。念到名字的人答应一声。没人答应的名字多喊两声，喊第三声没人答应，名字上画一个叉。念到一长串名字空空的没人答应，点名官不安地四处张望。库也四处望，重复三遍没人应的名字重重叠叠，听得人头皮发麻。

“觉。”又一个没人应的名字。点名官声音颤抖。

“觉。”第三声几乎扯嗓子喊出来。

四周静静的，连风都没声了。过了好久，从远处尸体遍横的荒野上传来低哑的一声“哎”，像一个叹息，紧贴着地皮传来，似乎所有人都听到了，扭头往那边看。谢也听到了，跟着人一起扭头望。

一个士兵打马奔去，又一个士兵打马奔去，去了三个士兵，回来两个，说觉就在那里，只有身子，找不到他的头。他率领的前锋部队全牺牲在那里，也都没有头。库注意到他们跑去的正是他趴地上装死的那地方。

队伍里传出低哑的哭泣，从一处到一片。他们亲人的名字叫不应，他们用哭声应答。

乔克努克将军面无表情。

“觉是点名官的哥哥。弟兄四个在军队里，两个弟弟在半月前的一场战争中死了，被同一个人杀死。弟弟被砍伤倒在地上，敌人拿刀割头，哥哥冲上去救，也挨了一刀，倒在一起，兄弟俩的头被割下来，黑勒骑兵抡着人头去攻打他们的哥哥——前锋将领觉，他杀的黑勒军最多，每次战争黑勒人都想杀掉他。这次他们把最优势兵力用在对付觉的先头部队，而让其他部队遭毗沙军屠杀，他们以整个战场的失败为代价，换取了局部的胜利，勇猛的毗沙军前锋被消灭了。”库听旁边的士兵嘀咕。

库在心里确认刚才倒在他身边被割了头的那个将领就是觉，他牢牢记住了这个名字。

接下来点名官的声音飘忽起来，好像风刮的，风声骤然急了，他手臂僵直地捧着羊皮封面的厚厚名册，一个一个念名字，声音嘶哑冷漠。名册里或许再没有他一个亲人，那些应答和无应答似乎都跟他没有关系。

库一直看着点名官布满尘土的脸，两行眼泪流到鼻头处停住，他的悲哀也在那里停住。库抚摸着谢的脖子，担心她在这时候多嘴叫一声。谢的长耳朵里一声一声地灌进活人死人的名字。那些名字好像是风从名册中哗哗地刮出来，扔到风里刮走。

“哈吉。”点名官声音刚落，一个士兵直直栽下马背，死了。随军昆门徒兼医师过来摸脉查伤。叫哈吉的士兵躺在库眼前，肋部斜插进去一把刀，应该早死了，自己却不知觉，一直骑在马背上。他的名字把他喊醒过来。

又有三个士兵听到自己的名字，栽下马背死了。

“咋回事？”乔克努克将军走到随军昆门徒身边。

“他不知道自己死了，你看伤口，都中了要害。不喊名字他会一直以为自己活着。”

乔克努克疑惑地看着昆门徒，又低头看自己，看周围的士兵。最后扭头看库。库点点头。谢也点头。谢知道点名是在分清活人死人。有些人已经死了，就像她身边的长枪士兵，他用死人的声音答应。

“别点名了。撤。”乔克努克将军大喊。

四周骤然响起嗒嗒马蹄声，风吹马鬃和甲胄的声音被拉长。

又有几个士兵栽下马背。也许风喊醒了他们。也许马嘶叫走了魂。

库骑着谢跟在撤退的马队后面。乔克努克将军让库换骑马，马跑得快。库拒绝了。

两个骑兵左右保护库和谢，一个拿刀，一个提长枪。

谢右眼里提长枪的士兵是死人，他没气了，自己不知道，别人也不知道。

将军吩咐他护卫库：“这颗脑袋里装着全世界的语言，可要保护好了。”

“是。”他打马过来，半堵墙一样立在库身旁。队伍开拔后他一直护着右边，前后关照，不时看库的头。将军让他保护这颗头，他就只盯着头。谢注意到库也在看他。两眼相对时，库会不会看出他空洞的目光没有一丝温度？他最好别看出来，不然会吓着的。白天谢在战场上，看见好多骑马冲杀的死人，目光灰灰的，他们大声叫喊，举刀砍杀，不知道自己死了。好多死了的人又被杀死，还不知觉，像活人一样冲杀。谢看着着急，想叫一声，又觉得多嘴没啥好处。驴叫是给死人点名。已经死了的人，跟着驴叫走，跟着马嘶走，跟着风声走，跟着人声走。谢能看出人的死活。那个秃头昆门徒也能看出。库看不出，他知道许多死和活的深奥道理，却看不出谁死了谁活着。他骑小毛驴走在高头大马队里，觉得矮是安全的。谢却看到了不祥，在谢微眯的眼睛里，前面黑压压的队伍中一半是死人，他们不知觉地奔跑，没有累，没有白天黑夜，没有恐惧和瞌睡。

无　眠

奔跑的马队悄无声息地停住。风也停住。四周一片马腿挪动声，前面的马队全掉转头，后面的马队也掉转头，左右两个卫兵也掉转马头。库不知道发生了什么，赶紧拉缰绳让谢掉头。

没有听到任何命令，军队在黑暗中转身，后队变前队，刚才还在背后的北斗星挂在了前面。头顶的星星多起来，仿佛风把天上的云刮开，夜空亮了一些，地却显得更黑。

前后左右还是黑压压的马队，只是行进的方向反了。库和谢夹在马队中间，部队在朝天黑时离开的地方奔走。几百人马的回头路，踩起的沙土再次被踩起。

库侧脸看左边的长枪卫兵，想问他这是怎么回事，又没开口。身边没一丝人声。刚才的嘈杂突然寂静，连马蹄声都变轻。仿佛转头行进的是另一个队伍。

夜里不走回头路。库知道这个忌讳。谢也知道。尤其在荒野上行走，脚步把沉睡的鬼魂都踩醒了。人回头走去时，一个一个鬼魂候在路上。鬼睁眼识地上的脚印，鬼没有脚印。脚步声惊醒的鬼，会踩脚印跟人。毗沙人自野外回家，走一阵转身踩两个倒脚印，再往前走。鬼看到倒脚印就不会走了，停下来想。想着又沉睡过去。远行人快走到家门口时，老远就跺脚，拍衣服，不把远路的风尘带回家，不把野外的鬼魂捎回家。

几百人马的军队把荒野上沉睡千百年的鬼魂惊醒了。

幽　冥

整个荒野幽冥地亮起来，那是醒来的鬼魂的光。人和马看不见，只有谢这头驴能看见。黄昏时嗒嗒过去的人马惊扰了鬼魂。鬼醒来慢，先醒的看见人马渐渐走远，踩起的尘土落下，后醒的不知道发生了什么，都蹲地上识脚印，一个鬼跟一行脚印。都是马蹄印，没人的。马蹄是圆的，鬼怕圆。人脚印扁长。鬼认得人脚印。一个人单独走过荒野，脚印上跟了一长串鬼。鬼跟鬼，一场空。鬼知道最前面的鬼在跟人，都想挤最前面。

往回奔来的人马把鬼魂吓坏了，纷纷逃往两旁。鬼魂的幽光远远围着毗沙军，奔走的马队比夜暗一层，马蹄声更黑暗。四周亮着的鬼魂在围观一场黑暗处的戏，那些沉睡百年的人的魂，驴和马的魂，草木和石头的魂，死亡星星的魂，都被吵醒，睁开眼睛。整个旷野幽亮起来，只有行进的毗沙军是黑的。

夜　战

长枪卫兵让库停住。库勒住驴缰绳。脚下是乱石，部队已离开沙地行到干河滩上。后面的人马很快超过去，只一会儿，背后没了一丝声音。

前面的马蹄声骤然急促。随即是铺天盖地的喊杀声。声音被低低的夜空压扁，朝着前方铺盖过去，云和星星上都是喊杀声，声音越响亮就越黑。

“无眠之师的夜战开打了。”长枪卫兵的声音从头顶传下来。他的马高出驴半截子，人高出库半截子。

库第一次目睹无眠之师的夜战。被毗沙人传得神乎其神的无眠之师，在黑勒语、天语以及更远的语言世界里，是噩梦的代名词，凡跟毗沙军队交过手的，都知道毗沙军夜军的厉害，每当他们白天战斗得人困马乏、伤痕累累躺倒昏睡时，毗沙军便呼啸而来，还是白天跟他们交战过的那队人马，还是毗沙语的凶恶喊杀声，好多人被砍死在梦里。无论他们白天跟毗沙军打了胜仗还是败仗，晚上都会遭到毗沙无眠之师的进攻。

一大片喊杀声黑黑地朝前涌，库和谢还有两个卫兵站立的地方逐渐亮起来。谢不安地跺蹄子，成千上万的鬼魂跟他们站在一起，看前面那场战争。两个卫兵的头上、背上、肩膀上都站满发着幽光的鬼。更多的鬼魂跳起来看，一下蹿到半空，看两眼落下来，鬼魂让夜空变成幽蓝。在鬼魂起起落落的夜空里，飘满白色羽毛。

第五章　人　羊

皮　匠

太阳升到马头高时，毗沙军赶到昨天的战场。昨晚的那场夜战像梦一样悬起来。也许就是一场梦，库不能确定它真的发生了。他一夜未眠，脑子迷迷糊糊。

毗沙军前面是马骑兵，中间步兵，后面驴骑兵。驴骑兵是固玛民兵，组织来驮运尸体的。骑驴不打仗。这是规矩。驴也打不成仗，两队交锋，马往前冲，驴朝后退。

这群驴显然没把上战场当一回事，相互踢咬，尥蹶子，公驴还趁机爬母驴。一头高头黑驴，昂昂叫着往谢身上爬，库拦挡了一下，公驴转身飞来一蹄子，险些踢到库脸上。长枪卫兵冲上来戳了黑驴一枪杆，黑驴惊窜几步，又停住看谢，做出要冲来的架势。公驴只有追母驴时冲锋，从来不会给人打仗冲锋。这个习性人都知道，人也不愿让驴参战。骑马打仗就够了。一场仗打完，剩下的活都是毛驴和活下来的人干。总得留下一样牲口帮人过日子，所以毛驴留下来。一茬茬的驴在这场漫长的战争中出生长大老死。

库想辨认昨晚的那场仗在哪打的，却一点痕迹没有，好像在更远的沙漠中心的大河滩上，又好像在一场梦里，他和两个卫兵远远站在后面，睁大眼睛看着根本看不见的一场大战，仗不知打了多久，又刮起了西风，前方的喊杀声弱了，长枪卫兵催促库撤，库拉谢掉转头，谢迟钝，卫兵拍一枪杆，谢猛地跑起来，听见后面大片的马蹄声跟过来。

部队在呼啸的风沙里后撤了几十里驻扎下来，早晨库才看清旁边是一座破败的早已无人的村子，许多马站在灰蒙蒙的荒地上。两个卫兵早起来了，站在两旁。稍远处有人架起火堆，接着一堆堆火架起来，人马的影子在火光里晃。库抖抖头上身上的沙子。谢也抖抖身体上的沙土，眼睛偷看着拿长枪的士兵，他好像没睡，一晚上骑马提枪站在那里。

遍野都是蹲着的无头鬼魂，像拾麦穗的人一样手摸地找自己的头。谢怕被他们附体，东躲西躲地绕着走，库以为谢的蹄子踩到刺猬了。

黑勒军队在干河沟对面驻扎，看上去一大片人影，恍恍惚惚，不像要打过来的样子。昨晚那场夜战肯定让他们精疲力竭，现在还没缓过来。

库牵着谢找昨天跟自己躺一起的那个人。天亮前库迷迷糊糊睡了一阵，眼前老晃着那条一下一下抽动的腿，他脚尖朝下蹬出一个坑，往里引自己的血。库觉得自己和他面对面躺着，鼻尖顶着他冰凉的鼻尖，风呜呜地刮过两张对着的脸，库不敢睁眼，他的眼睛一直看他。库觉得内疚，是自己的一脚把他蹬死了。谢卧在库身旁，库背靠谢的肚子躺着，后背热得出汗了，前胸一片冰凉，想转个身，前胸贴着谢暖和一阵，又不敢动。谢也不动，库的心思都在她心里，谢想一直这样。天蒙蒙亮谢站起来，跺蹄子。库睁开一只眼睛，另一只埋在沙子里。风停了。

遍野的尸体被风沙半埋起来，库吃惊地看到所有毗沙士兵的尸体都趴着，没有头。库找到昨天他趴下装死的地方，那人的尸体也脊背朝上趴着，库一眼认出他的腿和脚上那只皮靴。他蹬出的坑被沙子埋掉，昨天脸对他的那颗头不见了，旁边扔着另一颗人头，脸朝下，库提起来看了看，又放下。

四处是找头的人，找到的头和身体接在一起。

过来一个干瘦皮匠，拿起库放下的头往那个人脖子上对。

“不是他的头。”库上去拦住。

“那你把他的头找来。”

“我上哪找，刮了一夜风，头是圆的，早滚远了。”

“他总得有头吧，不管谁的，先安上再说。”

皮匠解开皮口袋，拿出铁针、皮条、改锥，皮条穿进针鼻，先用改锥扎眼，铁针顺着眼穿过，跟缝制皮捅子一样。库看一眼不敢再看，到一边蹲着，谢用一只右眼看，另一只看左边一个皮匠做活。在集市谢看多了割羊头牛头，没见过往人脖子上缝头的。皮匠也似乎没干过这活，扎针时扭着头闭着眼睛。不过，缝几针他就适应了，开始很认真地做活。头显然跟身体对不到一起，皮肤有差别，脖子粗细也不一样。皮匠手艺好，这拉拉那扯扯，竟然对接上了。皮匠叫库过来，库看一眼躺在地上的人，竟然觉得这个头就是这个身体的。

打起来了

黑勒军在对面河岸上摆好阵势，收尸的毗沙驴队慌忙撤离，谢背上绑了一个身首缝一起的死人，浑身不自在。库吆喝谢赶紧走，两个卫兵也催促库赶紧走，就要开战了。谢愣着不走，就地转圈，四处看。库急得踢谢一脚，谢放趟子跑起来，跑一阵步子慢下来。背上的死人越跑越沉。死人死重。驴都不愿驮死人。活人有气，有光，有梦，有想法，轻。人一没气，就往十里沉。库身上背着羊尿脬水囊和吃食褡裢，走得比谢累。褡裢本来驮在谢背上，库嫌吃食跟死人挨着，吃起来硌硬。谢也认为库背着吃食是对的，那个头是饿死鬼，被杀时肯定空着肚子，他的眼睛一直盯着库的吃食，他头下面是别人的肚子，那个肚子饱饱的。

驮尸驴队从左边绕过排列整齐的毗沙军阵往后方撤，库没看见乔克努克将军。他应该在军中坐镇指挥。今天一早卫兵带来乔克努克给的干肉和炒面。

“将军说让您见识见识这场战争。”提长枪的卫兵头伸到库耳边。“将军还说，如果他战死了，希望你捎话给他家人。”

驴队突然叫起来，全对着骑兵后面的民团叫。这些征用来的毛驴看见主人了，在打招呼。民团里的人看见自己家的驴，也嗷嗷地叫，挥手招呼，意思是让驴赶紧走。驴却站住不走，叫声更大了，前面的骑兵都回头看。河岸上的黑勒军肯定也听到了驴群的昂扬鸣叫，几百头驴的叫声比几千人的冲杀声更震撼。

谢没叫，这群拿长矛、斧头、镢头、锄头和铁叉的人群里没谢认识的人。库催打谢快跑，谢瞥库一眼，驴群挤成一堆了咋跑？

两头驴挣脱缰绳往民团队里跑，那边有人跑出来迎驴。仗没开打，毗沙军后方出现骚乱，库觉得不吉利。一队马骑兵奔过来驱赶驴队。驴队很快被赶走，驴叫却没停，那些驴走几步回头叫一声，民团里的人也不住回头看。谢眯着眼睛，心里替这些毛驴着急，驴看出主人有灾了，扯嗓子叫主人往回跑，主人不听，挥手叫驴走。驴能早几天看见人的死。在驴看来这些乱糟糟的民团和前面队列整齐的军团中有一半人已经死了，他们自己不知觉。

听见后面传来喊杀声，库和谢同时停住。驴队里的人都往后看，驴也往后看，离开不到五里地，能看见毗沙民团和军队冲杀的背影，听见铁刀碰撞声和人的喊杀和惨叫声。一大片尘土弥漫起来。

“打起来了。快走。快走。”驴队被催打着跑起来。

库经过昨天的那场大仗，倒不怎么害怕了。在库昨天装死的地方，同样的厮杀又开始了。库知道这场仗得打一阵子，上千人马，上千颗人头，你一刀我一刀砍，也得砍大半天。

头身

太阳光直照下来，库热得头晕，头皮干干的已经没汗出。谢肚子上淌着汗，背上那个死人也在出汗，尸体用皮绳拦腰绑住。库不时看一眼那条耷拉着的腿，脚尖好像还在动，一下一下地蹬一个看不见的坑。谢担心库看到鬼魂被吓着。他们把那死人往谢背上绑的时候，鬼魂已经脱身骑在谢身上。鬼骑驴，脸朝后。那鬼魂脸黑黑地望后面，头和身体在吵架，头的魂和身的魂相互不认。

“这牲口得快点，再晚一天就臭了。”头闻到了身体的臭味。谢和库也闻到了。

“还有两天的路才会走到毗沙城。”

“我可不去毗沙，我回黑勒。”

“你去哪这牲口说了算。”

“闭嘴，你个没头的。拿脚后跟想事情呢。”

“难道你不是我的头吗？”

“傻子，头丢了都不知道，我哪是你的头啊，你拿手摸摸，这是你的头吗？”身体的魂拿手摸头，摸鼻子眼睛，摸头发胡子耳朵，摸完不吭声了。

“那我的头呢？你的身呢？”

“以后你就是我的身。我叫妥，黑勒人，你跟我叫。”

“我可不要你这颗臭头。我有自己的名字，我是毗沙人。我的名字叫觉。你必须跟我叫。”

“人家叫名字时都看脸，不会看着腿和肚子叫。身体没有名字。你这个臭毗沙人。”

“那我们就叫觉妥吧。”毗沙身体话软下来。

“不，叫妥觉。从头往下叫，头是妥，身是觉。”黑勒头硬起来。

谢听头和身的魂吵架，吵到最后黑勒头占了上风。毗沙身沉默了一会儿，身没有脑子，他用黑勒头想了想，想清楚了。

“我看，我们就叫妥觉吧，头在上，我跟你叫，但你必须跟我走，腿是我的，往哪走腿说了算。我要回毗沙。”

“你个臭毗沙人，往哪走也是头说了算。”

谢扭头朝后翻一眼，叫妥觉的鬼魂看不见谢翻眼，鬼魂的眼睛朝后，在看以前呢。

尘 土

走进一片胡杨林，驴队停下来休息。库拿出半块饼，放在褡裢上，羊尿脬水囊里剩一点水，库喝一口，看看谢。谢扭头吃胡杨树叶。鬼魂妥觉跳下驴背，坐库身边，库喝了口水，伸手拿饼，谢见那鬼魂也伸手拿那块饼，跟库的手碰在一起。库手指痉挛一下。一块饼在那里分成两个，鬼魂拿到了饼的影子。叫觉的鬼魂把饼掰开，分一半给头。头张嘴咬住。身把另一半也塞头嘴里。刚才伸手拿饼时，身还没意识到自己没头没嘴。看来我这双手要给一个不相干的头干事了，不知道这个头啥时候为身体着想啊。身嘟囔着。

库啃了两口饼，干巴巴咽不下去。厮杀声已经听不见。有人爬到一棵大胡杨树梢上。

“看见了吗？”

“一片尘土。往这边移。”

驴队一下骚动起来，库赶紧收拾褡裢赶谢快走。谢扭头看后背。那死人在谢背上越吊越长，快挨着地了。

我的刀

过胡杨林是一片开阔地，树林边一座烧黑的村子，不是昨晚宿营的地方，驮尸的驴队松松散散，拖了几里地。库和谢落在后面，谢没怎么干过重活，驮个死人跑半天，走路打摆子了。库后面一头大公驴，驮三个尸体，一边搭一个，背上绑一个，还劲头十足，不时凑过来闻谢的屁股。库在他嘴上敲一棒子，他来兴头了，猛跑几步，昂叫着爬上前面一头小母驴屁股，母驴背上的尸体突然尖叫一声。赶驴人连忙停住，解了绳子，那死人直直落在地上站住。

“我的刀。我的刀。”

他眼睛空空地看远处。赶驴人吓坏了，急忙递过一根歪木棍。

“杀啊。”

那人高举木棍，大喊着朝后奔去，一瞬间消失在扬起的尘土里。

走了不到半个时辰，后面黑黑的一道尘土移过来，谢先感到不妙，不住回头。库也觉得不妙，吆喝谢快跑。谢猛蹿几步，库跟不上了，喘着粗气落在后面。眼看后面扬起的尘土在逼近，嘈杂的喊杀声在逼近。前面的驴队跑动起来。库和谢落得更远了。

也就一会儿工夫，溃败的毗沙军像放野的驴群一样拥来，谢站住看，库惊呆了，大队人马从身边跑过，后面追杀的马队也快到跟前，库这时才反应过来，几刀子割断谢身上的皮绳，那死人滚落在地，库一跃爬上去，脚后跟猛磕谢的肚子，谢放趟子跑起来，跑一阵突然停住，回头看见倒骑在库后面的鬼魂妥觉，不知库感觉到没有。谢知道甩不掉他们了。

烟

库醒来发现自己趴在谢背上，谢站在一棵孤独的矮胡杨树下，前面一棵巨大的胡杨树下掩藏着一个篱笆墙院子。这是啥地方啊，库下来望谢。谢望着胡杨树里的炊烟。太阳已经落地了，天光还亮亮的。这户人家把自己藏在一棵大胡杨树里，还是被谢找到。库不知道谢驮着自己跑了多远，她浑身汗淋淋。

围大树转半圈，找到一个柴门，门跟院墙一样是红柳条扎的。库侧耳听里面没动静，摇了摇篱笆门，对里面喊了一声，听见脚步声过来，主人扒门缝往外望了会儿，院门开了。

“有一口饭给我这个过路人吗？”库试着用毗沙语说。

男人看了看库，看看谢背上干瘪的褡裢。库忙掏出一个铜钱。主人没接钱，开了门。

进到院子才发现，围着粗大树干是一间挨一间的小房子，像他在黑勒在毗沙西昆寺进入的那些无尽头的房子一样，这些房子连成一个不知底的洞。高高的树杈上搭有两个篱笆房子，男人仰头喊了声，从树上跳下两个男孩一个女孩，都十岁左右样子，库没看见家里的女主人，也不便问。库问主人这是啥地方，主人说你自己长腿来的，你不知道？库说自己睡着了被这头驴驮到这里。库说话时望了眼谢。

主人舀来一勺水，库一口喝干。男孩给谢端了一木盆水，谢不抬头地喝干。

主人往锅里加了一勺水，库知道是给自己的，多了张嘴，得从锅里多舀出碗饭来。饭是一锅杂烩，毗沙乡下人的吃法，有啥都往一起煮：干果、恰玛古、麦子、干肉、杨树菇，库闻到好几种食物的味道。

谢大口咀嚼干草，边嚼边斜眼看库，看冒气的锅。天不知不觉黑透了。

主人往灶里塞了几棵红柳，一股子蓝烟带着火星往上冒，黑夜被顶起来。

谢见鬼魂妥觉悠地升起来，用皮条缝在一起的头和身一下分开。先是头，在最有劲的那股炊烟里升天了，身愣了会儿，也悠地升天了。随炊烟升起的还有铜锅里的饭香，烤饼的麦香，还有驴嘴里咀嚼的草香。据说油香护送的魂，在天庭门口会受到众仙接迎，人间的油香在天庭可稀罕呢。毗沙人家都用油香送亡人。今天可没油香，那鬼魂只能带着杂食味儿往天上飘。

往上冒的烟被树冠罩住，黑夜是另一片看不见的树冠，把地罩住。谢喜欢看炊烟。在房子挨房子的毗沙城，炊烟在大大小小的昆塔间升起，那些黑色的炊烟的塔，建了毁毁了建，日复一日，年复一年。在有多少烟囱就有多少座昆塔的毗沙城，谢学会仰头看塔，看着看着嗓子就痒。

炊烟冒不到天庭。这是驴的谚语。去过天庭的毛驴说，那些日日朝天冒的毗沙城的炊烟，杰谢巷的炊烟，固玛、策勒、渠莎的炊烟，从不曾熏黑过天庭的门楣。

但人还是信“人升天，烟指路”。“烟囱上绕手，把人往黑里引。”这都是人的话。

谢一直盯着灶台上的烟囱看。过了好一阵，先是没头的身落回来，接着没身的头落回来，他们在谢背上又身首合一。

“天庭不要没身体的头。”谢听妥嘀咕。妥先到天庭门口，让守门人拦住。觉随后也到了，妥惊诧昆门徒觉的身体怎么跟自己一起到了天庭门口，天庭不是专为天门徒所建吗？

“你该下地狱。”妥狠狠瞪一眼觉。

“傻子，哪有地狱。你看所有人都在天庭里。”觉拿脚后跟对妥说。

妥向天门里看，径直朝上的白玉天阶上，黑勒和毗沙的阵亡者，说说笑笑，手拉手往上走。他最仇恨的坏人都木就在里面，这个魔鬼，曾在叶尔羌河边的一场战争中，杀了他的七十个兄弟，尸体全扔到河里。妥的一个同村兄弟就死于那场战争，尸体顺流漂回到河岸边的家。每具尸体都漂回到自己的家。这次是谁杀死都木的啊？怎么不让我亲手杀了他。妥还看见砍死他的那个毗沙人也走在天庭洁白的台阶上，被他杀死的另一个毗沙人也在里面，那人挥刀砍他的部下，他从背后一刀砍下去，那人惨叫一声，扭头愣愣地看他，看落在地上的右臂，好像不相信是自己的，握着刀柄的一个指头还在动，指头不知道身体发生了什么，动一下，又动一下。他也愣住了，一只眼看地上的手臂，一只看那人扭过来的脸。那人也一只眼看自己落地的手臂，一只盯着他。他不知道自己也快死了，人死前才会两只眼睛分开各看各的。他被对面的那张脸完全罩住。那张命结束前的脸，恐惧、痛苦、惊愕，却很快安静下来，全身的动作停下来，座下的黑马停下来，周围一切跟他没关系了，脸上缓缓退却的惊恐也跟他没关系了，他感觉时间也停了，整个战场还在动，马在奔跑，人在冲杀，只有他和那个人停住。也就一瞬，那人的后脖根又挨了一刀，刚才还看着他的头滚落到地上，黑马也看到主人的头滚落地上，受惊了，驮着没头的身体狂跑。他愣愣地看着那颗睁着眼睛的头，就听有人尖叫他的名字，叫声和后脖根上凉凉的刀刃一起到达，他睁大眼看着马蹄下的沙土地朝自己扑来，一瞬，眼睛里就只有天空了，空空的，在天空的边缘处，自己没头的身体僵直地立在马背上，脖子根往上喷血，一旁的白马上骑着杀他的那个人，高鼻梁，深眼睛，他过来拿他的头，他在那一刻安静下来，眼睛平和地扩散开，看见天上地下，前生后世，看见自己的世界花一样八面开放。他在刚才被自己砍断右臂的毗沙人那里学会了这样的死亡。那一刻他对他充满感激。那个教会他怎样死的人，比他先进天庭了。

觉见妥犹豫，抢前一步，被天庭守门人拦住。

“你也回去，把头找来。”

觉一把抓过妥安在脖子上，又往上走，守门人生气了。“哎，傻子，别人的头也往身上安吗？”

这颗黑勒头就这样在一个毗沙身体上，眼巴巴看着天庭朝上的无尽白玉台阶上，说说笑笑的人们。他们的战争结束了，他的战争也结束了，但他不在他们中间。他的头安在一个毗沙人的身体上，他的身体又被哪颗不知道的头在用，他得回去找。或许已经不需要了。

三个孩子上树梢睡觉去了。主人让库在房子里睡，库要睡外面。谢看着库把背上的长褡裢取下来，地上铺一层干草，褡裢铺在上面，库把自己整个装在褡裢里，缰绳拴在手腕上。

刚打了个盹，库被驴蹄声跺醒，睁眼看见长枪卫兵骑马立在院子里，马头和人头高出房顶，库爬起来抱住谢的脖子。谢眼睛阴阴地看着长枪卫兵。他带来的阴气只有谢感觉到。

“将军担心你的安全，令我必须找到你。”他的声音冰冷而不容置疑。

“我想在这里睡一觉，明天去见将军。”

“我的同伴在寻找你的途中被杀了，附近到处是敌人，请你立刻随我回军营。”

主人惊恐地探头看，不知道骑高头大马的士兵怎样从锁住的院门进来的。

败　仗

卫兵带着库和谢顺一条干河床走到天亮，远远看见一个村子，走近了才发现黑勒军正在洗劫这个村庄，卫兵带着库躲在村外树林里，女人和孩子的惨叫声刺耳地传过来。到半中午，村子没声音了，却冒起浓烟，他们试探地走进村子，到处是死人，有的被割了头，有的被拦腰斩断。房子被烧了，只有一户人活下来，见长枪卫兵知道毗沙军来了，赶紧给卫兵施礼。

卫兵和库顾不上理他们，匆匆穿过冒烟的村子，走出很远了，见那家人还站路上望他们，双手行昆礼。

到毗沙军营已是傍晚，库和谢都累得没一点力气，长枪卫兵却毫无倦意。毗沙军营地一片凌乱，疲惫的士兵东倒西歪躺在地上，看样子又打了败仗。乔克努克将军却满脸春风，一点看不出吃败仗的样子。他在刚刚搭起的简易大帐里，和库说着相熟往事，对眼前的战事只字不提。库却心神不宁，谢在帐篷外由长枪卫兵牵着，门口聚了好多士兵，库应酬几句便匆忙告辞，临出帐篷又回头看着乔克努克。

“将军可有话让我捎回毗沙？”

“待你从黑勒回来吧，我不想让我的话被你带到黑勒又捎回来。再说，你肯定装了一脑子别人捎的话，我就不撬开你的脑子看了，想必里面不会有损害毗沙国安全的话。”

库不知道乔克努克将军是怎么得知自己要去黑勒的，库睁大眼睛看着将军，想跟他说自己此行是受毗沙西昆寺王大昆门委托，给黑勒桃花寺买生昆门捎话。又觉得将军似乎不需要他解释什么。

人　羊

进来一个士兵，报告捉到一只会说话的羊。军队征用了附近放牧的一群羊犒劳大军，牧羊人叫玛江汉，宰到其中一只黑羊时，玛江汉扑上来抱住羊头不让宰。士兵拉开玛江汉，牵住羊头把黑羊撂倒，就要捅羊脖子时，那只羊突然张口说话。士兵吓坏了。黑羊和玛江汉被带到军帐后面的小树林。

库牵着谢跟过去。那片地方已经被警戒起来。乔克努克将军看着长成人手的羊前蹄。

“是人羊。”库和将军几乎同时叫出声。

库早就知道泰人制作人羊的事，乔克努克将军自然也知道。

“主人给你的任务是什么？说。”将军拿剑指着黑羊。黑羊眼睛冷漠地看着剑锋，晃了晃头。

“你给他的任务是什么？说。”剑锋指向玛江汉。玛江汉像黑羊一样晃了晃头。

两个卫兵扑过来把玛江汉绑了，倒吊在树杈上。库见识过这种毗沙人整治敌人的办法，据说从康人那里传来的，无论抓了小偷还是奸细，都倒吊起来审问，嘴再硬的人，倒吊半天，话就自己从嘴里倒出来。

玛江汉在被割掉四个指头后，话开始从嘴里往外倒，他是康人，在毗沙生活了好几代，家人一直信天宗。在昆塔林立的毗沙城，天寺也坐落其中。早年毗沙昆国并不排斥天宗，只是和改信天宗的黑勒国开战以后，才对信天宗的居民有所防范。玛江汉交代他跟黑勒的天门徒联系有二十年了，给他们收集传递情报。平常他做着倒卖牲口和放牧营生，哪儿打仗他的羊群就往哪儿赶。地方官都称赞他赶着羊群支援前线，其实他是以放牧为名收集前线情报。

库第一次听倒吊着的人说话，感觉言语也是颠倒的。有时一堆话堵在喉咙，听上去疙疙瘩瘩。

“放下来让他说。”乔克努克将军也听不惯人头朝下说的话。

玛江汉一落地就捂着手指大叫。“我的指头，我的指头。”

士兵将他的手反绑到背后，看不见流血的秃指头他才不叫了。

黑羊见主人被放下来，咩地叫了一声。玛江汉抬头看着被士兵牵住脖子的黑羊。

“他是我十几年前从集市上买的，当时有两岁，特特男孩，我把他放进羊圈跟羊生活了三年，学会羊一样四蹄走路，咩咩叫。然后，在他五岁时，我把一头一岁羔羊的皮活剥了，让这孩子光溜溜钻进去，口缝住，从头到脚，让羊皮变成这孩子的皮。开始孩子痛苦、暴躁，想从羊皮里逃出来。待熬过两年，孩子的身体在羊皮里逐渐长大，羊皮完全长在人皮上时，他就认了。羊皮变成人皮。里面的人皮变成肉。一个人羊做成了。我做过三个人羊，就他做成了，另两个都不到半年就死了。”

黑羊一直偏着头听主人说他的事，主人肯定也是第一次把他的事说给他听。

“我用他给黑勒军送情报，我把羊群赶到野滩，他边吃草边溜过封锁线，把情报捎过去再回来。”

“我在固玛和西叶之间打了五年仗，你在这里放了五年羊？”

“是。”

“我一直纳闷，每当开战前，战场附近总有一群羊在放牧。我还问过地方官，说这是规矩，战场边放一群羊，是得胜后犒劳军队的。可是，只要看见一群羊，我总会吃败仗。现在我明白了，都是你的羊。”

“是。将军，我一直赶着羊群跟随您打仗。”

“你还有什么要说的？”乔克努克将军转向黑羊。黑羊不看将军，只是望着主人。

“他虽然是我买来的，我养活了他十几年，也跟我儿子一样，你们饶了他吧，罪都是我的，他只是个跑腿的牲口。”

玛江汉话没说完，被一刀抹了脖子。他最后这些话是看着黑羊说的。他在说给黑羊听。黑羊却像一只听不懂人话的羊，眼睛冷漠地看着主人的头被割下来。库眼睛闭住。谢赶忙朝后退，见玛江汉的魂悠地跳到树梢上，才停下。

“这牲口交给你了。”乔克努克将军转身进了大帐。长枪卫兵扑过来，一手牵头，一手抓身子，把黑羊撂倒，压在膝盖下。

“我帮你把羊皮脱了。”

话未落手里的刀子已在黑羊肚子上划开一道口子，接着刀刃顺着脖子划向下颚、嘴、鼻子、额头，长满黑毛的羊皮一点点剥开，黑羊蹬着蹄子惨叫，叫声一半是羊咩，一半是人叫。卫兵剥皮很仔细，像有意让库看清楚。羊皮跟里面的人皮已经长在一起，人的汗毛从羊皮毛孔长出来。卫兵刀刃麻利地游走在人皮羊皮之间，随着羊头上的皮被剥下来，库看见一张挤得变形的人脸露出来，那脸上满是人的痛苦表情，惨叫声从剥出的人嘴里冒出来，感觉人和羊在一起疼，是人的那一半惨叫直刺库的心，他实在看不下去，眼一闭转到谢身边。

皮剥到一半人羊便疼死了。他最后叫的那几声是人声，好像羊已经死了，剩下全是人的疼。谢的耳朵根也抽动了一下，库摸了摸她的脖子。过了好一阵，库再看时人的手臂、胸脯、腿、肚子、下身全从羊皮里剥出来了。谢见妥觉一直盯着人羊看。谢也盯着看，担心那个长着羊皮的魂附体，谢背上已经有一个怪物了，不能再招惹上一个。

北　斗

天突然黑了。

散落在外的毗沙兵悄无声息地集合起来，所有马头朝北，乔克努克将军骑在高大白马上，他白天骑黑马，夜晚骑白马。

队伍出发了，还是白天战斗的那些人，那些马。库骑驴跟在后面，他好像又走进一场曾经做过的梦里，一样的星空夜色，一样的马队，黑黑地，沿着下午败退的路挺身前进，一路上不断有白天倒地的士兵，在嗒嗒的马蹄声里站起来，倒毙的马匹站起来，队伍越行越壮大。黑勒军队的营地出现在远远的星光下，黑勒军的鼾声隐隐响在风声里，白天打了胜仗的黑勒军沉睡在梦里，一千人的鼾声传出数里，库和谢都听到了。

“有五种语言的人在打呼。”库自言自语。

乔克努克将军肯定早听到了，他的无眠之师正循着黑勒军的如雷鼾声，循着黑勒人的辽阔梦境，直扑而去。

长枪卫兵拦住了库。

“就送你到这里了，你往西走三天的路程，就是毗沙国边境，将军让我转告你后会有期。”

马队无声地从身边飘过，像前晚一样，后面安安静静了，黑压压的毗沙军像把前方的地压沉下去，北斗七星像旗帜展开在无云的天际。

第六章　栏杆村

村　头

村庄渐渐从土里露出来，先是声音：狗的、鸡的、人和毛驴的。然后，炊烟冒出来，接着是房子，矮矮的，贴着地。

荒野上的路，就是些深深浅浅的驴蹄印子，留在稀疏的碱蒿子和红柳墩间。人的脚印风一刮就没了，只有深陷碱土的驴蹄印里留下骑驴人的重量。

从看到村子到走到村头，大半天的路程。

远远见路边站一个人，库和谢都盯着看，终于看清被胡子和长发遮住的半张脸，只露一只耳朵出来，朝路上听动静。

“我是一个瞎子。请告诉我路，去毗沙的路。”

谢听见人问路，先停住。库也停住。库认识这个瞎子，两年前库走到栏杆村时，他就站在这里。那时库骑在另一头母驴背上，走到跟前了，瞎子突然开口说话，他仰起脸，用黑洞洞的两只瞎眼盯着驴背上的库，说着一种连库都没听说过的语言，这让库诧异无比，大张着嘴，不知如何回应。库原以为自己把所知地区的语言全学会了，却突然从一个瞎子嘴里说出他从未听说过的语言。

现在库能听懂他的话了。瞎子说着西天一个小部落的语言，他在问路。库不知道该如何给一个瞎子指路。库本想跟他说说去毗沙的路，愣了好久，竟没说出一个字。库是懂语言的人，知道世上所有的语言，都是睁眼人说给睁眼人的。给一个瞎子是说不清道路的。

过来一个老太太，手里拿根棍子，一头递到瞎子手里，牵着瞎子往村里走。库向老太太打招呼，老太太只是浅浅一笑，扭头往村里走，库和谢跟着走，一起到大桑树下的小昆寺。

两年前库也是跟着瞎子和牵引他的老太太到了小昆寺。老太太的家挨着寺院，库借宿在她家。老太太不爱说话，对面时平静的脸上一个浅浅的微笑，瞬间又消失在平静里。

小昆寺有烧毁又翻新的痕迹，库能想到这里发生过什么。

小院子里坐满了昆门徒，多是妇女老人。瞎子昆门进入时，毗沙语的诵经声自两旁骤然响起，盲昆门丢开牵引他的木棍，径直走过由诵经声围起的通道，拾阶而上，诵经声给盲昆门把整个寺院照亮，盲昆门走上半人高的昆像台，盘腿端坐，诵经声悄然而止。盲昆门的声音升起来。在能看见声音形状和颜色的驴眼睛里，一尊金碧辉煌的昆像拔地而起，声音往高处塑造昆，一层又一层，谢和寺院外的毛驴都仰头看天空。库和院子里的昆门徒则闭目倾听。

只有库一人听懂盲昆门念诵的经文，也只是听懂大概的意思。盲昆门在诵昆经，库在西昆寺校对过昆经，库只能根据自己记住的毗沙语和外语经文，大概地猜测盲昆门念诵的内容。随着盲昆门的念诵，那些静坐了一地的昆门徒，全都进入如痴如醉的状态中，他们比懂得语言的库更直接地听懂了昆的声音。

刮　风

两年前，库因为前方战事滞留在这个小寺院，那个夜里，库摸黑走进盲昆门住的房间，盲昆门在打坐，他坐的那一块比别处更黑，反而显出他身体的轮廓。库坐在他对面。下午库和盲昆门在树荫下有过一场交流。库用自己掌握的几十种语言试探着跟盲昆门交谈，都说不通。盲昆门说话像满嘴刮风，言语中有“呜呜”的风声，仿佛风在刮过那些事物，从他嘴里发出声音。

库能听懂风，风让大地和天空中沉默的事物发声，库能听懂哪些声音是远近大地上哪些沉默的事物发出的。

可是，盲昆门嘴里的风却不知从何处刮来。

当时寺院正刮着风，杨树叶干脆的哗哗声里混合着寺院房屋拐弯抹角的所有声音。廊檐的声音落在院子。塔尖的声音从空中走远。在他耳朵里，小寺院和栏杆村被风声清晰地描述出来。

“风。”库理着被风吹乱的胡须用毗沙语说，又用黑勒语、昆语、丘语、皇语说出风这个字。

盲昆门只是一只耳朵仔细地对着库。库用手在盲昆门面前呼呼地扇风，但盲昆门看不见库所比画的风。那些正呼呼地刮过天空的明亮的风，在盲昆门心里全是黑暗。

库和盲昆门黑黑地对坐着，库不用眼睛，让自己也成瞎子，在黑暗中一点点地接近。库听见盲昆门悠长的呼吸，相信盲昆门也一定听到他的呼吸。库想说出毗沙语的呼吸这个词，交换来盲昆门语言里的呼吸。可是，库没有出声，而是伸出了手，库触到盲昆门的手时，对方慌忙躲开，紧接着又摸索到一起，五个手指找到另外五个，然后，两只手紧紧地握在一起。

“手。”库摇着盲昆门的手说出毗沙语。

盲昆门也摇着库的手说出自己语言的手。

两人高兴地摇着手，反复互说着对方语言的这个词。

接着，他们脚碰脚说出了两种语言的脚。膝盖碰膝盖说出了走的动词和身体上所有可以弯曲地方的动作名字。他们手牵手，在黑黑的屋子里迈开脚，摸到触到的东西都被一一说出来，待东方泛白——当然，盲昆门看不见东方泛白——第一阵鸡鸣响起时，盲昆门突然学着鸡鸣“咯咯咯”叫起来，盲昆门用自己语言的天亮交换来毗沙语的天亮。两个语言的天同时亮起来。

城　门

库在跟盲昆门的交流中得知他的离奇经历。盲昆门的家乡昆寺被毁，昆门徒没有生存之地，他一路寻找传说中的毗沙昆国，翻过茫茫雪岭到达黑勒。他在黑勒东城门口问去毗沙的路时，被天门徒刺瞎眼睛。他从此变成一个盲昆门，依然每天在黑勒东城门外问去毗沙的路。那时候黑勒城里许多人还在暗暗信着昆。盲昆门在东门问了好多年去毗沙的路，好多人都认识他了。当他在城门外喊“毗沙、毗沙”时，昆门徒听见了，就领着他脸朝东，让他一直走。天门徒听见了，就把他的身体转向西方，让他一直走。

盲昆门相信自己仅靠鼻子和耳朵就能找到东方昆都毗沙国。他确实靠嗅觉和听觉走进荒野上的一个又一个村庄。有的村庄一股驴的味道，有的村庄是浓浓的羊粪味，还有的村庄弥漫着女人下身的气味，仿佛全村女人的性器花朵一样在暗处盛开。有的村庄散发白杨树发芽的味道。杏树开花时，所有味道被杏花的香气盖掉。杏花一谢，仿佛杏树也不在了。直到杏子熟时，苦杏仁的味道会弥漫村子。杏子是这块土地上最早熟的甜果，正值青黄不接，穷人家揭不开锅，苦苦菜也快断顿时，杏子熟了，落了一地杏子的大树下，砸杏核的声音伴着苦杏仁嚼碎的味道传过来。盲昆门用心感受着沿路村庄一年四季的味道，每个村庄都有通向毗沙的路，可是，那些路都是给有眼睛的人走的，盲昆门只能靠嗅觉听觉和灵魂的指引找到方向。

每次走错或走迷路，盲昆门都会回到黑勒东门，从那里重新开始。盲昆门记得城门粗大门框上凸出来一个木节。木头节，硬过铁。贴门框进城的骆驼和驴，把几丝毛留在木节上，等待家人回来的女子把一条红丝带系在木节上。盲昆门对黑勒城的唯一记忆就是城门框上的木节。毗沙人打过来那天，城门破开，整个黑勒城，仅城门柱上凸起的木节抵抗着。木节挂住毗沙人的袖子，拽住冲进城门的马鬃，撕烂衣服。有一天那个木节掉了，瞎子再摸不见黑勒。

“很早以前，一个瞎子是可以从黑勒走到毗沙的，现在不行了，大地上有了灵魂朝两个方向的人，瞎子再问不到毗沙的方向。”

盲昆门用刚学会的毗沙语对库说。

昆　门

没人知道瞎子昆门是怎样找到栏杆村的，但都记得那个清晨，这位双目紧闭的昆门在小寺院的钟声里径直走进寺门，他像回到自己家一样，一步步踏上磨出坑洼的石板路，步入寺门，端直走上寺中心的昆像台，盘腿端坐，开始念经。

寺中心的昆像三年前被入侵的黑勒兵捣毁，昆头被锄头挖掉，昆像绑了绳子，被三十头驴拉倒，倒了的昆像上浇了三百桶子水，又让三十头驴踩成一堆烂泥。被迫改了宗、被迫提水浇昆像、被迫拉着毛驴践踏昆像的村民，在黑勒军撤离后又全跪在变成一堆烂泥的昆像前磕头求饶，他们扇着自己的嘴，头磕出血来，请求昆原谅，说他们只是嘴上答应改宗，心里满满装着的还是昆。说他们所以没有硬着脖子坚持，就是想留着这颗头给昆磕头，留着这张嘴念昆经。在栏杆村，这样的事情村民们干过多次了。他们一次次地在黑勒人打进村时乖乖地归顺了天，改宗做了天门徒，又在黑勒人败退后跪在昆像前磕头求饶。

库的师傅也曾多次落脚栏杆村，他给库讲过一个倒退着走路的人，那人在栏杆村被迫改宗信了天，黑勒军撤离后，其他人又都改了回来，他改不回来，说自己已经信了天，虽然是刀逼着信的，也是信了，没脸再回过头来信昆。他散了所有的家产，孩子和老婆都送了人，自己倒退着往黑勒走，他一直脸朝后看着说毗沙语的栏杆村，看着毗沙昆国，看着他信了五十年、他的祖辈信了一千年的昆。

"我倒退着走到黑勒，就脸朝西信天。"

结果他没走到黑勒，掉进两国交界的大干沟里摔死了。

昆像彻底捣毁了，村民没有能力再造一尊昆，就把被毁昆像的坐台清理出来，等待有时间有能力了再起昆像。就在这个时候，他们等来了一个活的昆。那个早晨，一位瞎子昆门在明亮的晨光里走进寺门，他的相貌跟被毁的昆像一模一样，好像那个地方就是他的，没有任何人引导，他径直走上昆台盘腿端坐，他打的手势也和被毁的昆一模一样，当他开口诵经，他的声音就是昆的声音，所有人都不由自主地跪拜在他面前。

他念诵的语言谁也听不懂，但寺院里所有昆门徒都听出他在念昆经，很快被他吸引，像着了魔似的，纷纷随着他的声音叩拜、坐定。栏杆村所有村民都听出他在念昆经，过往路人也被他的声音吸引到寺院。他成了小寺院里的昆，他就是那个被毁了又活过来的昆。当他一动不动坐在那里，没有人不把他当昆去拜。

回　来

盲昆门在栏杆村的小寺院住了三年，城外的荒野上到处是他的脚印，他每天清早从栏杆村出发去毗沙，下午又回到村里。村里人把他当昆供养，不愿让他走，又不敢不听他的。他每天早晨走出小寺院门，口里叫着“毗沙、毗沙”时，村里人就知道他要去毗沙，好心虔诚的村民把他领到村东头，把他的身体调正，对着东方，然后，看着他摸索着往前走。

走着走着他就拐弯了，沿着村外的荒野左转过来，绕村庄一圈，又接着绕圈。当他走到下午，累得实在走不动时，总有村民在路上等着，他听见人的声音总是异常兴奋，嘴里叫着“毗沙、毗沙”。

“您去了趟毗沙又回到栏杆村了。”村民总是这样回答。

当然，他听不懂村民在说什么，但知道是栏杆村的村民在跟他说话。盲昆门瘫坐在地，不知道自己漫长黑暗的路途上哪个地方走错了，又返回村里。

村民把他领回寺。回寺的路不用领，有钟声，只要听见寺里的一声钟声，他就会径直走去。他能记住声音的路。

每天鸟和鸡没叫前他就醒来，耳朵对着东边听毗沙的钟声。可是，他听见的总是这个小昆寺的钟声。

他坐在昆台上诵经时，寺里的毗沙语、黑勒语、皇语都不出声了。大家都知道他念的是昆的真经。

“有一次我已经走到毗沙城外了，听了一个孩子的指路，又掉头走了回来。”盲昆门用库教给他的毗沙语说。

盲昆门被一个老头骗过，被一个中年人骗过，还被女人骗过，最后，他相信了一个孩子。那次他朝东走了半个月，都听见西昆寺的天钟了。西昆寺高耸的院墙将钟声拢起，到半空四散开来，遥远地方的昆门徒将它描述成天上的钟声。盲昆门只需靠耳朵和鼻子，就能摸进毗沙城了。可是，他听见一个孩子的说话声，孩子在念一个歌谣：“嘟噜转，嘟噜转，夜过去，是白天。走到北，又向南。”就问了一句：“毗沙、毗沙？”孩子把他带到路中间，拉着他的手就地转了好多好多个圈，然后，把他的两只胳膊朝前伸直，他知道这是让直直走的意思。

“半个月后，我又一次回到栏杆村。”

悠　长

库住在上次借宿的老奶奶家，她家的院子紧挨小寺院，寺院的诵经声从抹了泥的篱笆墙缝空洞地传进来，声音穿透库住的小房子、隔壁老奶奶和儿媳住的房子，穿透对面的驴圈和草料房，然后传入空旷的荒野里。老奶奶家没点灯，天一黑，院子里就静悄悄了。库去草料房装了一筐麦壳，倒到驴圈的槽里。然后在小寺院的诵经声消停后，转到寺院里，推开盲昆门的房门。屋里比外面的夜黑，库什么都看不见，但他听见了盲昆门悠长的呼吸，像前一次听见的一样。库摸索着走去，他知道盲昆门在那里打坐，他枯坐的身体比外面的夜比屋里的夜都更黑，库在他前面停住，跪下，然后手伸过去，盲昆门的手在中途迎接了他，像上次一样，两只手在黑暗中紧紧握住。

“你在栏杆村等着，我从黑勒回来一定带你去毗沙。你再不会走错路，我的眼睛就是你的眼睛。”库用盲昆门的母语说。

库下午在寺院已经跟盲昆门打过招呼，也说了回来带盲昆门去毗沙的话。

盲昆门用力握了下库的手，然后缓缓松开，库听见他抬头的声音，库也仰起头，盲昆门正死死地看着他，库浑身一怵，盲昆门无光的眼睛比夜黑，比他枯坐的身体更黑，那是一种所有光亮都照不进去、没有黎明的黑。

“你的路也是黑的。”盲昆门用毗沙语说出“黑”时，库心里所有的黑暗一时间全覆盖过来。“黑”这个词在他所知的几十种语言里同时出现，仿佛几十个夜晚的黑同时压在一个人心上。而其中最黑的是黑勒语，他即将进入的这个语言地区会发生什么，他眼前一抹黑。

乳　穗

“你每学会一种语言，就多了一个黑夜。”库的师傅深知语言带给人的黑暗。他老人家通晓世间所有的语言，在他看来，那些看似被不同语言照亮的地方，其实更黑暗。就像毗沙语说不出黑勒语的早晨。昆经想照亮世间的黑，可是，经文翻译成黑勒语、毗沙语、皇语和丘语时，都无一例外地被扔进这些语言的黑暗中。

库的毗沙语就是师傅把他从黑勒带到毗沙后的那些黑夜里学会的。师傅把库一个人扔在满是驴圈和毛驴的大院子，自己忙着给往来于各国的商旅和使团做翻译。师傅经常半夜回到家，从不点灯，黑黑地躺在库身边，让库在半睡半醒中跟着他学毗沙语。

师傅说，毗沙语是人在梦里创造的，适合在黑夜里说。最早人们用这种语言说梦话，后来梦话被醒来的人学会，人在白天也说梦话，说出的一切都像梦。

库五岁那年被师傅从黑勒母驴巷子买来，在跟师傅回毗沙的路上，库倒骑在驴背上学会了黑勒语，当他们用长达一个月时间穿过黑勒语地区，终于走到说毗沙语的村庄时，就像从一个梦走进另一个梦。所有遥远地方的语言都像梦话。这是库的感觉。

蕃话是库在皮鞭下学会的，十三岁那年库在昆仑山下被蕃人抓住，关在半山腰的石头羊圈里，审问他的蕃人会三句毗沙语两句皇语，加起来五句。库借用这五句话，在蕃人的鞭打下，学会五十句蕃话，然后用蕃语夹杂毗沙语和皇语，说清楚了自己。最后，当他被折磨成皮包骨头从山上下来时，他满嘴说着蕃话，见人就说蕃话，毗沙城会蕃话的人多，蕃人曾在毗沙当了八十年的主人。

毗沙会说皇语的人更多，王宫里的人几乎人人会说皇语写皇字。库东一句西一句地就学会了皇语。尤其那些皇字，过目就记住了。每个皇字都是敞开的窗户和深不见底的陷阱，你认识了它就被它框进去。师傅不让库学识字，师傅说，你识了字，就有书写的欲望。那些话就被定住了。我们捎话人捎的是活的话。库还是学会了皇字。

在毗沙，许多事情好像是皇语说了算。毗沙有大事小事都派使团去皇语地区，他们说着皇语一路东去，又把那边的皇语捎回来。毗沙人说三句话里必有一句皇语，皇语是毗沙语的靠山和顶梁柱。

有一年库跟着毗沙使团去沙洲，一路穿过五种语言地区，最后到达说皇语的沙洲。沙洲是皇语的最北边，库和沙洲昆门徒说起皇语，昆门徒说，往东是皇语的海洋，你骑驴走两辈子，也走不到皇语的边。

库的师傅去过几次中原京都，五年前毗沙军打胜仗，库的师傅作为使者给中原王朝递一份国书，还带着缴获的一头大象。师傅第一次坐在象背上，感觉就像早年坐在装满麦捆子的高高驴车上。从和田到沙洲，到肃州、凉州，一直到西安、郑州，一路住驿站昆寺，师傅注意到毗沙语的昆门这个词，一直传遍他所经之地。在那里，所有昆门徒都被称为昆门。

“人走不过词语。”师傅说，“从毗沙译出的昆经，已经走到没有一个毗沙人的地方。”

多少年后库奔着另一个词走进中原王朝，库从妻子莎那里学会康语的“乳穗”。在库所学的所有语言中，只有康语是库闭着眼睛在顶账来的莎身上嘴对嘴学会的，他的嘴移到哪儿，莎就说出那里的康语名字，一个由康语所描述的女性身体，在他一遍遍的亲吻中明亮起来。那是库学会的最甜蜜的语言了。

每个语言都有自己的味道。库的舌头初次触到莎的舌尖时，他尝出康语是咸的，一种跟盐无关的咸。那是他陷入时间最长的一种语言，莎的美妙身体是他的语言课本。“康语就是男人俯在女人身体上创造的。”库这么认为。库看着莎的麦色乳尖，听到莎说出乳穗这个词时，突然感到从未有过的饥饿。

毗沙城常有康商人过往，库想象着那片生长麦子的土地上，女人的乳头像金色麦穗一样，散发着麦香。乳头旁的晕叫“场”，穗成熟时，场也铺展开了。

库从乳穗亲吻到脚尖，康语的左脚和右脚是有来去分别的，右脚叫去，左脚叫来。他们认为人是靠右脚走远，靠左脚走回来的。每次出远门，莎都会看库先迈哪只脚，如果左脚在后，莎就放心了。

有一年，库作为翻译随使团去觐见中原皇帝，沿着漫长的河西走廊往东行，库在遍地的皇语里又听到乳穗这个词。凡生长麦子的地区，女人的乳头都叫乳穗。那一次，库一直走到把乳穗叫奶头的地方，已经是生长稻米的南方了。

微 笑

库回到借宿的老奶奶家，屋里亮着油灯，老奶奶坐在灯下，一直等他回来。库进屋时老奶奶平静的脸上浮出一丝浅浅的笑，瞬间又消失在平静中。

库默默看着老奶奶，想对她微笑，却笑不出来。

下午库在寺里听说了老奶奶家的四个儿子都在毗沙军队里，两个儿子在两个月前战死了，哥哥被砍倒在地，弟弟跑过去救，也挨了一刀，弟兄俩倒在一起。得了消息的老父亲赶驴去驮尸，只找到躺在一起的两个无头尸体，老父亲把两个无头的儿子驮上驴背，驴缰绳交给同村的赶驴人，自己喊叫着满荒野里找儿子的头，一直没有回来。

“他们家还有两个儿子活着，大儿子是毗沙国的前锋将领，叫觉。”

库听见觉的名字时浑身一震，觉就是几天前死去被割了头的那个毗沙将军，库在那个黄昏的沙丘上从点名官嘴里听到这个名字，继而知道觉就是在他身边死去被割了头的那个毗沙将领。他死亡的消息一定还没传到这里，或许他在一个又一个夜晚的夜战中又活过来，被砍掉的头回到脖子上，流尽的血回到心脏。毗沙国的夜军中不能没有一往无前的前锋将军，他的死活一定在白天黑夜里深藏，所有其他人的死亡消息被驴和人带往回家的路上，前锋将军觉的死亡没有消息，他没有死，每个夜晚他都率领毗沙夜军一往直前地冲向敌营。

库低垂眼睛，不敢看老奶奶的脸。他亲眼看见了觉临死前的情景，他用他的血抹在脸上装死，他看着他的头被割了，他在觉身边装死的时间仿佛比自己的死亡还长。后来，战争停歇了，觉的脖子上被皮匠缝了一个黑勒人的头，身首错合的身体绑在谢背上，库成了觉的驮尸人，他在仓皇的逃跑中把觉的身体扔在路上，他一直觉得不该把他从驴背上掀下来。但他和谢要逃命。觉无需再逃命。

库知道自己不能把这些告诉老奶奶，这个坏消息，还是永远不要捎到的好。

库上次来老奶奶的丈夫还在，一个幽默而健谈的老人家，他给库讲了栏杆村所有的事情，却只字未提在毗沙军队的四个儿子。这次来库只见到老太太和抱着小女孩的儿媳妇，还有两个十岁左右的男孩，都不说话，见了库低着头。

库递给老奶奶三个铜钱，老奶奶说太多了，还回来一个。库说这一个是毛驴的草料钱。老太太浅浅一笑，收下了。

捎　话

库睡不着，又去了院子里的驴圈，谢和一头母驴安静地站着，像两个无话可说的女人。库不放心谢，就在圈里的草料堆上睡下了。谢往他身边挪了挪，就地卧下，一边身体挨着库。旁边的母驴一直斜眼看库，猜测他要对谢干什么。库上次来骑的是另一头母驴，也跟这头母驴拴一起，她一定记得他。

驴圈棚顶和墙上都是大小窟窿，能看见外面灰蒙蒙的天，听见土落在圈棚上的声音，月亮和星星，被漫天尘土埋掉了。

一声隐约的驴鸣从远处传来，谢扭了下头，耳朵口对向外面。接着又是一声，那驴叫传到这里已到尽头，有气无力。

驴圈后面是长着低矮碱蒿子的荒野，再往前就是渠莎，以前渠莎是毗沙国地盘，如今被黑勒占领，库知道驴叫声是干沟那边的村庄传来的，驴在给这个村庄传信。谢和旁边的母驴都听到了。

过一会儿，村西头的驴突然叫起来，谢和旁边的母驴跟着叫起来。库走出驴圈，圈外面三个木桩上各拴一头驴，都头朝东大声鸣叫，紧接着村东边的驴叫起来了，在能看见声音形状和颜色的驴眼睛里，栏杆村的驴鸣如繁星升空，把远处村庄传来的一声声驴鸣往更远处传，不过两个时辰，驴鸣会被一个又一个村庄的驴嘴接住，直传到毗沙城外。

这时村东边的狗叫起来，或有捎话人骑驴出村，汪汪的狗吠声一直把出村的人送远。若是有人进村，狗吠声会越咬越近。

库知道栏杆村有好多人做捎话营生，他们大都会说黑勒语，和对面黑勒村庄有秘密联系，他们时常通过野滩上的放羊人捎话过来，所有黑勒的消息集中在栏杆村，有骑驴人乘夜捎话给下一个村庄，下一个村庄的捎话人传给下下一个村庄，天亮前传到毗沙城。

黑

栏杆村的黑只有毗沙语能说出来。明天一早，库就要启程去说黑勒语地方，一路经过十个说黑勒语的村庄，经过一天到晚黑勒语和天语的祈祷声不断的奥巴，那里曾是兰狮汗的豪华宫殿，现在是他的墓地。这个季节，毗沙这边在大张旗鼓行像，黑勒那边在静悄悄地转墓地，人们从一个一个墓地，往最大的奥巴墓地转。

库望着黑黢黢的西方，心里莫名地不安。好像上次离开栏杆村的前夜也是这样的心情。要走出毗沙国界了。他不能以毗沙人的身份只能以一个黑勒人的身份出现。在那边，不注意说出半句毗沙话都有掉脑袋的危险。毗沙语说不出黑勒语的黑。在栏杆村，所有东西都有毗沙语名字，被毗沙语称呼。明天翻过那个干河沟，被毗沙语称呼的所有东西都有了另外的名字和称呼，库也将在爬上那个深沟后，忘掉毗沙语，改说黑勒语或天语，那是最安全的语言。

栏杆村毗沙语的天在小寺院的钟声里“铛铛铛”地亮了。这一刻，库所熟知的所有语言的天其实都亮了。但是，所有语言里天亮这个词对于其他语言都是黑的。

抚　摸

库把盲昆门接出寺院，引到谢身边，谢斜眼看瞎子昆门徒，盲昆门先摸到谢的肚子，谢紧张得浑身打战，盲昆门的手刚挨到皮毛，谢就感到毛下面的文字像活了一样纷纷朝这只手蠕动。盲昆门也像摸到什么东西，他的手指一下插进毛里，好像手指上有看见那些经文的眼睛，四个手指顺着四行文字往前摸索，翘在外面的拇指仰面朝天，像在念诵那些摸见的经文。谢恐惧地垂下头，浑身的皮毛颤抖，毛下那些字像虫子一样活泛起来，她紧张出一身的汗，那些字带着痒一片片地从汗水里浮出来，痒顺着刺进皮肤的笔画把每个字描述出来。痒是红色的，在能看见痒的颜色的驴眼里，谢浑身发光。谢眯眼看自己身上的光。瞎子昆门徒一定也摸见那些经文的光了。

谢侧眼看库，好在库的眼睛不在谢的皮毛上，否则，他一定会看见被盲昆门拨开的毛下面那些黑头虫子一样的文字了。

盲昆门的手顺着谢的背往后摸，摸到谢屁股时，突然一挥手，谢看见鬼魂妥觉一个跟头栽下驴背，落地的瞬间又悠地倒骑到谢背上，盲昆门又一挥手打落下去。

盲昆门竟能看见鬼。鬼魂妥觉转移了盲昆门的注意力。

盲昆门一翻身倒骑在谢背上。库和谢都被盲昆门的骑法惊异。库以为盲昆门看不见前后骑反了。又想对一个瞎子来说，脸朝前朝后都一样黑，也就不帮他纠正了。

走到村东头盲昆门自己跳下来。

盲昆门一下来，妥觉立马倒骑上去。

太阳刚刚升起，盲昆门面朝太阳。库知道他的脸在每个早晨都会对着东方初升的太阳。其实每个早晨太阳都在茫茫的浮尘后面，有眼睛的人根本看不见的太阳，被盲昆门仰起的脸感觉到。

当他朝东走到中午，太阳升到头顶时，他就迷向了。栏杆村的人很少知道太阳已经行到头顶，厚厚的浮尘蒙住天空。

每当盲昆门迷向站在荒野中，小寺院的钟声会响起，村庄各个角落的声音响起，栏杆村用各种各样的声音牵着他的耳朵，他以为自己循着声音走往远处，其实他在围着村庄绕圈。

库目送盲昆门上路，盲昆门直端端往前走，看上去他比有眼睛的人走得都直，他脚下的沙包、碱蒿子、红柳和骆驼刺，都给他让路。但库知道他走不到毗沙。库牵着谢转头往西行，他还有几天的路程，走到两国交界的干沟，库会在干沟的这边等到天黑，黑夜将两国的界线模糊了，那时候，他牵着谢，沿一条只有赶驴人知道的小路下到沟底，穿过稠密的红柳和铃铛刺丛林，找到爬上对面河岸的小路。

只要到了对岸，就是天门徒的领地了。库流利地道的黑勒语和天语，会使他立马成为当地人。

魂

谢不住往后看，库以为她在看那个瞎子昆门徒，也回头看。

其实谢在看鬼魂妥觉，刚才盲昆门那一挥手，把鬼魂打醒了。

现在他们倒骑在谢背上，眼睛看着瞎子昆门徒越走越远。

他们开始说鬼话。

觉说，妥你帮我看看，这里的风吹在身上是那么熟悉。我用你的耳朵听见村庄的声音，像我做过的梦。

妥说，我一直没告诉你，觉，我们已经走过你的家乡栏杆村了，你个没头的，到家了都不知道，昨天我们就借宿在你家，在驴圈里我听你家的老母驴给谢讲你的故事，她看见顶着一颗别人的头回来的你，你母亲抱一捆干草进来时她一直盯着你母亲看，你母亲看不见变成鬼魂的你，她不知道你死了，我一直看着她老人家把干草放在谢嘴边，还摸了摸谢的背，她几乎摸到已经成鬼魂的儿子的腿了，又突然停住，那一刻我想，幸亏我的眼睛不是你的，我实在不忍心让你看到这些。

觉静静地听着，妥的眼睛突然流出了泪，泪水流过脸，流过有皮条接缝的脖子，一直流到觉的胸脯上。这颗头终于感受到身体的悲痛了。

第七章　奥巴（上）

狗　吠

“落了一天土，这个鬼天气。”

库唠叨着。库和谢从一个灰突突的白天走进黑黢黢的夜。库随口说鬼时，不知道鬼就倒骑在驴背上。鬼被他叫醒。觉先醒的。觉用妥的耳朵听见人叫鬼，拿手拍头。妥睁开眼。觉用妥的眼睛看见天黑。天一黑，鬼就来劲。

库走一阵打打头上身上的土，谢也跟着甩头，抖身子，不然身体会越来越重。鬼身上不落土，土径直穿过妥觉没脑子的头和没心肝的身体，直落在谢新长的驴毛上。谢抖完身体回头看，想把背上的鬼抖下去。驴比鬼还鬼。人和鬼这样说驴。谢抖身体时觉悠地升起来。妥升得更高，一有机会妥就升到半空望，觉知道妥在望什么。他望见奥巴了。

刚才听到狗吠声觉就知道奥巴到了。一大群狗在吠叫，叫得人浑身长毛。这是牵驴人库的感觉。库想事情时心里有个鬼在动。谢能看到库心里有个鬼在动。库不知道这些。这个可怜的人，他啥都不知道。

这会儿库牵着谢走过烧焦的村子，狗吠声就从倒塌的屋顶和土墙中发出来，从被沙子埋没的路上发出来。觉用妥的眼睛看见奥巴宫殿的残墙，去年那个夜晚觉用自己的眼睛看见时它更高更黑，稠密的狗吠声被宫殿的高墙挡回来，狗拼命跟自己的回音对咬。

还是去年的那些狗在叫，声音也是去年的。鬼脸朝后，看见听见的都是去年的事。谢偏过头，一只耳朵朝后听，一只眼睛往后斜看。谢能直接看见鬼在想啥，鬼想事情时发白光，那些人世的往事惨淡地亮起来。这会儿觉用妥的嘴在说话，他给头讲去年发生在奥巴宫殿的那场战事。

谢放慢步子听。库的步子也慢了，他好像牵着驴缰绳睡着了。鬼魂吵不到库，库听不见鬼说话。

守　夜

那年，我们从固玛的傍晚出发时，我有一个奇怪的感觉：我们在往黑勒搬运黑夜。捎话来的牧羊人说，我们必须在夜晚行军，绕开村镇，不能让一个人一条狗觉察。沿途村庄都有狗和守夜人，只要被一个村庄的狗发现，叫声马上传到邻村，邻村的狗接着往下传，不到半个时辰，狗叫声便传到黑勒。随后是捎话人骑驴出发，把情报捎给下一个村子，下一个村子的捎话人又往下下一个村子捎，不出一天一夜，话捎到黑勒，和先传到的狗叫声一致，国王便立马调集军队民兵，进入战争状态。若仅有狗叫声传到，没有捎话人随后证实，便不做行动。若捎话人的情报到了，狗叫声没传来，也不做行动。这是黑勒在和毗沙的漫长战争中创立的两套报警系统。

捎话来的牧羊人说，最难穿过的是奥巴旁边的三个村子，那是王宫的三只敏锐耳朵，每个村庄有一百条狗和三百个民兵守夜，鬼都过不去。他说到鬼时一定知道，在黑勒人那里，毗沙夜军早已被称为一支鬼队伍了。

白　天

我们没有白天了，夜晚像扣在背上的黑锅，部队躬身潜行，每个人都是驮工，把沉重巨大的黑夜往黑勒驮运。那些黑夜有多沉重只有夜行人知道。连续七夜的黑暗行军，我把白天忘记了，我不知道那以后是否有过白天，都发生了什么。我是乔克努克将军的夜军前锋，我一直是他的勇猛前锋，从毗沙河到羌河，我们把仗打到黑勒，我自己的仗却从白天打到了黑夜，我的生活全部移到了夜里，我的记忆从此全是黑，白天跟我没关系了。

向导罗

每行一段路，向导罗就学几声狗吠，他先汪汪汪学几声公狗叫，又学几声母狗叫。很快，便有狗吠声回应。有时是侧面不远处孤独的一只狗应声，那是荒漠中独居的牧羊人家。有时前方响起一片狗吠声，那便是村庄了。

向导罗能从狗吠声中听出村庄有无人住。我也能听出来。没人的村庄狗吠声荒凉，狗知道主人不在了，空荡地吠叫。沿途村庄多是空的，以前这些村庄的人全信昆，狗跟着信。后来一半信昆，一半信天，狗都随主人信。毗沙军来了扫荡村里的天门徒，黑勒军来了屠杀昆门徒，几次来回，村里就只剩下狗。狗守着空宅等主人回来，一等多年，荒废的村子变成狗村，狗把主人家当窝，繁殖后代。向导罗就曾在一个无人的狗村里躲避过。每个空房子都由一窝恶狗把守，狗因常年吃死人肉眼睛发红，牙变长。罗无处栖身，只好在破墙头上过夜，坐成半截黑烟囱，看追捕他的人在汪汪的狗吠声里穿村而过。

罗在五年前毗沙军攻破黑勒时，投奔了我的队伍，他第一个冲上城楼，把黑勒守兵的头砍了扔下来。他是位虔诚的昆门徒，他的家人被迫改宗信了天，他坚决不改，逃窜在外，一个夜里他摸黑到家，藏在驴圈棚上，看见院门口的昆塔被推倒，供在家里的昆像被砸碎，昆头扔在污水中，二遍鸡鸣后家里人起来，院门打开，一个个跪在地上，面朝西，在天寺天门的喊唤里开始拜天，他眼睁睁地看着跪在眼前的父亲母亲，姐姐，弟弟妹妹，还有八十岁的老奶奶，他突然觉得跟他们不是一家人，他没法从驴圈棚上下来认他们。巡逻队在挨家查看，家家院门敞开，巡查到罗家里时，一个天门徒揪起跪着的奶奶，另一个踢了妹妹一脚，说女人不能跟男人一起拜天，要分开。隔壁人家遭殃了，全家人跪地上朝西天拜，前面却放着一颗拾回来的破昆头像，男主人被当场砍了头，命令家里每个人拿起被砍的人头砸地上的昆头。罗不忍看下去，溜下驴圈棚窜到离家稍远的巷子口，待巡查队走过时，他悄悄跟随上去，从后面一个一个抹脖子，抹到最前面的领队时才被察觉，他一气杀了四个人，一个惊叫着跑了。黑勒的夜晚因为罗变得不安宁，他夜夜出去杀人，白天浑身涂黑，在破墙头上坐成一截黑烟囱，看认识不认识的人在眼前过来过去，看搜捕他的士兵四处瞎找。后来他逃出黑勒城。罗讲过他逃出黑勒城的办法，地上全是抓他的人，罗乘夜色在破墙头上移动，黑勒城布满破墙头，那是二十年前毗沙军首次破城后留下的，罗一个墙头一个墙头地朝城墙移近。最后一天，他伪装成城墙边一院民房的黑烟囱，整个白天看巡逻的士兵在他头顶过往，天黑后他悄悄攀上城墙，杀了两个巡逻兵，溜下城墙逃跑了。罗成了全黑勒追捕的要犯，常年昼伏夜出的逃命生活，使他熟悉黑夜中的每个村庄每一条路，他走的所有路皆为避开道路，择荒而逃。

鸡　鸣

部队绕过一个又一个狗吠标注的村庄和牧户。罗学的狗叫声把沿途村落的狗都骗了。狗跟狗招呼，远远的一两句，把夜扯开一个口子，很快又缝得严严实实，只剩下寂静。

到达奥巴前的那夜我们在沙漠中迷了路，北斗星隐在厚厚的浮尘和云里，不再指示方向，部队在延绵不绝的沙包间转晕，向导罗不住地学狗吠，我也跟着学狗吠，四周一片寂静，没有一句狗吠回应过来。

罗说他从没有从东边的毗沙走近过奥巴，奥巴有东南西北四个面，他只看见过西南的两个面，他不知道从东边的夜里走来时，奥巴是什么样子，他不认识。

部队摸着黑走过一片沙棘林，罗摸到地上的驴蹄印，还有羊蹄印，摸到羊粪驴粪蛋，还摸到一把潮湿沙子，抓起闻闻，又递到我嘴边，一股冲鼻驴尿臊味，看来附近有村子，我让罗再学狗吠。罗说不用了，该鸡叫了。

“喔喔喔喔喔。”

罗扯嗓子发出一连串公鸡叫，一声比一声激昂。很快，部队左侧不远处响起一片鸡鸣声，接着正面又响起两片鸡鸣声。三个村庄的位置清晰地显露出来。罗说，我们已经到王宫领地了，这三个村庄中间最黑的那一片，就是兰狮汗的宫殿。

乔克努克将军赶来了，整个夜晚将军在我后面，我走一阵回头看一眼，在有星星的夜晚，我能看见他仰头看星星的眼睛。今晚没有星星，漫天的浮尘把星星月亮埋葬了。我的一只耳朵听前方动静，一只听将军的马蹄声，我是他最细心勇猛的前锋，能在一千匹战马的纷乱蹄声中辨认出他的马蹄声。

我们摸黑爬上一个沙包，三片密密的鸡鸣声像三堆篝火，把黑夜照亮，在更远处，一片一片的鸡鸣声正绵延向西，我知道远处鸡鸣声连成一大片的地方就是黑勒城。

我和乔克努克将军静立在沙丘上，我从未和将军挨得如此近。整个大地上的鸡在四周鸣叫，从奥巴的三个村庄，到鸡鸣声连成一大片的黑勒，再往西，鸡一直叫到奥什和喀布尔，七年前，我曾随将军在那里阻击了黑勒人，再往西就是我从未去过连名字都不知道的陌生地方了。我所熟悉的鸡鸣声，在我所不知的遥远大地上延续，一片片的天将被鸡叫亮。

而在身后，一个又一个村庄的鸡鸣声一直连接到毗沙，那是大地上鸡鸣声最稠密响亮的地方，我在那里的鸡鸣声中长大，我小时候就知道，鸡是从我的家乡开始叫的，每个早晨，毗沙雄鸡领头叫起，随后，远近村庄城市的鸡鸣叫起来。天是毗沙的鸡叫亮的。我们都这么认为。

但是，这个早晨的鸡鸣声，先从奥巴的三个村庄开始了。

念　诵

乔克努克将军的长刀无声地朝前指去，所有战马齐刷刷迈动蹄子，向导罗让鸡早叫了半个时辰，黑勒军不会知道鸡叫早了，头遍鸡叫没人理，都在梦里呢。

稠密的鸡鸣声掩护了松软沙地上的马蹄声，部队迅速穿过三片鸡鸣声间的狭窄缝隙。七天前，捎话的牧羊人给我们指了这条隐蔽在三片鸡鸣声间的狭窄缝隙，他说把守在奥巴宫殿东边的三个村庄，各有一百只凶猛的黑勒土狗守夜，从东边来的一只老鼠都难以穿过。但是，狗耳朵会被密密麻麻的鸡叫缝住。我们只有在鸡叫声里才有可能靠近奥巴宫殿。

宫殿的轮廓出现了，一个竖起的高大黑影，因为比夜更黑，它反而显露出来。看不见门和高墙上的窗。天塔像一个巨人黑黑地站在那里。我知道过会儿拜天开始时宫门会打开。我们埋伏在宫殿东面的沙梁后，等候拜天。

乔克努克将军的大队人马绕过沙丘朝西边包抄过去，我听见他的马蹄声在那里停住，隔多远我都能听见他的马蹄声。那里是通往黑勒的道路，从奥巴到黑勒，有大半天的路，将军的主力将潜伏在那里，阻断兰狮汗的退路，一旦奥巴得手，主力部队便直攻黑勒城。

鸡鸣声稀稀拉拉地停了，天变得更黑，前方的宫殿也更黑更高大。四周悄无声息，我侧过脸，身后的士兵和马匹完全融入夜色里，像一块黑铁。

很快鸡又大叫起来，奥巴一时被密密麻麻的鸡叫围住。

向导罗说他刚才的谎叫骗过了鸡，现在鸡反应过来，意识到叫错了，又按正时辰重叫。

天门的喊声突然在黑森森的半空中响起，看不见天塔上的天门，他喊门徒起床拜天，我担心会被塔上的天门看见，如果他朝这里望，一定会发现部队隐蔽的这一块夜色又黑又重。

随着天门的喊声，遍地响起人苏醒的声音，哈欠声，穿衣声，咳嗽声，净手铜壶磕碰石阶的声音，我吃惊地看见宫殿外的地晃动起来，从几乎看不见的矮矮的房舍和更矮的地窝子里走出一伙一伙的人，动作迟缓，像没睡醒。宫殿的大门发出老木头的吱呀声，宫门开了，一拨一拨人从洞开的大门里走出来，静悄悄聚集到天塔下的场地上。

人群像一块黑夜凝固在那里，没有一丝声音。我们全屏住呼吸。向导罗悄声说，他们等鸡叫停，鸡叫不停，天门不开口念经。天门徒赶在二遍和三遍鸡鸣的间隙，念诵经文，否则鸡叫会将诵经声冲了。

今天的拜天实际上已早了半个时辰，我们着急地等鸡叫停，又担心鸡叫停时会暴露，鸡叫声像密密的树林掩护着我们。空气里的尘土也掩护着我们。整个夜晚天上在落土，弥漫的重重浮土把天亮延迟，我感到落在头上身上的土越来越厚，马鬃里的土也越来越重，我双手抱住马头，不让其摇头打鼻。身后的士兵也都紧抱马头。

夜色一层层褪去，宫殿、天塔、地上的人群都清晰可见，幸好弥漫的浮尘退不去，并且在加重。

鸡依然没完没了地叫，鸡在为刚才的错误懊恼呢。我的战马和士兵，都快熬不住要冲出去了。场地上的人群却一动不动，站在天塔上的天门一动不动，静穆地听完这场糊里糊涂的鸡鸣。

接着天门的念诵响起来，在灰蒙蒙的浮土里，看见天门仰天诵经，声音冲破尘埃，在鸡鸣声未曾到达的上空，念诵变成天上的声音灌下来。天门懂得如何让自己的声音仿佛来自天上。

随着天门的念诵，人群面朝前叩拜，我们在背后，看着黑压压一群躯体，匍匐，升起，再匍匐。

叩拜礼后，天门的念诵变得舒缓悠扬，人群默立，能听到尘土在空气里碰撞的声音，仿佛落下的尘土又被念诵声和高捧的手臂扬起。能听见尘土落在刀刃上的声音，落在战马鬃毛上的声音。黑勒士兵的眉毛胡子和头顶上一定都落了厚厚的土，天门的念诵声和重重的浮尘一同落下来，他们的耳朵里肯定也落满土，不然怎么会听不到马队逼近的声音呢。尘土和念诵声仿佛毛毡一样，厚厚地盖住了天和地，我都有要睡着的感觉，脑子里闷闷的，但眼睛瞪得圆圆。我们预谋已久的目标奥巴宫殿就在眼前，兰狮汗就在眼前。七天前，一个骑驴人捎话来，说兰狮汗就在奥巴。他还告诉我们攻击的最佳时间是拜天时，那时所有士兵放下武器，专心拜天。

我们以为念诵会很快结束，但是没有，念完一段，另一段又念起，没完没了。

我们就在天门悠长的念诵里，悄然起身，屏声静气，向着那群黑夜般的脊背走去，走完开战前的最后一段路。我一直盯着天塔上的天门，只有他正对着我们，他仰脸向天，但他一定看见我们黑压压的马队，他没停止念诵。还有站在后排的黑勒兵，一定听到背后嗒嗒逼近的马蹄和脚步声，却没一个人回头。正如捎话人所说，这时候他们心里耳朵里都只有天，不会在意其他任何声音。

我们没有像往常一样狂呼大喊，在已经清晰起来的人群背后，先锋部队的刀手无声地举起砍刀，后排的门徒齐刷刷砍倒了，天门的念诵在进行，中间的门徒齐刷刷砍倒了，念诵在继续，我们砍伐玉米秆一样一排排砍过去，中锋马队冲杀到天塔前了，念诵在进行，右锋大军冲进宫殿大门了，念诵还在进行。

兰狮汗

冲进宫殿的士兵没有找到兰狮汗，他的女人们帮我们找到了汗王的尸体，她们哭喊着跑出来，很快在满地尸体中认出躺在污血里的汗王。在那个天上落土的黎明，兰狮汗就在祈祷的士兵中间，我们的士兵没有认出汗王，把他当一个普通士兵杀死了。这个可怜的王，他被一把豁牙烂刀连砍了三刀，头还连在脖子上。最后一刀是我补的。我们士兵的刀全砍豁牙了。我的刀也豁牙了。我提住汗王的黄胡子，只一刀，就让头离开了身体。接下来的场面不能控制了，所有马队拥过来，兰狮汗的身体成了千万马蹄下的路，那些在漫长战争中跑老的战马，口牙还没长全的儿马，全沾上了兰狮汗的血。

我的手里提着汗王的头，我故意让他半睁的眼睛看着千万只马蹄践踏他的身体，他杀了太多的昆门徒，也遭到了应有的报应。

我的士兵砍了根白杨树杆，把兰狮汗的头插在上面，我们高举着他的头去攻打黑勒城门。他的一只眼睁着，染成血色的大胡子朝后飘。看见他的黑勒兵全掉头逃跑，城门瞬间被我们攻破。

第八章　奥巴（中）

妥

妥一直安静地听觉讲故事，讲到这里跟自己有关了。妥从觉那里把自己的嘴抢过来，妥一说话，觉无声了，他俩只有一张嘴，长在妥脸上，觉能做的只是用妥的耳朵去听。

妥讲的是这个故事的后半部分，觉没想到妥也在这个故事里。

我的汗王啊，他们把你的头割了，插在杨树杆上攻城时，我就在黑勒城墙上，看着他们高举你的头，成千上万的毗沙人头和马头上面，是白杨树杆高举的你的头，我认得你的头，城墙上的士兵都认得你的头，你成了毗沙军的领头人，你带领他们攻打黑勒，你勇往直前，你所向披靡，坚固的城门攻破了，高大的城墙攻陷了，成千上万的黑勒军溃败了。

我们没射一箭投一枪，因为你的头在前，你的头在上。我们不能对着你的头迎击。我们含泪看着你血淋淋的头颅在后退，从城墙上退到城中，从城中退到城外。你的头追到城外，我们只有再后退。

退到英噶莎尔时我们无法再退了，后面洪水般涌来的提刀士兵和拿锄头镰刀的农民阻挡住我们。你阵亡的消息在你的头被砍下那一刻便传遍大地，所有人看见你的头飞到空中，下面空空的没有身体，你的头在空中喊自己的身体，它在地上被踩成污泥，你的头一声声喊，所有活着的身体都听见了，他们听了你的喊唤就来了，种地的丢下农活提着锄头镰刀来了，放羊的丢下羊群扛着打狼棒来了，铁匠皮匠木匠拎着铁锤弯刀斧头来了，打饼做饭的操着火钳和菜刀来了。所有所有的人都来了。

没有任何人指挥，每个人都知道该干什么。我们从刚刚撤退的西门攻打进去，紧闭的城门被人群冲开，守门士兵被人群踏死，满城是慌乱的毗沙兵，他们瞪大眼睛，不敢相信我们这么快反攻回来。

瓦　解

十万毗沙大军在街巷错乱的黑勒城里撒了籽麻，每个巷子都有毗沙军在作战，他们攻破城墙、攻入城门，城里成千上万的院墙院门在抵挡，每家是一个小城堡，十万毗沙军被蛛网似的巷子分解。这和十年前五年前的情景大不一样，那次毗沙军攻进黑勒城时，多半人家还是昆门徒，他们白天在巡查队监督下拜天，晚上把埋在地里的昆像请出来，跪拜。我母亲就是最虔诚的昆门徒，听到毗沙军攻来时她开始打饼，把家里的白面苞谷面都打成饼，毗沙军攻了三天城，她打了三天饼，城破那天，她打的饼像一个小山堆放在路边的驴车上，给饥饿的毗沙军吃。那时候，几乎家家院门敞开，像迎接亲人一样，十万毗沙军被请进每家每户的小院里喝茶吃饭。毗沙的胜利让隐藏在城里的昆门徒通通暴露了，毗沙军撤退后，城里的昆门徒遭到最残酷的清洗，被砍的人头和砸烂的昆头像在城外堆成山。仅仅十年光景，一切都不一样了，那次是开门迎接，这次是闭门抵抗，沿街所有的门窗紧闭，大小巷子的院门朝里锁着，他们攻破城门，但难以攻破一户户家门。强大的毗沙军被这些小院子瓦解了，满城石头砸门的声音，铁器破窗的声音。毗沙军的力气耗尽在一扇扇紧闭的木门木窗上。当我们从西门反攻回来，竟找不见一支与之战斗的大队伍，所有毗沙兵分散在黑勒城，忙着破一家一户的小门呢。

头

你的头不见了，举着你头颅的白杨树杆不见了，我们喊你的名字，朝天上喊，朝地上喊，朝摇摆的白杨树上喊，插过你头颅的白杨树从此遭殃，那以后我们见不得白杨树有头，从黑勒到毗沙，一路向东的白杨树都没头了。

我们吼喊着冲过西街，嗓子全吼直了，头顶乌鸦啊啊地四散飞去，落地的尘土又纷纷惊起，天上再没有太阳了，太阳被漫天尘土埋葬。我们见头就砍，一街的人齐刷刷没头了，弯刀、镰刀、锄头、菜刀都只认得人头，只半天工夫，失陷的黑勒城被夺回来了。

我们满城找你的头。每个人都认得你的头。你的头最高贵。你的头最威严。长在脖子上的头，落在地上的头，都认得你。我们在千千万万个落地的人头里找你的头，那些被辨认过的头有福了，他们都知道在找你，全把脸朝上，黑勒人的头，毗沙人的头，全朝上。我们在千万个闭住的眼睛里找你的眼睛，在千万个不再呼吸的鼻子里找你的呼吸，在千万张沉默的嘴中找你的一句话，千千万万个凝固的表情里没有你的表情，你的头不见了。

我们向败退的毗沙人要你的头，一定是毗沙人藏了你的头，我们捉到一个毗沙兵就问见你的头了没有，问过就砍掉他的头。我们紧追不舍，人人眼睛流血，只盯着人头，我们发红的眼睛里所有人脖子下面是空的，只剩下晃动的头。我们只要头，要你的头，要砍了的毗沙人的头。

以后的战争变成收割人头的集体劳动，我们收割毗沙人的头，毗沙人收割我们的头。每一场战争后，我们和敌人的任务一样，找人头。有时毗沙人胜利了，长长的驴队赶到战场上，给一个个无头的毗沙兵找头，那些粗心的毗沙人，常常把黑勒兵的头安在毗沙人身体上带走。毗沙人的习惯是把尸体运到死者的家乡埋葬。我们不一样，牺牲的地方就是家乡，流过血的土地都是圣地。

有时相反，我们获胜了，给无头的黑勒兵找头，好多身体找不到头，我们埋了身体，然后去追赶死者的头，驮运尸体的毗沙驴队行动迟缓，半天就追上了，赶驴的都是当地农民，见了部队丢下尸体便跑，我们顾不上追赶驴人，在毗沙人尸体堆里找我们的人头，许多头已经被皮条缝在毗沙人身体上，我们在毗沙人身体上割下我们的人头，然后就地埋葬。

找到头的地方是头的墓地，找到身体的地方是身体的墓地，找到一只胳膊的地方是胳膊墓地，拾到一条腿的地方是腿墓地。二十年前，在英噶莎尔一战中受伤的玛洪，他在英噶莎尔的激战中被敌人割掉的一只耳朵起了耳朵墓地，在黑勒城西被砍断的十个手指头起了手指头墓地，在黑勒城东被挖掉的眼睛起了明眼墓地，在西叶被削掉的鼻子起了鼻子墓地，在黑勒河边被阉割的生殖器起了有名的生殖墓地，这个带着伤残和仇恨越战越勇的黑勒人，当他最后在叶尔美河边被砍头，他身体的各个部位已经有了七处墓地。这些墓地中最有名的是黑勒河边的生殖墓地，每年五月沙枣花开时节，想要孩子的男女聚会河边，夜幕降临时人群绕篝火狂欢，至深夜篝火熄灭，男女在黑暗中相互摸见，互不知道相貌名字，只有黑夜让他们彼此欢喜。每年这时节都有许多女人怀孕，出生的孩子都叫月亮或星星。玛洪的其他墓地也成了耳聋者、指关节炎患者、失明失嗅者祭拜求康复的圣地。

复仇队伍

我们追杀到你的王宫奥巴时，败退的毗沙军在那里集结迎击，他们还想在这里取得胜利，他们想错了，连绵的沙丘不再帮他们，弥漫的尘土不再帮他们，村庄的狗不再帮他们，鸡不再帮他们。

没有谁见过这样的复仇队伍，马队前面是狗群，后面是提锄头镰刀斧头铁叉的农民，农民后面是驴和山羊。山羊后面跟着鸡和鸭子。黑勒军马队呼呼啦啦过去时，村庄田野里的农民被带动，提锄头镰刀斧头跟着跑，驴见主人跑也跟着跑，山羊见驴跑也跟着跑，鸡和鸭子见山羊跑也跟着跑，女人见男人跑也跟着跑，孩子见大人跑也跟着跑，队伍越跑越大，跑到奥巴时已铺天盖地。

大沙丘

毗沙人被直接吓跑了。

在溃败的毗沙军后面，是紧追不舍的栏杆村的狗群，它们知道自己犯了大错，穷追猛咬着毗沙军跑远，再不敢回来。大前天夜里，狗一声未吭让毗沙军偷袭了奥巴宫，按黑勒狗律，外人进村狗不叫将被棍棒打死。黑勒人针对狗、驴、马、骡子均制定了法律，驴踢人打断驴腿，在天门徒诵经时乱叫割喉。马摔伤士兵施以鞭刑。鸡叫错鸣拧断脖子。猫见老鼠不捉烙烧皮毛。都是召集众动物当面施刑。

按狗律栏杆村的狗将全被打死，但我们顾不上。

宫殿四周满是身首分离的死者，天塔下的场地上一排一排摆满无头人，仿佛割倒的玉米秆。前天早晨，他们砍玉米秆一样，一排一排地砍伐了这些士兵。

你无头的身体已被风沙厚葬，一群戴黑纱的妇女手牵手跪成一圈守护在那里。前天早晨，她们匍匐在地上，看着你的头颅被砍掉，插在高高白杨树杆上扛走，你的身体被马匹踩踏扔弃在沙地，她们一直跪在那里护卫你，不让天上的鹰和乌鸦靠近，不让地上的野狗和狼靠近。她们也不敢挨近，不敢擦拭你血肉模糊的躯体，不敢整理你破碎污血的衣服，你忠实的奴仆和门徒们，眼睁睁看着风吹黄沙埋住你的身体，天降浮尘埋住你的身体，只两天两夜工夫，你的身体之上隆起一座大沙丘。

败　退

觉听到这里忍不住要说话了，觉有办法让妥把嘴闭住，手在觉这里，觉用手把嘴捂住，然后，嘴再说出的话就是觉的了。

我从未经历过这样的败退，人群洪水般从背后涌来，黑勒骑兵、沿途村庄的农民及村里的驴羊骡子狗，所有长腿的都在追我们。我的前锋改成后卫，根本无法阻挡这支浩大混乱的队伍，只能眼看那些落在后面的伤员和失去马匹的士兵被活活踩死，撕碎。

我们想借奥巴宫殿做抵抗，他们直接撞开宫门拥进来。我们退守到内院，垒死院门，他们直接推倒院墙冲进来。

我们被逼到奥巴宫后的沙地，两天前的早晨，我们静悄悄穿过沙地袭击了奥巴，现在它成了我们的死地，我们没路可逃了。

这时背后响起惊天动地的哭泣声，我们全回过头看，追杀我们的人群像突然中断的噩梦，他们停住了，朝北边的沙地拥过去。我知道是扔弃在那里的兰狮汗的躯体让他们停住了。

我们无法停住，大群疯狗追上来狂咬我们，那是栏杆村的狗群。刚才我们败退到奥巴时，周围三个村庄的狗全冲上来，跑到追兵最前面，咬马腿，咬人腿，撕扯伤兵，这群曾经帮过我们、睁一眼闭一眼让我们穿过村庄成功袭击了奥巴的狗，现在全疯了似的咬我们。狗在表现给后面的人看呢。狗知道自己失职，拼命将功补过。

鸡和狗

后来我才知道，我们偷袭奥巴的那个夜晚，三个村庄的狗一直在叫，守护奥巴的士兵不敢合眼。狗早早闻见了我们的气息，早早报了警。可是，天快亮时狗叫停了。熬了一夜的士兵刚睡过去，头遍鸡鸣开始了。天亮前那会儿是留给鸡叫的，狗不打扰鸡叫。夜里人睡了，村庄是狗和鸡的。这个秘密只有鬼知道。现在我变成鬼回来，那时的啥事都知道了。鸡和狗商量好村庄夜晚的事，把很多事情决定了，狗决定月亮什么时候出来，他们对月长吠，把月下的鬼都叫得心里发毛。鸡决定天啥时候亮。狗和鸡定了的事，谁都变不了。驴在夜里装糊涂，夜里出事狗负责。那些大牲口如牛马羊都听狗和鸡的。鬼也听他们。鬼凑到人枕边，跟做梦的人说鬼话，跟梦里人过稀奇古怪的生活，直到头遍鸡叫。

头遍鸡叫鬼走开，二遍鸡叫人醒来。人和鬼都听鸡的。

那个早晨，狗听到了嗒嗒马蹄声，陌生人的浓浓气味已经包围了村子，可是鸡正在鸣叫，狗想鸡也会叫醒人，鸡叫时狗多嘴不好。况且，密匝匝的鸡鸣声里插不进半句狗吠。狗狂躁地呻吟着，就地打转，焦急地等鸡叫完。

鸡刚叫停，天门的念诵开始了。天门念诵时狗更不能插嘴，鸡狗驴马羊都知道静悄悄地听天门念诵。鬼也不闹腾，这地方的老鬼们，以前被昆压着，后来看人砸昆像烧昆寺又盖起天寺，人对着空空的神阁拜天，鬼有时蹿到那里，昆一样端坐，人看不见，人在拜一个鬼都看不见的主。

狗闻到呛人的血腥味时才开口大叫，那时天已发亮，狗知道叫晚了，出大事了，全扯嗓子狂叫。

汪汪的狗叫让我们心烦，狗在给黑勒兵助威，三个村庄的狗嘴全对着奥巴狂叫，没一只跑过来，狗只用嘴帮忙，密密麻麻的狗叫让人身上长出狗毛。宫殿的战斗一结束，我们便循着狗吠声扑过去，狗吠声把我们引到村里，引到每家每户。所有鸡被杀了犒劳将士，狗跑到村外躲起来，不敢吱声，远远看着村庄燃烧，在三个村庄的大火中间，是奥巴宫殿的大火，火焰直冒到天上，把天庭的门楣都熏黑了。

村子不冒烟时狗才回来，看见人和鸡都没了，狗对着破墙圈叫，对着留有人味的路上叫，对着脑子里的人影叫。叫得鬼都心烦。狗想把那个早晨的人叫醒，想把那个早晨后不在的人和鸡叫回来。

狗不知道那年攻打奥巴的一个毗沙人变成无头鬼回来了。

第九章　奥巴（下）

熟　悉

库好像睡着了，身体左右摇晃，像一个梦里走路的人。谢拿嘴搡他的腰，想告诉他走进墓地了，又觉得让他待在梦里就好。谢也经常做梦，梦见最多的是人打仗，从固玛的战场逃出有好些天了，一闭眼还是站在冲杀的马队里，四处望救了自己命的新主人。谢在那个反复的梦里熟悉了他，醒来看见走在身边的库，倒觉得不如梦里熟悉。

谢随库的步子，不紧不慢地走在身后。库是个惜牲口的人，实在走不动了，爬到谢背上骑一阵。谢希望他多骑一阵，往后骑，把那个鬼挤下去。

妥觉看见墓地不说话了，不住地回头看库。谢不清楚为啥。这个身首各异的鬼魂讲了一路故事，全灌进谢的驴耳朵里。

库的脚被绊了一下，醒过来。已经走出村子一段路，身后突然狗吠声大作，又一拨赶驴人进村了。这一拨后面，还有另几拨，黄昏时他们跟在后面，最近的一伙人相距二里地，能听到说话声，看清眉毛胡子，后面是一个拖家带口的商队，再后面就只看见扬起的尘土了。库有意跟前后拉开距离，前几天他跟在一群西叶人的队伍里，那些男人和公驴的眼睛都盯着谢，有个大胡子男人过来跟库谈小母驴的价格。库摇头，说不卖。男人说不买，用一下。库假装没听明白，摇头。他们说话的空儿，一头骚公驴直接爬上谢屁股，大胡子比库反应快，拾起一个土块打过去，公驴昂叫着跑开。大胡子递过一个铜板，库还是摇头。大胡子说，我看你也不是留着自己用的主，万一让公驴给破了，就只值一把草钱了。库知道一把草钱的意思。谢也知道。人用驴，先递一把草给驴嘴里，意思是把驴嘴堵住，别叫出去。

四周黑黢黢地起伏着大片坟墓，都是去年奥巴之战的死者。那次战争的消息库是在毗沙集市上赶驴人那儿听到的，毗沙军砍了兰狮汗和上千黑勒人的头，黑勒城也攻下来了。过了半天库接到国王举办庆贺大宴的邀请，按说集市上的消息都是驴传来的，国王的战报由快马飞传，应该比驴更快。但是，每一场战争的消息，无论失败胜利，都是集市上的赶驴人先知道。库在宴会上听说军队正举着兰狮汗的头攻打黑勒，宴会进行到一半，攻破黑勒城的消息传来了，酒席上下一片欢腾，撤小杯换大盏，所有人都喝醉了，天也黑下来，这时传来的军报却让人乐极生悲，毗沙军惨败，退出黑勒。

谢看见每个坟头上蹲一个无头鬼，脖子上面空空的朝这里望。有不安分的跑到路中间，三五个凑成一堆拦路，谢停住踩蹄子。库见谢不走了，知道前面有东西。驴耳朵尖，能听到鬼喘气。库右手揽住谢的脖子，紧贴着谢。库知道驴看见鬼了。人点头，鬼数腿。遇到鬼了跟腿多的站一起。库懂得这些。

坟地从村边一直伸到黑黑的宫墙边，能看见那里人影走动，不清楚是人影还是鬼影。库想等后面的几个人，随他们一起过墓地，等了会儿，不见动静，狗吠声也没了，刚刚穿过的村子像一个无法回去的梦。

谢动了动蹄子，催库该走了，不能站这里。库受惊似的翻身上到谢背上，带动一股冷飕飕的阴气。

月亮升起来了。月亮像一把收割完庄稼的镰刀，刃朝西，悬挂在那里。库看自己骑驴的影子，在残败却依然高耸的宫墙上晃动。

谢跟着他看。墙根迷迷糊糊挤满歇脚的人和驴。沿墙根往北走，转一个墙角，天塔像一个巨人站在夜空。五年前库在奥巴宿夜，早晨被天塔上的喊声叫醒，天门的声音急促紧迫，从天上灌下来，库浑身震颤，仿佛天上发生了事情。他听多了昆门念经，声音平缓悠长地往天上升。库自己也念经，念译成各种语言的昆经。他在西昆寺读过原文和译成皇语、丘语、毗沙语、黑勒语的昆经，库读出一部经因为翻译造成的差异，远大于和另一部完全不一样的经书。

天塔北边黑黑地凸起一座大沙丘，顶上插着一丛树枝，那是兰狮汗的身体墓地。沙丘四周黑压压聚满了人和驴，有的人和驴背靠背睡了，有的挤成一堆说话。不断有牵驴骑驴人到来，在外围驻扎下来。库不愿跟别人挨近，就和谢在一墩红柳旁停住，背上的褡裢铺沙地上，水葫芦拿下来，他拍拍谢的腿，想让谢卧下，自己好靠着取暖。谢不安地跺蹄子，转圈。库知道谢看见了什么，他浑身发毛，借月光看地上，并无不干净的东西。

睡到半夜库睁开眼睛，看见谢眼睛亮亮地看他。身后大沙丘上悬着半个月亮，库的头挨在谢脖子下面，背贴着谢的肚子，他不知道谢什么时候卧下让他靠着取暖的，库在褡裢上睡下时谢还站着，不住地跺蹄子，他不知道谢把好多鬼魂撵走了。

不远处几头驴交胫站立，一动不动。几个人头对头围一起，像坐着睡着了。突然，有人用沙哑低沉的嗓子唱起了歌：

奥巴的路上啊，
一堆堆的沙子啊，
怎么样也说不完，
我对你的思念啊。
天啊，
为了你啊，美丽的姑娘，
我唱起了这情歌。

院子里黑漆漆啊，
不要把油灯熄灭，
在沙漠上行走的人，
弹唱那唱不完的歌。

月光勉强分辨出满地的人和驴。没有风。无云的夜空密密麻麻挤满地上这些人的梦。谢这时听到嗒嗒的驴蹄声，仿佛那近乎驴叫的歌声把驴的魂招来，在空中，在尘土中，驴从四面八方向这里聚集。谢担心地看着库。库闭住眼睛睡着了，他听不到也看不见这个鬼魂世界。但他会做梦。在库闭住眼睛梦见的那个世界里，他又在赶路，一程又一程。他靠梦带远自己，免得遭受这些迫近的危险。

人 头

那么多的驴车，从谢眼前过，嗒嗒的驴蹄声响在半空，驴车上装满人头，都脸朝上，眼睛空洞。谢好奇地仰头望，漫天浮尘被月光照亮，从地上到天上，全是驴车往来的身影。驴的路有三层，尘土里一层，驴蹄声传到的云里一层，驴叫声飙到的云上又一层。驴知道自己最后要去鸣叫声飙到的云上生活，所以卖力地叫，存银子一样往云朵上寄存叫声。

奥巴的驴驾着声音的木车在尘土上忙碌，还没过云里的日子，云之上的日子更远。天一黑，哐当响的木车从云里下来，架在驴背上，木车是声音做的，地上车轱辘的咯吱声，车排辕木的哐当声，各个部位的响声在云里组装成声音的车，驴蹄声铺成坑坑洼洼的路。奥巴墓地的驴被尘土里的一件大事拖住，夜夜忙碌不歇。

月亮升到头顶了，兰狮汗无头的身体端坐在高高的沙丘上，运送人头的驴车从远远近近的地方赶来，近处的驴车运来附近村庄的人头，远处的驴车运来河那边沙漠那边的人头。装满人头的驴车排成看不见尾的长队，抱着人头的无头鬼魂一个个从端坐高处的汗王面前走过，人头面目朝上，让无头的兰狮汗辨认。

可是，他能看见人头的眼睛不在这里，听到声音的耳朵不在这里，想说一句话的嘴不在这里。

每个头都希望自己是兰狮汗的，被他认出来，安在汗王尊贵的肩膀上。所有头都不知道自己是谁的，他们离开身体太久了。

兰狮汗无头的身体被众多无头鬼拥护。每个夜晚，远近地方的人头被收割一次，运到奥巴墓地上辨认。干这活的无头鬼赶着声音的驴车，在满世界的人头里找兰狮汗的头。近处的人头被收割无数次，反复看过，驴车往更远的地方奔走。满世界的人都愿意把头交出来，让声音的驴车运走。满世界的头都运来了，没有一个是兰狮汗的。汗王的头不在千千万万被割掉的人头里。

汗王的头去了哪里？

被辨认过的人头堆在墓地后面的荒地，黑压压的无头鬼在堆积如山的人头里翻找辨认，都希望今晚找到的那颗头是自己的。几乎所有的头都安错了，每一场战争之后，找头成了一件麻烦事情，所有的头和身体都不在一个地方，一个头安错了身体，另一个身体就得安错头，一半的头安错了，另一半就不会对。

天亮前所有无头鬼匆忙地安一颗头回到各自的地方，等待下一夜收割人头的驴车嗒嗒而来。奥巴墓地是世间最繁忙的人头集市，所有身体都愿意把头拿去，换成自己的那颗。所有头都希望找到自己的身体，或被无头的汗王选中，成为王的高贵头颅。每夜都有机会，来自黑勒的毗沙的鬼魂沿着这条来回征战的道路，往奥巴墓地拥挤。所有走过这片地方的驴车的声音，在夜里组装成声音的驴车，奔波不息。

奥巴墓地的驴不知道啥时才能忙完这个活，也许永远忙不完，它的蹄声在云里铺成自己去不了的路，鸣叫在云之上造出七彩天堂，那里沉重的木车到不了，压弯驴背的木头和柴火到不了，砖头和土块到不了，人也到不了。从地上的驴世界里望，驴天庭在人天庭上一些的地方。驴认为天庭有两层，人一层驴一层。人骑在驴背上，但驴鸣声高高地骑在人声上。在声音的世界里人是驴的驮畜。驴早早地用高亢鸣叫在一切声音之上造起了天庭。

梦

谢一整夜卧在沉睡的库身旁，看驴车和无头鬼搬运人头，谢不敢起身，怕被那些驴的鬼叫走，被人的鬼牵走。能看见鬼真不是件好事情，看见了就得面对，知道自己死后也要加入到这个夜夜无休的队伍里。

库或许害怕独自醒来面对黑夜，就一个接一个做梦。梦里的库也不好过，他先梦见自己的头丢了，身体像一个秃树桩立在荒野里。他一会儿梦见自己没有头，一会儿又没有身体，头像揪下来的圆葫芦，在戈壁的风声里滚来滚去。他在梦中看见身首分离的一个人，在他背后，和他背靠背，他不住地扭头，想看见他，总是看不见。他不知道那是妥觉。他在梦里看见了醒来又看不见。他还梦见一个长发女子，仿佛一起睡了好些年，他夜夜爬在她背上，想看见她的脸，想让她翻过身，总不能实现。这样折腾来折腾去，库醒了，发现身边的女子竟是一头小母驴。他不好意思地看谢，摸摸谢的皮毛。谢又紧张起来，怕库看见她皮毛下面的字，又怕库摸着摸着，手伸到那地方。

模　样

觉被眼前的情景震惊，双手抱头，怕这颗不是自己的头被那些鬼魂收走。

妥显得异常兴奋，妥挣开缝在脖子上的皮条，就要把自己交给收割人头的鬼魂，被觉一把抓回来，安在脖子上。

“你不能这样对待我，我要找自己的身体。”妥说。

“你的身体远在毗沙，现在我是你的身体。”觉说。

“我宁愿错安在一个黑勒人身体上。”

“可是你没机会了，把我们缝合在一起的是驴皮条。驴皮条缝在一起的，马和牛都扯不开。”

妥见逃不脱，就指使觉跪下，双手捧起。觉不情愿，还是归顺了。妥仰起脸，神情肃穆地凝望大沙丘。他流着泪，无声地说话了。

汗王啊，我带着一个毗沙身体回来了，回到你身体安睡的地方。更多有头的黑勒人，还在白天四处找你的头，更多无头的黑勒人，还在夜晚四处找你的头。人人梦想拥有你的头。你丢失的尊贵头颅成了无数平凡身体的希望。人人情愿为你赴死，为你断头。

我的身体一定也在寻找你尊贵头颅的队伍里，他在找你的途中经历了怎样的命运，或许错安上一个毗沙人的头，像我错安上一个毗沙人的身体。他日夜被那颗头指挥，跟觉被我的头指挥一样，日夜吵架，过着不知道自己是谁的生活。

或许没有，他被风沙掩埋在一墩红柳丛下，每个晚上，他从沙里爬出来，找风的麻烦，他忘了杀他的敌人，只记恨埋掉他的风，跟风过不去，满荒野追风，抓风的头发，撕风的衣裳，张开臂膀挡风，不让风过去，可风还是过去了，从无头的肩膀上过去，他跟着跑，跑几步绊倒，趴沙地上摸自己的头，手摸到骆驼刺、碱蒿、红柳和骨头，摸到一个骷髅头，不是，扔了，又摸见一个，还不是。

在一个夜晚他终于摸到了自己的头，摸到鼻子和嘴，还揪耳朵，他就要认了。可是，那双曾日日洗脸，有事没事喜欢在脸上摸一把的手，显然早已忘记脸的模样。头看着身体摸到自己又扔掉，头张口喊，耳朵不在身体那里，去追，腿不在头这里。

我的身体只记得你。记得你高贵的额头和眼神，你山梁般的鼻子，天生整洁的胡须和说出天之言的坚毅嘴唇。只是，我的头下面是另一个身体，他早忘记自己的模样，也不知道我的模样，他想看，眼睛在我这里。

觉用妥的耳朵听他说这些话，他想站起来走开，却怎么也动不了，他这具毗沙身体，已经归那颗黑勒头管了。

温　暖

谢浑身的痒又浮出来，那些字虫子一样在毛根下面爬，谢扭动身体，库醒过来。一晚上库都挨着谢。谢知道库挨着她取暖，一动不动卧在地上。有一阵库还把一条腿搭她背上，搂着她脖子睡。谢见过男人搂女人睡，先前她的男主人经常把家里的女佣约到驴圈里，在草料上搂着睡。有一会儿她身子酥软，有一种被宠小女人的感觉，又觉得不对，是小母驴的感觉。她熟悉女人，更熟悉小女人，卖到寺里前，她是主人家小女孩的宠爱，家里小媳妇也喜欢她，女人不喜欢在公驴旁说话，公驴太骚，听着就伸出粗黑的一截子，啷啷地敲打肚皮，公驴把自己的肚皮当鼓敲，女人说话不避讳母驴，谢从小听多了女人说话。她们知道驴耳朵端耸在听，也不在乎。

旁边墙根的赶驴人睡在两头卧着的驴中间，一公一母。半夜那人爬起来在驴背上折腾了一阵，趴上面睡着了。公驴眯着眼装睡。

谢斜眼看背上的妥觉，他俩说了一夜鬼话，好不容易安稳了。妥的头耷拉在觉肩上。觉的腿还在抽搐，一晚上库的腿压在他腿上，活人压死鬼，一点不假。觉蹬腿时问妥有无反应，妥摇头。觉想让腿的酸麻传到头里，可是，头没感觉。

库掏出东西撒尿，也不避谢，硬硬一截子，谢斜眼大胆看着。她还小时，公驴就亮着那一截子在她眼前晃。库也晃给她看。夜里她似乎感觉到。谢被尿水声刺激，背过屁股尿起来。库耸了耸鼻子，一股刺鼻的臊味让库眩晕。

妥觉看见在库和谢哗啦啦的尿水声里，天上地下的鬼魂全隐遁了。

奥巴的太阳出来了。

第十章　城　门

夜　城

我看见黑勒城门，城墙上排列整齐的垛口，那里有一双眼睛在看我呢，是我三年前留在那里的目光。我一当兵就守夜城，我夜夜盼天亮。其实天亮跟我没有关系。我在长夜里耗尽了目光和所有的清醒，白天只是亮在无边的瞌睡之上的梦境。我只有天黑到天亮前那么长的醒。天是亮给守昼城的士兵和睡到鸡叫的人们的。

从小大人就告诉我，以前的天不是这么晚才亮，毗沙西昆寺的高墙把我们的太阳挡住了，毗沙在我们出太阳的东方，立了一堵顶到云端的高墙，从此我们的早晨就来得晚了。毗沙人早早起来犁地播种的时候，我们还在睡觉。毗沙人磨快镰刀起来割麦子的时候我们还在睡觉。毗沙人端起碗把好吃的都吃完的时候我们还在睡觉。毗沙人就这样抢了先，他们每天早起一个时辰，一年下来就比我们早了一个月，十年下来就比我们早了一年，一百年一千年下来就比我们早了好多好多年。我们就这样被远远地抛在后面。

因为他们的天先亮，春天先到，先耕种，先麦熟收割，先吃上新麦面烤的饼，所以先长出劲来。三年前，毗沙军吃饱了新麦面烤饼，攻打到黑勒时，我们的麦子刚刚黄熟，还没下镰收割，我们吃着去年的陈粮，跟吃饱了今年新麦面烤饼的毗沙军打仗，很快就败了。

早年，两国昆门徒往来频繁，黑勒昆门徒到毗沙取经或拜见国王，第一句话都说：我们黑勒鸡是被东方的毗沙鸡叫醒的，或者说毗沙国的天先黑勒而亮，以此表达对毗沙国的尊重。后来黑勒人改信天宗，便再不提谁的鸡先叫了，只说“天的声音早于所有鸡叫”。

黑勒人用刀剑把天的声音传到周边的英噶莎尔、渠莎，却一直无法再往前推。民间传说毗沙的鸡叫阻止其再往东传，因为无论黑勒人起多早，毗沙的头遍鸡叫总在天门徒的声音前面。也有人说是被毗沙的驴叫挡住了。昆的声音早在昂扬的驴鸣中生根，驴听了千年，耳顺了。驴不喜欢新声音。

守城军分昼夜两营，夜营守黑夜，昼营守白天，从不调换。因为守夜城的士兵，花多少年才熟悉夜晚，看懂黑暗。而守白天的士兵，一到夜晚满脑子是醒不来的梦。

现在我只剩下黑夜，我的白天永远不存在了。我在黑勒的白天黑夜里走了四十多年的身体，丢在毗沙的戈壁沙漠。我只回来一个头，我的头被皮条缝接到一个毗沙人的身体上回来了。这个没头的家伙，他得用我的眼睛看，当他用我的眼睛看时，我明明知道是我在看，但又是他在看。我的眼睛已经成了他的。

觉，我要把我的故事讲给你，让身体知道头的事，我头里的这些事情，是另一个身体干的，跟你没关系。可是，你成了我的身体，你要认可这些。

现在，我要用你的身体走进城门了。

匠　人

我用你的手摸见城门的厚厚门框，门框上有一个拳头大的洞，我守门的第三年夏天，毗沙军打来，攻了两天两夜城，城门被上百人抬的巨木撞击，哐哐的撞门声响彻城中，门未破。拉来一车车麦草树枝点着烧，底下烧，上面泼水，未破。

第三天一早，黑白营交班时刻，城外来一群手拿斧头锯子的毗沙木匠，都是骑驴来的，由军队护着到城门下，我们拿箭射，投石块打，没用。他们头顶木板，直接到了城门下，接着听到凿木头锯木头砍木头的声音，木匠叮叮当当忙活大半天，撤了。有一个木匠还被当场砍了头。后来听说被砍头的是毗沙最有名的大木匠，黑勒城门久攻不破，毗沙木匠着急了，大木匠上书国王，要领一班年轻木匠来黑勒卸城门，如卸不下来，甘愿砍头。

木匠队伍撤下后，一帮铁匠提锤子钳子上来，也是骑驴来的，黑勒城门包了铁边角铆了铁钉，得先把铁钉拔了，铁皮撬开。铁锤叮叮当当敲击门框，门楼城墙震得晃，铁钉拔掉一个又一个，拔下的钉铆成堆。可是，城门依然牢固不破。原因是毗沙铁匠在外面拔钉子，黑勒铁匠在里面钉钉子，里面钉的钉子从外面拔不掉。门里门外的铁匠在叮叮当当的锤子声里扯嗓子对喊，声音从钉子眼传出来。

黑勒铁匠从里面喊："让你们的部队撤回去，我们两家铁匠打一架吧。仗打到现在，都是我们两家铁匠打的刀在对砍，不如我们直接打一架分个胜负。"

黑勒和毗沙的铁匠本是一个家族，几百年前，毗沙城世传的铁匠家俩兄弟不睦，弟弟是左撇子，兄弟俩一起面对面打铁就像在打架，错不开锤，经常锤碰锤，互相埋怨，打铁变成打架。后来弟弟西行到黑勒，他的左撇子手艺得到黑勒人的认可，其儿孙也都是左撇子，左撇子打的刀最适合右手用，漫长的战争把两个铁匠家族的人累死一半。

打仗费铁，更费铁匠，一场大仗下来，砍坏的刀比砍死的人多。因为两军对打，先是刀砍刀，你一刀砍来，我举刀迎挡，比的全是谁的刀好铁硬，先把对方的刀砍坏，再砍人。砍死的人埋土里，砍坏的刀进铁匠铺。一场仗打下来，一半刀剑废掉，废了的刀剑回到铁匠铺，满是污血，豁豁牙牙，回炉锻打，铁匠铺飘出的都是人血的焦煳味儿。铁匠大锤跟小锤，多少铁匠累死，打的刀仍不够。仗越打越大，参战的人不计其数。

毗沙铁匠也担心仗再打下去，铁匠就全累死了。

毗沙铁匠的喊声从钉子眼传进去："那你们把城门打开我们在母驴巷子打一架，让人和驴都看看谁厉害。"

铁匠没有谈成。钉子拔到最后剩下木框木板，铁匠没办法了。这时候正需要木匠上来，几下就能把木板拆了。可是，木匠队伍正抬着大木匠的尸体奔走在回毗沙的沙漠荒路上。

接着上来一群扛锄头的毗沙农民，由军队护着，开到墙根。军队攻不下城，农民着急，扛着锄头来了，那真是些挖墙脚的老手，老鼠一样，一会儿就钻进土里不见了。我们着急地在墙上转，耳朵贴在墙根听，墙体里、土里到处是嚓嚓的刨土声。

危机时刻，一千个扛锄头的黑勒农民赶来迎战，沿内城墙一字排开，趴地上听，哪有动静就挖下去。黑勒农民也是挖洞高手，他们和毗沙农民一样挖了千年昆窟，什么样的洞都会挖。他们在地下循着毗沙农民的挖掘声直挖过去。两群挖洞者在黑暗的地下迎头而遇，扔了锄头、锄头扭打在一起，在能听见地下动静的驴耳朵里，一大群人像老鼠一样在土里厮杀。没有一个活着出来。

毗沙人又捉来一万只饥饿的老鼠放入洞中，洞口这边放一千只猫追赶，追急的老鼠在那头拼命打洞，一万只老鼠打通了黑勒城内的地道。那些趴地上耳朵倾听地下声音的黑勒人，挖开一个洞口，拥出一群老鼠，挖开一个，又是一群老鼠，一万只老鼠疯了似的满地乱窜，见什么都咬，一夜之间，把守城士兵的箭弦咬断，马肚带咬断。

那些地洞成了老鼠洞。死在洞里的人成了老鼠的食物。朽在土里的锄头被鬼扛着，夜夜干挖洞的活，梦想着挖通一个回到人间的洞口。

后来的一个早晨，天刚亮，守昼的军队上来换岗，我们没来得及下城墙去睡觉，黑压压的毗沙军冲到城门下，领头的将军人高马大，他高举的白杨树杆上插着一颗硕大人头。我们一眼认出那是兰狮汗的头颅，我们全惊呆了，有人丢下武器哭喊着往城墙下跑，惊呆的士兵跟着往下跑，黑勒城瞬间被攻破。

认　识

现在我突然想起来，我认得你。三年前攻打黑勒城时我见过你。那时我在城墙垛上看见冲在最前面的你，因为你的头顶上就是白杨树杆高举的兰狮汗的头，已经不流血的我们汗王的头，高高地插在白杨树杆上。攻了三天城，各种招数都用上了，连铁匠、木匠、扛锄头的农民都上阵了，可是没有用。黑勒城没有一处被攻破。第四天，你们用了最狠毒的一招，你们把在奥巴杀死的兰狮汗的头颅插在白杨树杆上，高举着冲上来时，我们看见他圆睁的眼睛、沾满血污和沙子的胡须，他在半空中大张着嘴，地上所有的喊杀声仿佛都是他喊出的。我们不能对着他射箭，不能对着他挥刀。

我们全被镇住，死了一样僵在城墙上。

我就在那时看见指挥攻城的你。你的威武身躯和金色头盔吸引了我。一路上我就觉得这个身体熟悉，到这里才想起来。那时我曾羡慕地看着你，想自己要是有这样一个威武身体该多好。这样想时我好像一下威武起来，忽地从城墙上站起，高举战刀就要冲下去，直取那个威武将领的首级。可是，城墙太高，我跳不下去，只能高高站在那里，对着城下的毗沙军狂呼。

那一刻你一定看见了听见了。所有黑勒兵喊叫着往下逃跑，我一个人站在城墙上高呼迎战。当然，你不会注意墙上的一个普通士兵狂喊，你是前锋指挥官，眼里装着整座城。

你们冲进城里时全城的士兵都从西门逃跑了，整个黑勒城就我孤守的城门垛口没有丢失，我高举弯刀站在黑勒城的最高处，你一定看见我了，当然，你不会正眼看一个站在谁都爬不上去的高墙垛上举刀狂喊的疯子。在毗沙人眼里我肯定就是一个疯子，因为没有人理睬我，我再喊叫也没人上来攻击我。

很快，逃出西门的黑勒军脑袋清醒过来，瞬间组织起几千人的队伍反攻回来。这时我在高处看见掉头逃跑的你了。我从黑勒城唯一没有失守的墙垛冲下来，我冲在最前面，心里想着的就是那个威武的指挥官的头，我要砍他的头，立大功。我们追击到城外，你的队伍像四散的羊群，都往庄稼地里跑，一看就是一群农民兵。

我在城外的狭窄乡道上看见你的脊背了，你败逃的背影依旧那么威武。有一刻，我几乎就要追上你，可是，你一转弯逃进一片玉米地里不见了。

飞

那以后我的心里满满地装着你的身体，我白天追梦里追，我追你时仿佛已经拥有了你的身体，我在用你的身体追你，我自己觉不出疲惫了。终于有一天，我们追赶到固玛，两军在松软的沙地上排开阵势。我本来排在第二排，硬挤到最前面，我终于那么近地看见我在梦中熟悉无比的你。你站在最前列。我的眼里没有你身边的士兵，没有你背后黑压压的军队，只有你，我一心想砍下的只有你的头。

可是，我几乎没有资格跟你厮杀，你是将军，我算什么。我们的将军也早盯住了你。

他们冲杀向你的时候，我被远远隔开，我对杀别人毫无兴趣，眼睛盯着你策马突奔砍杀的那地方，我希望你把眼前的对手全杀了，把挡在我前面的人都砍死，然后，整个战场只剩下我和你，不管是我杀了你还是你杀了我，我只想让你看着我把你的头砍了，或者我看着你把我的头砍了。

可是，我的头突然不见了。

在我没有完全闭死的眼睛里，天空中飞着血淋淋的人头，所有砍倒的士兵的头，都被割下来，人头成了砸向对方的武器。

我的头也飞到空中，在我半睁的眼睛里，我看见一片一片躺在沙地上没有头的身体，我在找我的身体，我想记住我身体的样子，我突然意识到我的头和身体，即将进入漫长的遗忘期，我难过地流出了眼泪。

就在我的头颅即将坠地的瞬间，我眼睛一亮，看见你无头的身体躺在那里，我一阵欢喜，然后就什么都不知道了。

后来，那个皮匠把我的头往你已不流血的脖子上缝的时候，我又疼痛地醒过来，我微眯着眼睛，满足幸福地看着他做皮活。那可真是个好皮匠啊，他跟做驴拥子一样手法熟稔。可惜你看不见，那时我的眼睛还不是你的。后来，我又陷入漫长的不认识你也不认识我自己的黑暗遗忘里，我在那里跟你吵架，和你一起回忆往事，我又醒过来，全想起来了。

觉，我终于拥有了你的身体。现在我的头带着你的身体回来了。你的身体是我的俘虏。满城楼的鬼，都看着我这颗黑勒人的头，押着一个毗沙人的威武身体进城门了。

无　头

我用你的眼睛认出那些无头鬼全是毗沙人，三年前那场战争留下无数无头尸，溃败的毗沙军顾不上自己士兵的尸体，他们全被割了头，身体扔在北沙漠，由狼啃沙埋。头扔到南戈壁，任风吹着滚。光秃秃的戈壁寸草不生，刮西风时成千上万颗人头朝毗沙方向滚动，全滚成骷髅，头骨碰撞的声响，风吹过骷髅眼的声响，刀刃一样扁扁的，一直传到固玛，传到毗沙，被那里的无头鬼魂听见。

每一场西风里毗沙无头鬼身体朝西，脖子上头空空地听见自己的头在风声里滚。那些头没有腿，走不回来。那些身体没有头，看不见路，只有呆站那里，用脖子上头没有的眼睛空空地望。

刮东风时一戈壁滩的头又碰响着滚向黑勒。

我用你的耳朵听见那些头颅碰撞的声响里，有一声是我的。我的头也在随风滚动的万千骷髅头里，我认不出他。

“你咋跟一个黑勒人的头跑来了？”

“你咋用他的眼睛看我们？”

“你用他的嘴跟我们说说毗沙嘛。”

我刚要跟他们搭话，又觉得不能过度地用你这颗不是我的头，你也有自己的话要说呢。你这个可怜的没身子的家伙，回到家门口了却并不高兴，你受我影响了，我悲伤的情绪过多地用了你的表情。

回　家

谢不时扭头望自己的脊背，库也跟着望，仿佛那里有一个看不见的人。驴眼睛鬼，库知道驴能看见鬼，库看不见，却能觉出一股阴气直袭脖根。

破城墙上爬满无头鬼，眼睛空空地望他们。黑勒城里的昆塔毁了，鬼魂就爬城墙头上望。谢知道他们在望倒骑在背上的妥觉，这个没头的毗沙身体和没身体的黑勒头凑合在一体的鬼魂，又在说他们各自经历的事情，还说到驴。谢一听到人说驴，就来精神。

一个无头鬼窜到谢后面，问妥觉去哪，妥说回家。

“那是谁的身体，跟你一起回家吗？”

“傻子，我的头下面当然是我的身体。”

“你骗鬼吧，你个小脑袋，能配上这个大身体？你站到你对面看看那是你的身体吗？”

“我站不到我的对面。”

“你已经在你对面。人死后变成鬼就站在了自己对面。”

说到这里妥不吭声了。妥以为觉会抢过嘴说话，却没有，觉只是把身体挺得更高大，这样妥的脑袋就更显小了。

驴 司

主街两旁的屋墙上处处留有烧黑痕迹，是三年前毗沙军攻入黑勒时留下的。那场战争的消息，库先在集市上的赶驴人那里听到，一大早，连片的驴叫声翻过城墙传进来时，毗沙街巷的赶驴人就知道奥巴被毗沙军攻破了，兰狮汗也被杀了。街上一片欢腾，不到中午，饭馆和街边的吃食摊就没位子了，人们开始喝酒祝贺，库也被熟人拉到街边烤肉摊上连喝了五碗毗沙黑葡萄酒。

直到天黑，攻破奥巴和斩杀兰狮汗的消息才由快马飞报到毗沙皇宫。国王连夜召集众大臣设宴欢庆，库作为翻译家应邀进王宫参加庆贺大宴，庆功宴举办了三天三夜，到第四天傍晚，驴司进来报告，说外面的驴叫声不对劲，好像前方有变故。昨天一早驴司就向国王报告了驴叫传来的消息和赶驴人的传言，但国王要等飞马传来的确切消息，国王不能听驴的。但驴一有异样叫声，国王就唤驴司。毗沙国驴司的职责是一年四季不分白天黑夜听驴叫，从驴叫中获悉远处发生的事情。

国王让驴司赶紧找赶驴人对证，也让库跟着出来，国王认为能听懂几十种语言的库，肯定也能听懂驴叫。满街的赶驴人都喝醉了，但驴没醉，放声鸣叫。库随驴司上到专门听驴叫的西城墙垛上，星空低垂下来，四周漆黑，但能清楚地听见驴叫从遥远处一个村庄接一个村庄传过来，传到毗沙城墙边时，被高耸的城墙一挡，骤地升高，飙过城墙，土块一样往城里落，但不会落地，在半空处就被城里的驴叫接住，一声高亢过一声的驴叫，把沉入黑夜的毗沙城顶起来，驴知道赶驴人喝醉了，得扯嗓子把主人叫醒。

“看来前方的战事真的有变故了。”驴司黑黑地望着库。库黑黑地点了点头。

两人回到宫殿，向国王做了如实汇报。庆功宴会草草收场。库也赶紧回家，从王宫到自己西城的家，要穿过半个毗沙城，黑暗中到处是聚在一起说话的人，那些喝醉酒的赶驴人都醒来了，整个毗沙城上层是昂昂驴叫，下层是惶惶人声。驴和人都在说毗沙军败退的事。库记得就是从那个夜晚起，毗沙军节节败退的消息在一夜夜地被驴和赶驴人传遍街巷，毗沙全面进入战争防御状态。

第十一章　捎　话

桃　木

头一伸进城门，库首先闻见的就是浓浓的驴味道。黑勒城驴和人一样多，街上的驴粪蛋也跟毗沙一样多，驴边走边将又黑又光的椭圆粪蛋排在路上。粪蛋被驴和人踩成粉末铺在路上。驴和人都喜欢走在驴粪铺出的柔软路上。黑勒不收进城驴头费，但城门口有专门清点进出毛驴的驴司，拿一根桃木棍，一个驴头上点一下，每天进出城的毛驴就有数了。点清驴头，人数就有了。点到谢头上时，谢突然一惊，后蹄子猛地扬起，像要把什么东西撂下去。库惊怵地看着谢。库知道桃木驱鬼，驴司拿桃木棍在谢头上点那一下，或许惊到谢身上的鬼魂了。一路上库老觉得驴背上有东西，谢经常回头看背后，库不知道谢看见了什么，但他知道驴眼睛能看见鬼。库看不见。看见也不看。库沉住气不回头看。库想：只要我看不见鬼，鬼就拿我没办法。

母驴集市

从黑勒城东门进去，左拐，穿过木头集市和粮食集市，再穿过一排白杨树下的公驴集市，就看见黑勒有名的母驴集市了。

两年前，库在母驴集市街边一间套一间的小房子里见过黑勒桃花寺买生，当时，已经被迫改了宗的买生让库捎话给毗沙西昆寺王大昆门，方便时给他捎一部黑勒语昆经。其实库能完整背诵丘语、昆语、皇语、毗沙语及黑勒语的昆经，王大昆门只要示意一下，他就能像捎话一样，在心里完整地捎任何一种语言的昆经给买生。可是，王大昆门却让库捎一头小母驴给买生。库说我只捎话，不捎驴。王大昆门把毛驴谢交给库时，对库说的话让库想了一路。王大昆门说："你就把驴当一句话。"一路上库把这句话翻译成他懂得的所有语言，在每一种语言里"把驴当一句话"变成了不同的意思。他牵着一头驴在数十种语言里转了一圈，最后回到毗沙语时，眼前依旧是一头叫谢的小母驴，她鸣叫时确实像在说一句话，“昂叽昂叽昂”，叫多久都是重复这一句。难道这一句驴叫就是王大昆门让他捎给买生的？可是，天底下所有的驴——毗沙、黑勒、沙洲、蕃的驴都叫这一句，为何捎一头毗沙小母驴去？她的叫声被训练过变成不一样的声音了吗？不是。库一路听谢鸣叫，她的嗓音中除了有让库喜爱的美妙少女声音外，发音和其他驴并没有什么不同，就是一句摞一句地叫，像修塔垒砖一样，每块砖都一模一样，但垒出的建筑千差万别，有垒成昆寺昆塔的，有垒成天寺天塔的，有垒成王宫和农家驴圈的。难道每一句都一模一样的驴叫声，也在人看不见的空中，垒出许多不一样的东西来？库突然觉得他听了一辈子的驴叫，也许真的是一句话，他几乎听懂全世界的语言，却从来没有想去听懂身边的驴叫。现在他似乎懂了，他所听见过的所有所有的驴鸣，一句摞一句地在天空中垒成一部声音的书。只是，那些垒在空中的声音又在说什么呢？

属　驴

一阵阵的驴叫声撞着库的后耳根。从公驴集市到母驴集市间是一段驴叫巷子，公驴巷子的上千张驴嘴对着母驴巷子叫，库耳朵里是一句句铺成道路又摞到天上的驴叫，库朝上仰望又侧耳细听，他从来没有这样细听过驴叫。驴叫巷子的声音他很小时就听过，那时候他倒骑在一头母驴背上，顶着一阵阵的公驴叫声离开母驴巷子。

那是多少年前的事了。库的师傅在黑勒母驴集市看上一头三岁的母驴。师傅每次出远门都会把骑去的驴卖了，再买一头年轻母驴骑回来。卖家要一个半钱，师傅只给一个，谈到最后，卖主没降价，搭上驴背上的小孩让师傅一起牵走。师傅不要孩子，只要驴。正僵持不下，倒骑在驴背上的孩子哇啦哇啦说话了，师傅问卖家这孩子在说啥，卖家说他一直说着谁也听不懂的黑话。黑勒人把听不懂的话都叫黑话，因为没人听懂他说话，所以没人要，卖不出去，才搭驴背上便宜卖。但师傅听懂了，这孩子说着一种已经死亡的遥远地方的语言，师傅好多年前在西昆寺接触过这个语言地区的昆门徒，后来便听说操这种语言的人已经被别的语言征服。但在师傅的脑子里这语言还活着，师傅便宜捡了一个能够跟他说一种死语言的孩子，高兴坏了。

问孩子叫什么名字。卖家摇头。

转头问孩子。驴背上的孩子惊奇地听见有人用家乡的语言问他的名字。

“库。”那孩子的声音把胯下的毛驴惊了一下。

师傅也兴奋不已，赶紧问孩子几岁。摇头。

问哪年生的。也摇头。

“又是个驴年生人。”

库从师傅嘴里，第一次知道自己是驴年生的，属驴。以后库又认识许多属驴的，就像驴找驴，一大群。属驴的在毗沙是一个神秘群体。这些不知来历的人凑在一起，贩驴、倒皮子、倒卖小孩女人，他们最大的共同处就是除会驴叫外，至少能说三四种语言，多的会几十种，能跟来自东方西方各个地方的人交流。

在毗沙，能讲七种语言的人被称为有七个舌头的人。一个舌头的人只能在村里在城里打转，三个舌头的人可以到千里外的路上给黑勒人当翻译，五个舌头的人能在山南地北做生意，七个舌头的人就可以满世界跑了。掌握了七种语言后，其他语言自然全通了。

多一种语言多一条路。进毗沙的每个路口都守着属驴人，每人手里牵几头驴，有几头驴代表会几种语言，那些来自遥远语言地方的商人，被他们牢牢控制。

库的师傅也是驴年生人。十二生肖里没有驴年，鼠、牛、虎、兔、龙、蛇、马、羊、猴、鸡、狗、猪转一圈，总有一些人不在这个圈里，他在自己和别人都不知道的驴年。

师傅死后库成了毗沙懂语言最多的属驴人。用属驴人的话说，所有驴都认识库。

羊　皮

库记得自己三岁时被一个贩皮子的裹进羊皮里带出了家乡。皮贩子收购了他家四十二张羊皮。库那时已经会数清家里的羊数，昨天傍晚羊群归圈时，库和哥哥把守在圈门木栏上，门开一条缝，每次挤进一头羊，库跟着哥哥一个个数，数的头数是九十七。“多了一头。”哥哥说。可能别人家的羊混进来一头。哥哥进圈里牵出一头白母羊。库喊来父亲，父亲说，别吭声。库在卖出去的羊皮里看见昨天多出来的那头白母羊的皮。父亲昨晚没干好事。库看看父亲，看看院门外。贩子把羊皮拎起来，抖开，里外看看，往上一抛，羊皮飞落到车顶上。一共四十二张羊皮飞到车顶。皮贩子给父亲付了钱，上到装满货物的马车上收拾皮子，库的哥哥妹妹围着马车疯跑，往马车上爬。库也爬，库有五个哥哥，一个妹妹，库自己爬到了车顶，看着皮贩子卷皮子，卷到最后一张，皮贩子望望车下，又诡异地看看库，让库躺在皮子上，滚了一下，库就在皮子里了。库以为皮贩子把自己藏起来捉迷藏，就悄悄地待着。然后，马车轻轻晃起来，库很快睡着了。醒来时天已经黑了，库在羊皮里哭喊。

两年后库被贩卖到黑勒，买他的是一个驴贩子，库满嘴说着谁也听不懂的话。驴贩子烦他，把他扔在驴背上。他一哭喊，驴就叫。驴一叫，他跟着叫，驴听见他叫都竖起耳朵听。直到有一天，一个中年男人看上库骑的那头驴，连驴带人一起买了。这人就是库的师傅。

师傅带着库从母驴巷子出来时，那一巷子的驴叫声一直留在库的耳朵里。库跟师傅一路往毗沙走，那时候两国的战争还没开始，黑勒还在信仰昆，沿途村庄都有可以投宿落脚的昆寺，库就在漫长的路途上，倒骑在驴背上跟师傅学会了黑勒语。

后来，库又在一个又一个黑夜里学会了毗沙语。

师傅经常早出晚归，他总是在天黑入睡前才有时间跟库说话，师傅和库躺在床上，库睁大眼睛，看着黑暗中模糊一团的师傅，师傅每说出一句话，他的脸就亮一下，库就在师傅半醒半睡的话语中，学会了毗沙语。

语　言

在库的记忆里，师傅经常代表国王出使远远近近的语言地区。师傅去过最多的地方就是黑勒，他好像在黑勒另有一个家，这是库猜测的。因为师傅在毗沙的家只是一个搭满驴圈棚的大院子，库想，他一定在别处有一个家，家里有妻子儿女，这个别处只能是黑勒。那时毗沙和黑勒交往频繁，库的师傅给国王的使团做翻译。整个毗沙国里师傅的黑勒语说得最地道，但他只会说，不会写。师傅拒绝认识他熟悉的那些语言里的哪怕一个字。这是捎话人的底，只捎话，不捎字。每次出访回来，国王都会单独听师傅说黑勒的情况。国王知道使团回来给他汇报的，也都是经师傅的嘴倒过去的话，他要亲自听这张嘴里的原话。这样的翻译常常让师傅觉得恐惧。整个使团就他一个人会说黑勒语，往往是两帮语言不通的人面对面坐着，有时对方有一个翻译，有时只有师傅一个人给两边翻译，对方说黑勒语时，毗沙一方的人眼前一抹黑。这边说毗沙语时，对方的处境也一样。师傅就像在黑夜里提一盏马灯，一会儿给左边的人照路，一会儿又给右边的人照路。

更恐惧的是师傅翻译的语言被两边的记录官写成了文字，师傅最害怕那些随口说出的话变成文字。一旦变成文字，那些话就躺在纸上死掉了。师傅说。

两国交战后，师傅再没去过黑勒，去中原的差事落在师傅身上，毗沙国会皇语的人很多，往中原去的官员和商人络绎不绝。

师傅去世前的最后几个月，库是他唯一的陪伴，师傅没完没了地说别人听不懂的语言，听师傅说话成了库最主要的事情。师傅把他一生所学的语言都说了一遍，从离毗沙语最近的丘语、蕃语，到打了多少年仗的黑勒语，再到皇语、天语，师傅给他画出一幅辽阔的语言地图，语言让远处大地一片片明亮起来，在这张地图中，皇语最为辽阔。“你耗尽一生都走不出皇语的海洋。”师傅说。

库的师傅说完他会的所有语言后，已经有气无力，临断气前，他仰躺在炕上，突然来了劲，脖子伸直，头仰起，喉咙咕噜咕噜响，喷发出一句驴鸣——“昂叽昂叽”。他的声音突然停住在那里，生命停住在那里，骤然地，养在院子里的驴大叫起来，紧接着周边邻居家的驴大叫起来，全毗沙城、城外乡村的驴都大叫起来，叫声遍及大地上所有有驴的地方。

正如师傅所说，全世界的驴叫声都一样，无须翻译。师傅在最后时刻叫出无须翻译的驴鸣时，库的嗓子也一下充满了血，他强忍住自己，一直到师傅咽气，外面的驴叫停息，他再也无法克制自己，脖子一伸，头一仰，嘴朝天，“昂叽昂叽”大叫起来，叫得声嘶力竭，泪流满面。

一堆人

库找到两年前遇见买生的那排房子，一间挨一间的小房子半数塌了，未塌的房子还有人住，房前大桑树下坐一堆老男人，人旁站一堆驴，驴和人老远盯库和谢看。

“请问，前几年在这剃头的买生还在吗？”库用黑勒语问。

“你是从呲沙来的吧？”

“我从康来。”库说了句康语。

“可是你牵了头呲沙小母驴，还是个小处母驴，留给哪个有福气的牲口呢？”

人全围上来，有的摸谢屁股，有的掰开嘴看牙口。谢警觉地扭屁股，撇蹄子，尽量躲开那些摸自己的手。一旁的母驴都斜眼醋溜溜地看她，每个驴背上倒骑一个无头鬼，脖子上空空地望这边。那些从战场上被驴驮回来的无头身体，没有回来直接埋在荒野中的无头身体，都变成鬼魂附在驴身上，等待在一声声的驴鸣里升天，可是，天庭不要无头鬼。谢扭头看妥觉，又觉得这个接了一个呲沙身体的黑勒头有福了。

好　驴

老男人的兴趣全在谢身上，顾不上回答买生的事。

库知道这些好驴者，黑勒民间叫老刀子，一把好刀在驴身上磨老。他们满嘴说驴，每句话里都是驴，听不出半句人的事。

当年师傅在带着库回毗沙的漫长路途上教库黑勒语时，学的第一个词也是驴。

师傅说，黑勒地方驴腿比人腿多，路上驴蹄印比人脚印多，城里驴味道比人味道重，人说三句话必有一句说到驴。师傅让库牵着驴，一一说给他驴头、驴背、驴蹄子、驴、公驴、母驴、驴心肝肺、驴蛋、好驴者、日驴、驴养的等词语及其用法。

驴头：指一头驴的头，也指一群驴的头。从村里的小头目到城里的大头目，都叫驴头。国王叫大驴头。

驴养的：骂人语，驴生养的畜生，不是人。皇语和毗沙语骂人用驴日的，在乎谁日的。黑勒语在乎谁生的。

牲口毛驴子：指人跟驴一样淫荡，一年四季发情。

师傅教库从驴身上学会全部黑勒语。每当库说起黑勒语，都感觉自己骑在驴背上，游走于所说的一切事物中。跟驴有关的语言深入到生活的方方面面。这是一种从驴开始的语言，离开驴，他什么也说不清。

库隐约觉得师傅也好驴，他老人家常年奔走于相距遥远的不同语言地方，路途中的唯一陪伴是毛驴，他总是骑一头毗沙母驴出行，在所经村庄和城市几番倒手，大驴骑老小驴骑大，最后回到毗沙时，屁股下的驴不知换了多少茬。师傅说到黑勒语的好驴者，声音和眼神都发亮。库从师傅教他的黑勒语里，早就认识了这些人。

好驴者都是倒客，牵一头驴，在集市上转，灰驴倒成黑驴，小驴倒成大驴，每天手里牵的驴都不一样，都是母驴。这些人除了每日换一头驴，还相互交换。其生计也从倒换母驴中获得。他们个个是驴行家，上午买头驴，白用半天，中午倒手赚一把，傍晚手里牵着另一头驴。

库看着这伙话不离驴的老男人，突然有了说黑勒语的冲动，库把谢牵到人堆中间，说自己怎样在毗沙集市买到她，又怎样在一路的驴叫声里来到黑勒，沿途遇见的每头公驴都想爬她，都被他护住。为啥要护住，因为这小母驴一旦让公驴爬一次，就想要二次，每天都想要，那样的话他就走不到黑勒了。

库用黑勒语说起驴来就像骑驴逛集市一样自如，那些人都被库的讲述迷住，库用一头小母驴成功地牵引住话头，引导他们说话，这场由一头小母驴开始的话题，从毗沙扯到黑勒，扯到两国间把人打老的漫长战争，几个国王战死，多少臣民老死，人和马大量折损，驴却在增多，驴叫声比以前稠密，驴不参加战争，人打仗，驴闲逛。好像驴也不闲，闲不住。黑勒正修造大天寺，驴都赶去驮砖。黑勒驴驮了一千年砖修昆寺，不知道又要为修天寺驮多少年砖。说不定毗沙人打过来，毁了的昆寺又要驮砖瓦重修。反正驴蹄子没闲住。这阵子驴集市都空了，倒驴客只有跟着干活的驴群做买卖。大天寺的天塔要高过毗沙西昆寺的昆塔，院墙要高过西昆寺的院墙。黑勒的远近昆寺都拆了，砖驮来修大天寺。修到一半又拆。

说昆寺的砖不洁净，每块砖都浸透着昆门徒念经的声音，建的天寺不洁净。远近砖窑起火烧新砖。新砖垒一半又拆，说这些窑以前烧砖建昆寺昆塔，窑不洁净。又四处建新窑。新窑的砖驮去又不行，说驮砖的毛驴子以前驮修昆寺的砖，驮昆经驮昆门徒，驴不洁净。说到最后人也不洁净，这里所有人以前都信昆。最后天寺大天门出来说话，正因为人都不洁净，所以要修天寺让大家洁净。说得驴都糊涂了，不知道人要干啥。当然，驴从来不糊涂，全黑勒的牲口中，只有驴知道人改宗了。鸡和羊都不知道。马也不知道。马只会让人骑着打仗，从不知道为啥打。马看不见鬼。人也看不见。人脑子里有个鬼，驴能看见。驴见人脑子里的鬼变了，就清楚人世变了。

说到这里，库知道驴把他驮到该去的地方了。他们说的每句话里都有驴，每句话都是一驾驴车，这些由驴拉着的长短句子，载着全黑勒的事，全天下的事，坑坑洼洼地往前走，可以一直走到天黑天亮。但库等不及，他先引领大家说那个毛驴子驮砖修建的大天寺，说着话头一转：

“那桃花寺呢，听说改成天寺了。以前的买生昆门呢？”

“你说买生呀，现在是桃花天寺的大天门了。”

“他当昆门时就是个驴行家，出行必骑驴。他的绝招是端坐在驴背上念经，任驴穿街走市。有一阵子黑勒人学他，人人盘腿坐驴。十几年前天门徒攻进桃花寺时，他就盘腿坐在驴背上，嘴里念着昆经。杀进寺里的天门徒以为他是神，不敢动他。”

“后来他率五百昆门徒集体改宗，自己由昆门改作天门，出行依旧骑驴，依旧盘腿端坐驴背上穿街过市，只是手里捧的经变了，嘴里念的经也变了。这事在黑勒连驴都知道，所有黑勒驴都希望能让买生骑一回。驴也早知道他从昆门变成天门了。”

粉　红

谢一只耳朵听库和那些老男人说话，一只朝上。刚才，谢听见从巷子尽头的天寺传来喊唤声，接着听见一巷子的开门声，人们一起出门往巷子尽头走。谢就在地上的开门声里，隐隐听见天庭那扇老桑木门开启又关闭。又有人去了天庭。库听不见天庭的开门声，他的耳朵里全是那些老头的叨叨声。据说人老了才能听见天庭的声音。坐在街旁打盹儿的老人们，偏着头，耳朵口朝天，听天上的开门声。更多时候灌入耳朵的是地上的驴蹄声和飙到半空又落下的驴鸣声。天庭的开门声只有个别人隐隐听到，听到就走了，街边空出的位子被另一个老人占住。也有听到不走的，装糊涂，坐在活人堆里，一混多少年。

人不知道已经死了的人混在活人堆里，没气息地过人的日子。

只有毛驴、狗和眼睛尖的昆门徒和天门徒能辨出人的死活。狗靠鼻子闻，死人的味道是酸的。驴跟昆门徒靠眼睛看，死人的脸发黑，眼睛灰灰的没有光。昆门徒看出来也装没看见。驴不一样，看见了就叫。

这会儿一巷子的母驴突然大叫起来，谢看见成千上万的鬼魂发着蓝光升起来，成片的驴鸣声把地上的鬼魂顶起来。有冒着热气的新鲜鬼，有头上落了厚厚尘埃的老鬼。在能看见声音颜色和形状的毛驴谢眼里，满巷子的母驴叫声架起无数道通达天庭的粉红彩虹。母驴叫声又惹得一旁的公驴巷子驴鸣大作，全黑勒城的鬼魂都在驴鸣声里升起来。

但是，驴叫也不能把所有鬼魂送上天。驴在自己的鸣叫声里，看见更多的鬼魂土一样往下落，落一层。落入土里的鬼魂，摔断了念头，土一样死寂。鬼魂累积的土，种子不发芽，老鼠不打洞，风刮过没有声音。只有等驴蹄子踩踏，死寂多年的鬼魂一下子飞扬起来。

更多的人耳聋了，听不见天庭的开门声。那些老年人，早早盼着耳朵聋了，啥都听不到。眼睛瞎掉，看不到死。腿瘸了，走不到老年，一直在童年青年里磨叽着。

第十二章　桃花天寺

发　情

桃花昆寺变成了桃花天寺。

库牵着谢往里走，被一个穿长衫的人拦住，说驴不能进寺。库知道驴不能进寺，寺左侧的大柳树下立一排拴驴桩，几百头驴拴在那，库刚才牵谢走过时，引起一片骚动，有一头灰公驴，挣断缰绳冲过来，库赶紧牵谢走开，谢却磨屁股不走，侧眼看公驴肚子下面的东西，那地方的痒又来了。

两个上天寺的赶驴人凑过来，一个摸谢的尻蛋子，一个摸脖子。

“驴发情时老天的话都不听，你还想管住她。”摸谢尻蛋子的男人搭讪。

库没理他，硬牵着谢走开。那两人跟着过来。

库报了名字，说找买生大天门，两年前给他捎过话。

长衫男人把话传到里面。过了好一会儿，出来一个高个天门徒，要库把驴拴好带他进去。

“这驴是远道捎来给买生大天门的，我要亲自交他手里。”

高个天门徒打量着库和谢，表情怪怪的。

“是从这小母驴的家乡来的吗？”

库看着天门徒，没做任何表情。

高个天门徒领库往寺院后面走，走过大柳树下时又引来一阵驴叫。

“带个发情的小母驴走远路，真不容易。”天门徒不怀好意地回头看库。

贼翻墙

桃花天寺后面是大片民房，层层叠叠延伸到河岸高台。

库上次来就注意到黑勒民房院墙比毗沙的高，是贼多的象征。

桃花天寺的院墙有三个人高，这是防贼的最低高度，两人高的院墙，两个贼一个站在一个肩上就爬上去。两人半高的院墙，两个贼加一头驴，一人站在驴背上，另一人站人肩上，也能攀上去。三人高的墙就难爬了。

黑勒因为贼多，锁匠远近闻名，毗沙有钱人家全用黑勒锁，库家里用的就是黑勒铜锁。黑勒锁撬不开砸不开。一个毗沙人家丢了钥匙，只有到黑勒找锁匠开。毗沙贼从不在黑勒门锁上打主意，看见黑勒锁就住手。黑勒贼也一样，他们翻墙打洞。墙就越修越高。

驴跟着叫

走到一个靠墙的大草棚下面，棚上垛着发黑的陈年干草，紧挨草棚是一个停满驴车的大院子，这是桃花昆寺的驴车院，昆寺改天寺了，驴车院没改。驴车院规模比西昆寺大，但寺院墙矮得多，显然挡不住驴叫声。

库问中年人，驴车院这么近，寺里天门徒念经时会不会受驴叫干扰？

“怎么不会，早先桃花寺刚改作天寺，天门徒清早念诵，驴就跟着叫。后来驴都闭嘴了，拿条子教养的。不过，我们买生大天门不忌驴叫，说天的声音不光在人中，也在其他生命中传颂。他教我们仔细听驴的声音。只要心诚，狗吠驴鸣中皆能听见真音。”

后　院

草棚里面墙上开着一扇门，跟西昆寺后门一样。高个天门徒敲了几下门，听见开锁声。

木门咯吱咯吱打开，进去一个小院子，也和西昆寺一样。以前昆寺都有后堂杂货院，不便从前门进入的，都从后门进。库上次到桃花寺时，前堂的昆像全毁了，念昆经的场地改为念天经。没想到后堂还是原样，烧火做饭的锅头、案板、锅和勺子，都没变。大铁锅里烧着水，两个伙夫在忙活午饭。库看见开水一下饥渴起来。谢也看着冒水泡的大铁锅愣神。

高个天门徒让一个伙夫陪着库，自己从侧门进去。

过了会儿，买生出现了，一身大天门装束。库不知该如何对他行礼，就把驴缰绳递过去。

“毗沙西昆寺王大昆门让我捎一头小处母驴给您，他嘱咐我一定把她完好交到您手里。”库用毗沙语说。

买生没接缰绳，围着谢打量。

“您上次让我捎话给王大昆门，话我捎到了。”

“我让你捎的啥话？”买生用毗沙语问。

“您让王大昆门捎一部黑勒语昆经。”库低声说。

“那他为何捎来一头驴？”

“王大昆门说这小处母驴就是一句话，让我毫毛无损地捎给您。”

买生天门抚摸谢的皮毛，又拨开绒毛仔细看，他好像看见了什么，库也看见在买生拨开的驴毛下面，似乎有什么东西。买生抬头望着库笑了笑，脸突然一阴，朝后一挥手，过来两个大汉，把库双手反剪绑在墙根的柱子上。谢慌心地看库被绑在柱子上，甩头，后退，见库安静地看她，谢也安稳下来。

屠　夫

买生天门的手又伸到谢的肚皮上，他一点一点地拨开皮毛，又把拨开的毛轻轻抚平。他的手法让谢想起西昆寺的德昆门，尽管隔着厚厚的驴毛，谢依然感觉到那只手的抚摸，人的抚摸。

高个天门徒也探头到谢身上看，他看一眼买生天门拨开的驴毛，又抬头看一眼库。库后悔自己一路上都没有拨开谢的皮毛看看，现在他知道王大昆门让他捎的话，就在谢的皮毛下面。

买生天门悄声给高个天门徒吩咐了几句，高个出去了，留下买生独自抚摸谢的身体，他从脊背抚摸到肚皮，又转到另一边，谢既舒服又紧张，身体上的痒一下子全出来了，谢扭屁股转身子，买生摸着她的脖子让她安静，谢却更加紧张。

过了好一阵子，高个天门徒带进来一个黄胡子屠夫，背上的褡裢卸下来，扔在库眼前，一件件往外拿屠具，长条刀、刮刀、捅条、挂钩、磨刀石、皮条，整套的屠夫家什。库知道他要干啥了。

黄胡子抓住谢的缰绳，前后打量，顺毛摸到屁股。

“还是个小处母驴呢，可惜了。”黄胡子望买生天门。

身边的随从也望买生天门。买生一扬手，黄胡子领会了，解了谢的缰绳，右后蹄和左前蹄绑一起，用力一拉，肩膀一扛，谢侧身倒地。另两个前后蹄子也被交叉绑在一起。谢挣扎着想站起来，挣扎一阵，没劲了，眼珠转着看摆弄她的人。又扭过头看库。库的双手绑在拴驴桩上，一直看着谢，目光相对时，库的眼里满是悲凉。

一旁的大铁锅烧着水，烟和水汽往上冒。他们不会煮驴肉吃吧？谢早听说黑勒人改宗不吃驴肉了。会不会还像在西昆寺那样，往她身上刺虫子一样的字？谢想。

灶火烧的红柳条，紫红色火苗蹿出烟囱口。谢想起在固玛那个傍晚，从一缕炊烟中升天的鬼魂。扭头看妥觉时，发现妥突然回头看了眼谢，悠地腾起来。觉见妥腾起来，迟疑了一下，也腾起来，在半空头和身体又对接在一起。然后，妥觉落回来蹲在沸着开水的大锅旁，眼睛空空地看谢。谢浑身的毛一下竖起来，知道自己完了，要挨刀子了。

大锅里的水汽朝上升腾，妥觉汗淋淋地蹲那里，看一眼谢，又望望天，谢以为妥觉要走了，好一股热腾腾的水汽啊，还有紫红的红柳柴烟，乘着好升天。谢往上扬头，示意妥觉快走，觉摆了摆手，片刻后妥摇摇头，这次头听了身体的。妥觉悠地腾起，像倒骑驴一样骑在弓腰蹲着的库身上。库身体猛地抽搐一下，他感觉到什么东西附在身上了。

“昂叽昂叽昂。”谢突然挣扎着鸣叫起来，库知道谢叫给他听，库目光温情地看着谢，谢也看着库。妥觉也在叫声里回头看谢。

过来四个人，把谢抬到锅头的木案上。谢的嘴正对沸腾的开水，谢意识到他们要干啥了，又不敢多想，使劲扭头看绑在那里的库，库也痛苦地看谢。谢识得人脸上的痛苦。谢知道库在为她痛苦，心里安静下来，还俏皮地对库眨眼睛。

黄胡子拿铁钩从锅里捞出几块湿布，一层一层往谢嘴上裹，谢使劲昂头，耳朵被人牢牢揪住，头动弹不得，绑住的蹄子拼命乱蹬，像要奔跑起来，整个身体无望地抽搐着。

库知道他们要闷死谢，库大张嘴，喉咙里许多种语言争相往出喊，嗓子眼却被塞住，什么都喊不出，费了很大劲，突然憋出一串声音。

“昂叽昂叽昂叽。”

叫声直冲天上。那些人全扭过头，黄胡子也扭头看库，手里的活停住。谢的耳朵根一耸，她第一次听见库发出这么有劲的驴叫，谢知道那声音在喊她，谢想回叫一声，已经不能，谢强扭头，眼睛鼓鼓地盯着驴一样被绑在柱子上的库，涌到喉咙里的鸣叫隆隆地退回去，退回去，在谢黑暗下来的最后一丝目光里，库的头低垂下去。

疼

“昂叽昂叽昂叽。”

谢突然又听到那声鸣叫，是库刚刚叫出的，虹一样直冲苍天，又从天上返回来喊谢，谢的魂悠地脱身飘起，落在墙头上，眼睁睁看着躺在一口大锅旁的自己，觉得那么陌生。

黄胡子在谢的左前腿上割开一个小口，谢没觉得疼，一根指头粗的铁条捅进去，捅了几下拔出来，竟没见一滴血。然后，黄胡子嘴对着口子往里吹气，谢的前半个身体慢慢鼓胀起来。黄胡子吹气时，另一个人拿铁条抽打，让气通到各处，谢仍没觉得疼。以前挨打的疼到哪去了？谢突然想起自己很少挨过打，心里记住的全是抽在母亲身上的鞭子条子的疼。黄胡子把她左前腿吹胀了用皮条绑紧，接着左后腿上割开一个小口子，拿捅条捅，吹气。谢的后半个身体鼓胀起来。四条腿吹完气后，谢像一个圆鼓鼓的大木桶躺在那里。然后，黄胡子舀起一勺沸水浇到谢身上，顺手拿起刮刀，轻轻一刮，谢的一片毛脱落下来，仍然没一丝的疼。

谢见过屠夫这样吹羊刮毛，年前谢随母亲驾驴车把一头羊从集市拉回家，目睹了羊被宰、吹气、烫毛的全过程。当时谢站在一旁，看见羊前腿被割开口子时谢的前腿一阵生疼，羊后腿割开口子时她的后腿一阵生疼，刮毛时整个一头羊的疼传到谢身上，仿佛被宰的是谢。

现在，这一切轮到谢身上，谢正被烫了刮毛，谢却觉不出一点疼，谢知道躺在那里的那头驴已经不是自己。

库抬头看谢身体鼓鼓地仰躺着，四腿朝天。大锅里的水沸腾着。黄胡子蹲在锅沿上，拿葫芦瓢舀水往谢身上浇。库的身体一下一下地抽搐，仿佛每一瓢沸水都浇在他身上。谢看着库痛苦的样子，知道自己的所有疼都在库那里了。

字

屠夫把谢的毛一块块刮光，露出灰白的爬满文字的光肚皮，谢在无数个梦里看见自己身上那些字，有时梦见自己是一个昆门徒，坐在四周有高墙的寺院里，努力辨认自己身上的字，一字一句地诵出人的声音。有时赤裸裸站在院子里，四周坐满昆门徒，全盯着自己光光的驴身子念诵，刻在身上的每个字都发出声，感到自己被诵经声包裹，声音经过身体都有了形，在驴上头塑起一层层驴，那些声音的驴层层高升，最高一层已经顶到了天上。

站旁边的人全围过去，一片惊讶。买生天门俯身细看。库伸长脖子看。奇怪的事情发生了，他们齐齐跪在谢身边，嘴里含混地念诵着，听不清在念什么。

他们跪下时，库才看清谢脱光毛的皮子上，清晰地显露出密密麻麻的黑勒文字。库也赶紧跪下，头抵他们的屁股，口念昆经，心里一下觉得安静了。

刚才，买生天门拨开谢的皮毛仔细查看时，库就一下明白了，他跟谢走了一路，都没想到拨开她的绒毛看看，他骑在她背上时，只要稍加留意，很容易就会发现毛下面的字，可是没有。他挨着她取暖的那些夜晚，脸贴在她肚皮上，在明亮的月光里睁开眼睛，像抚摸爱人一样抚摸她的身体时，却从没有想去仔细看看。只有一次，在奥巴的月光里，他抚着谢的温暖肚皮，突然冲动地把手伸进毛里，有一种伸进衣服里的感觉，他想摸见谢的皮肤，可是，谢的绒毛下面是毛根，没有他想象的柔细皮肤。一路上库无数次地揣摩王大昆门跟他说的“把驴当一句话”的意思，他以为秘密也许在驴叫声里，买生天门也许能听懂驴叫，他只是捎一头驴，话由小母驴捎，没想到王大昆门让他捎的话，就写在驴皮上。

天　庭

谢的魂看见库头抵着那些人的屁股跪在那里，库低低的念诵只有鬼魂能听见，那声音似土里的虫鸣，又似天上的开门声，谢知道自己该走了，念头刚一起已到天庭门口，门半开着，一扭身要进去，鼻梁上重重挨一条子。

“你个秃驴，把驴皮上的字褪净了再来。”

谢这才扭头看见自己一丝毛都没有，光光的皮子上爬满虫子般的文字。

“这是人刻上去的，说是上天给的昆经，人念了千年了，我把它驮回到天上。”谢辩解。

守门人凑上来前后看几眼。“上天从没给过人什么经，都是人编的，你快扔回到人间去。”

“我是驴，得有人牵我回去。”谢的犟劲来了。

“你缰绳那头有一个人呢，以前他牵着你，现在你回去牵着他。”

谢疑惑地望着守门人，只见他一扬手，谢糊里糊涂已经回到地上。

他们正剥她的皮，从肚子下面剖开一道口子，然后朝外剥，皮下带血的红肉露出来，谢第一次看见自己的红肉，谢在固玛看毗沙人剥那只人羊的皮，那是从人身上剥一张活羊皮，羊早不知觉了，疼痛的是人，惨叫是人的。现在谢看见他们正剥自己的皮，竟不知觉，啥感觉都没有。谢真希望自己疼一下，哪怕疼得惨叫。可是没有。那身体跟谢没关系了。

附　体

谢的魂看见妥觉像骑驴一样倒骑在库躬着的背上。这没脑子的身体和没身体的脑子，竟然抛弃她附体在库背上。鬼魂妥觉向谢招手，谢乜斜一眼，落到墙头。妥觉仰头看谢，不依地让谢到库身上来。谢不理他，仰脸看天，看了会儿回过头，见妥觉还那样仰头看，谢从妥觉空空的眼神里，看见自己也是一个鬼魂了，想起刚才天庭守门人说的话，以前他牵着你，现在你回去牵着他。谢猛然明白这句话的意思了，像个孩子似的一下依附到库怀里。

库浑身一激灵，周身的气息把谢往外挡，但气息极虚弱，谢轻易就进去了，这情景就像那个身首分离的鬼魂附到谢身上时一样，谢努力阻挡，那东西还是进来了。生命有自己不知道的缝隙，谢能阻挡住不让公驴进入自己身体，却不能挡住鬼魂附体。

谢像进驴圈一样进入库的身体。谢试着在里面昂头，库的头猛地昂起来。试着伸展腰，库的腰一下趴展了。试着耸耸长耳朵，库的耳朵动起来。谢没敢试着蹬腿，库的腿蜷曲着，双手反绑在背后。谢心疼起这个男人，不想动静太大，让库觉出来。一旦人觉出自己被鬼魂附体，便会请昆门徒来驱鬼，拿符镇，用桃树条抽，那时鬼就难受了。谢不想让自己和库难受，日子长着呢，谢会逐渐到达这个身体的角角落落，自己已经没有身体了，库的身体就是自己的家。鬼魂妥觉也把库的身体当家了。他们附在库背上。

谢学鬼骑驴的样子，倒骑在库背上，妥觉原来倒骑在谢身上，这样正好脸朝前了，这鬼东西觉出不对，鬼脸朝前会被人认出来，又转过身。

库身体剧烈抽搐，感觉自己要疯了。库闭上眼睛，不看他们剥谢的皮，但刀子割肉的声音仿佛在割他，库感到整个一头驴在他身体里疼，他们割驴蹄子时他的腿在疼，划开肚皮时他肚子在疼，剥皮时他浑身的肉在疼。

好　经

谢的魂看着自己的皮被完整地剥下来，铺在地上。他们围着驴皮看，库也看。买生天门眼睛看着驴皮上的经文，嘴在动，库知道他在念，无声地念。库也在心里念，用好多种语言念。

“把它叠好埋了吧。”买生天门吩咐手下。

“我们改宗不信昆了，但这经是好经，把它埋在沙里，留给以后信它的人。我们信了一千年昆，百年千年后我们的子孙会信什么，谁都不知道。”

库看着他们把驴皮卷起来，压平，又从两头对折过来，再压平，叠成一个长方包裹，拿皮条捆住。

改　宗

买生天门转身站在库面前，引库进来的高个天门徒给库解了绳子。买生天门让库站起来，库站不起来。高个天门徒提他起来。买生让他直起腰，库直不起腰，身体里像有一头驴撑着。他只能直起脖子，眼睛直直看着买生天门。

买生却不看库，侧目看地上的驴皮。

“我刚听你发出驴叫声，我们的身体里也都有一头倔强的叫驴，谁不想像驴一样放声鸣叫呢？可是，我们克制住了自己。你还能用人的语言跟我说话吗？”

库脖子一昂，一串驴叫又要冒出来，赶紧咬牙忍住。

“你不能怨我把她杀了。王大昆门把驴缰绳交到你手里那一刻，她已经死了。你不知道她死了，她也不知道。这里的很多人不知道自己死了。我念了几十年昆经，又念了几年天经，我能看见自己和别人的死。桃花寺被烧那一刻我就死了。他们不知道我死了，逼我改信天。我假信了两年，现在真信。真信时我又活了。

“我们这样的人，和俗常人的区别，就是知道自己死了，还能厚着脸皮活下去。好多人不知道自己死了，我所以改宗，所以死了还不升天享福，是我不放心那些活死人，他们没有恐惧，什么事都能干出来，我每天在天塔上喊唤，许多死了还赖在世上的人，被我喊醒来。

“把人世还给生者。就像把天庭留给死者一样重要。”

库从买生天门的话音里，听出念昆经的调子。他能改宗，却改不了嗓音。当他拖着念了大半辈子昆经的老嗓子念诵天经时，人们一定会觉得什么都没变似的。

库想回答买生一句，满脑子却是刻在驴皮上的黑勒文字，那些黑勒文又变成丘文、皇文、毗沙文，又译回来，来回转。终于转回到黑勒语，待要开口时，涌上来的竟又是一串驴叫，感觉身体里一头驴昂起脖子，他管不住了，脸和脖子憋得通红，身体一纵一纵要奔出去。高个天门徒一把按住他。

“你随我信了天宗吧。”买生天门很有耐心地等库平静下来。他目光温和地看着库，库在他的目光里看见昆的慈悲，心里一下放松了。

“我是一个捎话人，刚才你说的那句话，我会如实捎给我自己。从耳朵到心里的路，也许比从黑勒到毗沙都长。请您给我些时间，我一辈子为别人捎话，现在，我给自己捎一次话。捎到了，我的心认了，我就随你信，否则你就砍了这颗头。”

库把头往前一伸，意思是头已经给你了。

“我不会刀架在脖子上让你现在就答应。当年人家刀架我脖子上让我改宗，我口头应了，心里的昆走不掉。现在我真信了。天仁慈，他等了我三年。我给你三个月，等地里的麦子黄了，你给我个交代。

“现在砍头还是留头的权力都交给我们天门徒，处置俘虏和占领区民众的事都由天门徒和屠夫操办。我可不像别的天门徒那样有耐心，我让屠夫举刀跟随，我只问他们一句改不改宗，稍一犹豫就手起刀落。我厌恶那些不坚守的人，我不给他们损坏自己功德的机会。可是对你，我有耐心。”

库脖子上头凉凉的，仿佛三个月后的那一刀，已经挨到皮肤上，那里的汗毛惊恐地竖起来，心里却突然窜出一股子犟劲，库又把头朝前一伸，他觉得自己的脖子竟然能像驴脖子一样倔强地伸长伸直了。

第十三章　改　宗

皮　子

库没等到割麦子的时候，就脖子长长地把头伸到买生天门跟前。

“我跟你改宗了。”

库说出这句话时，他不知道自己身体里附着一头小母驴的魂，他没法牵着谢一起改宗。谢的皮子上刻满昆经，她不能换一张皮。那些心里装着昆的人，只要嘴上答应了改信天，把命先保住，别人也看不见他心里有啥没啥。谢却瞒不过去，刻在皮子上的昆经，到哪都抹不去。人可以不信这个了信那个，她改不了，她就一张皮，变成鬼魂皮上还是密密麻麻的昆经。

买生天门双手高捧，用他念惯昆经的粗哑嗓子，念了段天经，库听着那腔调，心里的昆像又一尊尊地被念出来。

买生天门念完经，一只手落到库头顶上，抓了三下，库知道这是昆门徒往外抓鬼的招数，买生天门肯定看见库脑子里的昆，要抓走他。

“你身体里有头小驴，可拴好了。”买生天门说这句话时，库的脖子猛地一伸，又缩回来。库不知道是谢在他身体里一惊。鬼被人看见时比人看见鬼还要惊恐。

念　诵

改宗后的库从驴圈里搬出来，依旧住在寺院后门的驴车院，只是不跟驴住了。买生天门给了库三个月时间，把库和三头母驴关在一个圈里，关库进驴圈的高个子天门徒说，这是给一个昆门徒最好的待遇了，有三头母驴陪着。三头母驴两大一小，两个大的每晚都斜眼看库，以为他会打她们什么主意。小的却一点不介意，凑过来脸贴着库的脸，逗库玩。小的一和库亲近，两个大的就过来咬小的。

买生天门给库一本天经，让库念。库借着驴圈门缝的微弱光线，读了三遍，就能熟练背诵。拜天的念诵时时传进来，库学着那个调子念，库一开口，三头母驴就耳朵偏过来听，听几句便跟着叫起来。驴一叫，库的脖子一下伸直，感觉身体里一头驴被叫醒，库也昂昂叫起来，库努力控制自己，不要叫得跟驴一样，库就用激昂的声调念天经，库这样念的时候，逐渐地把自己念进去了。

白天库去寺院给买生天门当翻译，闲了就整理图书。库从小在西昆寺干过整理图书的活，那时候整理的是成摞的昆经，现在是天经。库不用翻阅，他已经全部背熟了。

买生天门也能成篇地念诵天经，这个对他不难。一个背诵过几百卷昆经的脑子，背诵一部天经，应该是小小的事情。

驱 昆

库这段时间唯一做的一件事就是把心里的昆驱走。库学过诸多驱鬼招数，各种各样的咒语，都不能用作驱昆。他独自坐在角落，一遍遍地念诵天经时，脑子里浮现的却是一尊尊的昆像。

有一次，库诵读天经的声音被天门徒听到，误以为他在读昆经，险些被抓去割了头。库想从天经中找到天，他不知道如何把天存放在心里，天没有像，库不知道天长啥样，他努力让自己念着天经时，脑子里依旧是昆的像。我就当天也是昆。库心里想。库的这些心思谢都清楚。库一想事情，心里就有一个鬼在动。

库想活下去。谢死后库的脑子里一直翻腾着自己死后的情景，他亲眼见识了好多不愿改宗的人被砍了头。身体和头分别扔在城北的沙漠和城南的戈壁。他们用这种方式惩治昆门徒，让他们死了也到不了天庭。

谢的魂也想跟着库一起改宗。又觉得不可能。库信了一个她看不见的天。不像那些泥土和木头做的昆。不知道库信的这个天，可否看见库身体里藏着一头浑身写满昆经的小母驴？她经常窜出来操控这个身体。谢这样想时，突然意识到自己在慢慢地想人的事情，她已经好久不想驴的事情了，似乎跟了这个叫库的人以来，她就没怎么想过驴的事情，多少公驴想和她亲热，都让她躲过了。她想着就伤心起来，自己没好好过一天驴的日子，没有一头公驴爱过她，甚至没有另外一头驴啃过她的脖子，就这样死掉了。她在西昆寺被针刺的疼、库抚摸她肚子时的紧张和舒服、无时不在的屁股和皮毛下那些字的痒，都成为不复存在的美妙感觉，她只剩下一丝魂儿，寄宿在库的身体里。

老

库一下老掉了。谢在西昆寺第一眼看见库时他就老了，胡子花白，后来跟着库走了大半年，看见他的白胡子一根根增多，现在一下老彻底了，胡子全白了，腰也佝偻到地。谢有时心疼地想，是自己附在库的身体里，库才变成这副驴样子吧。在谢本应该跟一头驴过日子的美妙年纪，她跟了库，随库长途跋涉来到黑勒，度过了半年惊心动魄的日子。库对谢好，尽管谢现在才知道库对她好是因为自己这张写满昆经的驴皮，尽管库当时不知道谢的皮子上刻满经文，库只是受托把谢当一句话往黑勒捎，库在西昆寺假装刀下救驴，让谢万分感激，死心塌地跟他走，尽管这也是一场戏。但谢还是觉得库对自己好。

在谢最年轻貌美的少女时期，她跟着库来到黑勒，把命丢在这里，谢那红兮兮的肉体，被他们抬出去喂狗，那张写满昆经的皮，托经文的福，将长久地留下来。谢看见他们把它卷起来，拿牛皮绳捆住，谢最后的知觉在滴血的皮子上随他们到了沙漠，他们挖开沙子，在干燥的沙子深处，她留在皮子上的知觉一点点地死去，仿佛那些密密麻麻的毛，一根一根地被忘记，死到刻在上面的字时，她的知觉突然又活过来，先前的知觉不知道去哪了，只留下一丝无悲无喜的魂儿，顺着那些文字的笔画，悠长地游走，游到头又游回来，反反复复，无始无终，不增不减，跟附在库身体里的魂儿似有一丝丝的联系，又仿佛彼此毫不知情，遗忘在两个互不认识的世界里。

谢感觉自己在库的身体里老去，库老了她没法不老，尽管许多时候，谢在库身体里撒着一头小母驴的欢，但是，库的腿瘸走不动时谢感到自己的腿也瘸了，库气喘吁吁爬上天寺的台阶时，谢感觉自己也在喘气，魂没有气，她喘的是一个老人的气。

晚　年

老掉的库成了黑勒城里有名的驼背老头，他像毛驴一样弓着身，全黑勒城里的毛驴都认识他，因为库的背上倒骑着一头他自己看不见的小黑母驴，小黑母驴背上又倒骑着一个头和身体不是一家的鬼魂。毛驴见了库就鸣叫。库已经能听懂毛驴在叫什么了，整个黑勒城里，能听懂驴叫的也就只有库了。库知道谢的灵寄宿在自己身上，他常常感觉到谢的气息，那时候他骑在谢身上时只闻见她的气味，现在他感到了她的气息，有时候他觉得自己的身体和情绪都包裹在谢的气息里，他被她笼罩控制。尤其库的背越来越驼时，他感觉自己已经是一头毛驴了。

库在黑勒城里没有一个亲人，妻子莎让他在从西边来的军队里找她的父亲，他一直没去找。库想，莎的父亲或许比自己都老了。或许早已经不在人世。一个卖掉自己女儿的父亲，找到他有什么用。再说，自己都活成一头老驴了，也就没有了再去见一个人的想法。

但库还是想莎，他像女儿一样养大的妻子。如果他老死在黑勒，她会在那个养满了毛驴的院子里老去吗？她的老还早呢。库想莎时，她的样子小小的，或许自己死一趟再转世回来，莎依然那么小，那时候他或许更小，被人驮在驴背上卖掉，正好被莎买去呢，她买他回去当儿子，等他长大，她嫁给他。

库想这些时，谢的魂安安静静地看着，仿佛自己是那个被库想着的女子，心里美美的。

妥　觉

库在黑勒母驴巷子买了头小灰母驴，给她起名谢。小母驴不认这个名字，库叫她也不应。小毛驴经常对着库的脊背叫，她看见附在库背上的鬼魂，一头小黑母驴，一个身首有裂缝的人。库也经常扭头看。他这样扭头看时，常常想起谢，这是谢经常做的动作，谢在看自己的脊背。库也看。库在自己的动作里看到了谢。背驼之后，库弓着腰，终于看见了谢看见的。

库从毗沙往黑勒走的路上就感觉到他们了，库在梦中一次次地梦见那个错安了别人头颅的身体，梦见那只在血污里一下一下蹬着沙子的脚。库眼睛一闭就看见身首分离的那个人。

现在库认出他们就在他背上。库感觉出了鬼魂的重量。

妥觉也感觉到库看见了他们，两个鬼变得越来越安静，尽管他们连接在一起的身体还是想着各自的事，头想着黑勒的事，脚后跟想着毗沙的事，但他们不吵架了。

母语

库没事就去母驴巷子，这里的母驴味道一直让库着迷。库头伸进黑勒城门闻见的，正是他从浓浓的气味里分辨出来的母驴味道。黑勒人爱面子，把母驴集市和公驴集市分开，让做母驴营生的人有专门的场地。

库依稀记得自己是在母驴巷子被师傅连同一头母驴买走的。师傅在的时候，库还特意问过这条远近闻名的母驴巷子，师傅斜眼看库，以为库要去逛母驴巷子。库最后问到自己是在巷子的哪个确切地方被师傅买到时，师傅才放心地说了母驴巷子的详情。

库在师傅的描述里已经无数次地来过这个地方，一走进巷子，库仿佛进入一个遗忘的梦，一切都原原本本保留着，那时他倒骑在一头母驴背上，一直看着卖掉自己的男人，那人被他看得不好意思，惭愧地低下头。自他知道自己被羊皮贩子偷卖后，他就一直脸朝后看，他知道人贩子在远离他的家乡，他倒骑在驴背上，几乎记住了所有离开的路。

库向每一个外来者说自己家乡的语言，没有人听懂他说什么。自从师傅去世后，这世上再没有人跟库说过他家乡的语言。库想，自己的家乡也许远在天边，家乡之外再无语言。

库只能找到卖掉自己的母驴巷子。库在那里把小灰母驴卖了，又买了一头模样岁数都和谢相仿的小黑母驴，是黑勒和毗沙驴杂交的，库还叫她谢。

库坐在母驴巷子的老男人堆里，他们都知道库是桃花天寺有名的天门徒，都希望库给他们念一段天经。但库只说毛驴的事，库用他天才的语言技巧，引导那些老男人说毛驴的事，库知道如何用驴牵住话头，那些驴逐渐地被库引着出了黑勒城，沿着一条条的路往远处走，那些老男人大都走过远远近近的路，当然是跟驴一起走的，在驴和那些老男人此生走过的远路上，库的话题逐渐向着一个地方探试，那个地方是他三岁时被卷在一张羊皮里离开的家乡，他不时地说出一句谁也听不懂的家乡语，问那些已经在话语里身处远地的男人听说过这种语言吗。

“当然听说过。”其中一个满嘴没有一颗牙齿的老者说。

那老者坐在土墙根打盹，一只耳朵朝着他们。老者一直在等库和那些好驴者把天底下有关驴的事都说完，然后，听库念一段天经。他们已经把驴的事说到天边，很快就没有事情可说了，再远处的路连他都没走过，他是老男人里最老的，走的路也最远，当然也是跟驴一起走的，他们说到一个他几乎遗忘了的地方时，突然地，他听库说出他曾经听说过的一种语言。

“那地方已经没有人了。会说这种话的舌头早已腐烂成土。活下来的人说着另一种语言。”

库吃惊地望着老者，想让他多说说自己家乡的事情，但又什么都没问，只是给老者行了礼，站起来爬上驴背走了。

天 赋

库的语言天赋在桃花天寺派上了用处，库有非凡的记性，很快能够吟诵天经的全本经文。买生天门只会吟诵个别片段，在重要场合时亲自吟诵。从西边来的天门徒也佩服库的语言能力。库是桃花天寺唯一能够完整吟诵天经的人。

买生天门依然盘腿端坐在驴背上，行走在寺院和黑勒街上。他手捧天经，见了的人都向他行礼。以前他这样骑驴走在街上时，他是远近闻名的桃花昆寺大昆门，所有人向他行昆礼。现在他是桃花天寺大天门，人们向他行天礼。看上去买生已经完全变了样子，但库知道买生也会像他一样面对如此大的心灵变故，毕竟念了几十年的昆经还在心里不会忘记，供了几十年的昆像也时常出现在梦里。

被强迫改宗的黑勒人，以及处在战争中的其他地方的人，都跟库和买生一样，在经历这个世界最剧烈的心灵惨痛。这可能是这块土地上最大的事情了，人们的心灵被改变了，信了千年的昆走了，另一种东西将从此占据人的心灵。

时常有被俘的昆门徒，关在城外大驴圈里，买生天门带着库去劝他们改宗。买生双腿盘坐驴背上，手捧天经，在驴圈里转一圈，见了他低头归顺的，被带出驴圈；脖子挺直不接受的，被跟随的刀斧手一刀砍了。

买生天门把桃花天寺的日常天拜交给库。库经常在吟经时突然情绪高涨，发出激昂的叫声。天门徒也随他情绪高涨，发出激昂的叫声。每当这个时候，库脖子僵直，头高扬，眼睛空空地看天。所有天门徒都随他眼睛看天，激昂的叫声震撼天地。

其他天门诵经都没有这种效果。每当库诵经，桃花天寺所有房间和院子满是人，院门外院墙根也都满是人，诵到高潮时，满城的驴应声鸣叫。听到驴叫的库猛地一抽搐，回复到平常的声音。天门徒们也像突然被驴叫醒，开始安静下来。

库的奇异念功尽管让天门徒们痴迷，却也招致妒忌，常有人给买生大天门告状，说库在诵经时发出昂昂鸣叫，门徒们也随他一起叫，引得黑勒城里的毛驴都一起鸣叫。这是亵渎天的大罪，要买生天门惩治库。

买生天门只是口念“天至上”，并不直接回答。一次，有十几位天门徒联名告库，告到卡汗那里，汗王亲自到桃花天寺，参加了由库主持的天拜。卡汗在数千门徒中间，库高亢沙哑的念诵开始了，库不知道一地的门徒中有卡汗，像以往的念诵一样，库刚念完一段，念诵声仿佛把身体里另一个声音唤醒，库的身体突然朝上一耸，喉管往上一耸，脖子伸直，头昂起，背也不驮了，整个身体向上升起来，舒缓的念诵一下变成激昂的声调，全体门徒的身体也随之抽搐、摇晃，发出激昂叫声，卡汗也身不由己，跟着门徒们昂昂喊叫。

舌　头

库在买生天门的授意下开始翻译天经。买生天门把库安顿在寺院东边的一个小院子里，库有了单独的房子和院子。

“我们不能让你在驴圈里干神圣的活。”买生说。

买生天门给汗王汇报归顺了一个毗沙大翻译家，会全世界的语言，要把天经译成黑勒语献给汗王。还打算让库再译一部毗沙语的天经，到时候汗王征服毗沙国，好让毗沙人念天经。汗王说，有黑勒语的天经就够了，我们征服毗沙后，跟我们对抗百年的毗沙语将不复存在，说毗沙语的舌头将全部腐烂成土。

买生天门把汗王的这句话转述给库时，库的舌根猛地一抽，仿佛说毗沙语的舌头一下被割掉，他下意识张着嘴，里面空空的没有话说出来，心里也空空的。在他有生之年，已经经历许多语言的死亡，包括他家乡的语言。

买生天门看着库大张的嘴，等他说话。库憋得脸发红，脖子一伸，竟然发出一串驴鸣。

买生天门说，汗王早就知道了你，还在天拜上听你诵过经。汗王非常欣赏你的喊唤功力。你跟别人都不一样的念经声能把远远近近的人召唤在一起，能把死人都唤回来。汗王说，黑勒正在准备攻打毗沙，让你当他的贴身翻译和天拜师。

买生接着说，可能你早已知道，有好几个天门徒告你的状，说你诵经时发出昂昂鸣叫。说实话，你喊出了我心里的声音。我们每个人心里都藏着一个更大的声音，我们喊不出来。你喊出来了，我们跟着你喊出来。不要失去这个声音。也不要听他们胡说。能感召众人的声音便是天音。

买生天门吩咐库做好准备，卡汗从外域召集了十万兵马，马上要去打毗沙了。这可是黑勒跟毗沙最后的决战。

第十四章　墓地之路

黑　丘

征伐毗沙的大军集结在黑勒东城外，黑压压的，望不到头。库骑驴跟在一个骑马的卫兵后面，穿过乱糟糟的驴骑兵队伍，又穿过说着天语和泰语的外国兵团队伍，到达卡汗的大帐前。

买生天门把库介绍给汗王。

“又来一个骑驴的。”卡汗看着骑驴来的库说。

库后来知道买生天门也是骑驴来到卡汗大帐前报到的。买生手捧天经，盘腿坐在驴背上穿过大军阵营时，几乎所有士兵都向他行礼。

卡汗让卫兵给库牵来一匹马。

“我骑驴，不骑马。”库说。

买生让库赶紧把马缰绳接住。

“我都换乘战马了。你不能骑一头驴陪伴在汗王左右。驴管不住嘴，俗话说，从王宫里传出的驴叫，会被当成国王的命令。”买生用汗王听不懂的毗沙语对库说。

库脖子一挺，固执地昂起头。

“既然我们的大翻译家不骑马，就给他一头骡子吧。”卡汗吩咐卫兵把他的骡子牵过来。库一看是头马骡子，眉头皱了皱。

“尊敬的汗王，我接受您馈赠的骡子，她是马驴合体的牲畜，请您容许我只用她身上驴的那一半。”

“你让我把她劈开给你吗？”汗王面露怒色，手握在刀柄上。

“驴和马在她身上本来就没合在一起。”库低头对答。

“一头毗沙犟驴。”汗王说完一扭头进大帐了。

骡　子

库有了一头汗王赐的马骡子。

“她是我们黑勒王朝的公马和丘国的母驴配的，叫黑丘。”买生天门对库说。

几年前，黑勒王朝的使团到丘，国王看上使团的一匹枣红马，想留下来。使者说："没有汗王的同意，我不能留下王朝的马匹。但可以留下种子。"

使者让丘王选一匹母马和枣红马交配，丘王却选了一头母驴。第二年，丘使者去黑勒，特意捎去了这头象征两国友谊的骡子。

黑勒王欣然接受了，还选了一匹上好的马回赠丘王。事后汗王才明白过来，丘王在拿这个叫黑丘的牲口辱骂黑勒，马跟驴交配，他们的后代只能是不会繁衍的骡子。

妥　觉

黑丘左眼是驴的，右眼是马的。是驴的左眼看见一个头和身体分开的鬼魂在吵架，头叫妥，要留在黑勒，身体叫觉，要回毗沙。最后，还是头跟了身体。是驴的左眼看见鬼魂妥觉嗖地倒骑在自己背上，是马的右眼看不见。马看不见鬼。

黑丘是头马骡，但驴的脾性好像更多一些。妥觉见这个由半匹马和半头驴组合起来的牲口，合得不太严实，有缝隙。妥觉自己也有缝隙。在黑勒时那些鬼魂就把妥觉叫骡子。妥本以为自己的头带回来一个毗沙身体，就像押着一个俘虏回家，很自豪呢。结果，那些满街的鬼魂都看不起他。

两 半

库也觉出黑丘性情不稳，跑起来身体中像有两个牲口在扭动。

通向奥巴的路上挤满人马驴，库骑的骡子比马矮一点但比驴高许多，在这条路上能看到远处道路上长长的人马队伍，能听见更远处道路上人和驴连绵不绝的声音，黑勒所有道路走满了人马驴，都向着一个方向。

从黑勒城到奥巴，一整天的路途上，库感觉自己也被摇晃成两半，一半坐在驴背上，另一半坐在马背上。是马的一半跟着卡汗的马队嘚嘚嘚往前奔跑，是驴的那一半却慢腾腾蹚着步子，跟不上趟。

夜

奥巴广场外的沙地上驻扎着来自各地区的士兵，人们围着兰狮汗身体墓地的大沙包，一层一层安顿下来。卡汗的大军驻扎在宫殿外的广场上。

库和买生天门住在广场边的沙地上，夜宿装备是买生给库的，一个粗羊毛编制的大褡裢。库一直留着从毗沙带来的羊毛褡裢，上面有库和谢共同的味道，还有羊毛的味道，库总是能从中辨识出谢身上那种只有小母驴才有的特殊味道，谢的样子时常地在气味中浮现出来。

买生天门说，你那个褡裢太薄太小，换上这个吧。

库接过买生给的大褡裢，铺在沙地上，又拿下自己的小褡裢铺在上面。褡裢是骑驴骑马人共同的行头，白天搭在驴背上当坐垫，褡裢两头的口袋里装水和饼。到了晚上，褡裢取下来就是睡袋。

买生天门让库准备一下，主持明天一早的天拜。买生说，本来汗王让他主持，他推荐了库，汗王同意了。

“奥巴的天塔，可不是一般天门徒能上的。”买生天门说。

“几年前奥巴之战那天的天拜是哪个天门主持的？”库沉默了一阵，问。

“他失踪了，据说是一个没有真心改宗的昆门徒，竟然当上了天门。本来准备的是一段短的经文，他临时改变念起一段长长的经文，毗沙人就在那个没完没了的念诵里悄悄地从埋伏的沙丘后面摸过来。黑勒军毫无防备，任人宰割。据说毗沙军都杀到天塔下了，他还在念经。”

买生说到这里眼睛直视着库。

库抬起头看天上，什么都看不见，只有浮土簌簌地往眼睫毛上落。

“兰狮汗殉天的前一夜也跟今晚一样，天上灰蒙蒙在落土。”买生天门仿佛自言自语。库听见他挪了挪身体，到一旁睡觉去了。

四周渐渐安静下来，漫天浮尘让夜变得更黑。刚才还能隐约辨认的遍布沙地的马和驴的身影，现在全被黑夜吞没。买生和他的马也消失了，黑丘也消失了，库动了动拴在胳膊上的缰绳，好像绳那边的骡子被黑夜吃掉，连一丝喘气声都没留下。

梦

库一夜没睡好觉，耳朵边一直有两个人在说话，他睁开眼，手朝两边摸，并没有人。买生睡在手摸不到的地方，骡子黑丘卧在伸脚能触到的地方，都没有声，也看不见。库眼睛一闭又有人说话，一个在左耳边，一个在右耳边。库听那声音异常熟悉，仿佛他们俩在他身边说了好久好久，说的话他似乎早就听熟悉，眼睛一睁却全忘记，闭住眼睛那些话又全回来。

库在他们没完没了的说话里，看见自己听话的两只耳朵，长长的，长着毛。库一下惊醒，摸自己的左耳，又摸右耳。

这时库听见贴着地皮传来的十万人的鼾声和梦话，浑浑噩噩，像洪水季的河水在两岸的沙地肆意漫漶。鼾声轰隆隆震地，往下沉。梦话含含糊糊，往上飘。十万人马驴的梦让天地间有了一层薄薄的光，躺着的人、站立的马和驴，都被自己的梦照亮。库也被自己的梦照亮，他斜眯着眼睛，像谢那时斜眼看他一样，朝后看见自己立在沙地上的四个蹄子，长着油光绒毛的肚皮，高高竖起听见黑暗里各种声音的长耳朵。他安静地看着，仿佛早就知道了有一个这样的自己。

鸡　叫

买生天门摸到库的腿，拽了一下，库明白是叫自己起来，准备天拜了。库迷迷糊糊听见鸡叫。是头遍鸡叫。天拜在二遍鸡叫和三遍鸡叫之间举行。那时候天地间最安静。

库摸黑找到水壶，洗了手和脸。天塔下有人点起火把，库跟着买生天门往那里走，睡在地上的人全站起来，感觉地一下子厚了一层。

天塔入口处的火把下站了一排人，都是天门徒，库一一施礼。

往上的旋转台阶上只剩库一个人。库自小爬昆塔，塔中心一个窄窄的旋转阶梯，每爬上一层，有一个小窗洞可以朝下看，待爬到最高层，一个小小的空间，窗洞也小小的，仿佛到了顶着天的地方。往下看，地上的房子、人、驴，都小小的，不那么真实。

天塔旋转通道窄窄的，阶梯也陡，库不知道多久能走上去，耳朵里满是密密的鸡鸣声，每上一层，鸡鸣就更响亮一重。

终于到了塔台上，在这里听鸡鸣是倒过来的，仿佛天上的鸡往下鸣叫。库在黑暗中整理衣冠，双手抹了把脸。能模糊地看见地上的人群，从天塔前的广场，到后面起伏的沙地上，全站立着人。十万人马没有一丝声息，都在等他开始念诵。库也在等。等鸡叫停歇。

库在高处清晰地听见鸡鸣从东边毗沙方向传来，依次地，被一个村庄一个村庄的鸡鸣接住，向西覆盖而去，黑暗大地上有鸡叫的地方一片片醒来，没有鸡鸣声的荒漠戈壁沉睡着。

库站得有些恍惚，他第一次感觉到鸡鸣声如此之长，没完没了。当最后一阵鸡鸣稀疏飘过头顶，库挺直胸脯，高捧双手。

“天啊。”

刚唤出一句，他就被自己的声音所振奋。他听见自己的喊唤高扬地脱离开身体，仿佛那声音来自天上，只是自己的嘴在动，喉管在鼓。

库的声音越来越高亢，感觉不是自己在念，是身体里另一个生命在鸣叫，地上的人群随着他的声音骚动起来，人群被他点燃，燃烧的人群渐渐把天照亮。

库这才意识到自己竟然在念诵一段长长的经文，在桃花天寺库都没有念诵过这段。而这段经文，正是几年前奥巴之战前的天拜上所念诵的。库意识到这点时，头轰地炸裂开，腿发抖，几乎不能自持。他本来准备的是一段简短经文，买生天门也一再嘱咐他选一段简短经文，大家都对几年前奥巴宫殿的天拜上那段没完没了的念经记忆犹新，可是，待库一张口，竟然神不知鬼不觉地念起了这段长长的经文。这时的库已经没办法停住，他只能一句比一句高亢地念诵下去。

库在渐渐亮起来的晨光里，仿佛看见了毗沙军偷袭奥巴的那个早晨，库就站在当时诵经天门的位置，天塔下黑黑的满是人，从塔下的广场，到广场外的沙地，所有人全面朝天塔，只有他面朝沙漠。

库捧举双手，脸朝上，眼角的余光却一直盯着起伏的人群背后，那里是无边无际的沙漠。几年前那个天上落土的黎明，毗沙大军就从那片连绵的沙丘后面，一声不响地朝拜天的黑勒军靠近。

墓地之路

库又看见他从固玛从西叶走向奥巴墓地时的情景，那时是他和谢，走在祭拜墓地的队伍里，现在是他骑着叫黑丘的骡子，走在卡汗东征的大军中。军队每经过一个村庄，就有提镰刀扛锄头的农民加入，每一天的路程里都有墓地祭拜，有时一天里经过四五个墓地，部队用餐和夜宿的地点都在墓地，东征的路线沿着一个个墓地绕行，穿过一个个隐藏在绿洲和沙漠中的村子，以前的道路被改变，东去毗沙的路变成由一个个墓地串起的蜿蜒道路，每个墓地都是以往战争的遗址，每一场战争都留下一座或数座墓地。

沿着这条弯曲的墓地之路，几十年里的战争又被完整地经历了一次。每到一个墓地，战争的时间，殉天者的名字、地位及神奇事迹被宣传一遍。那些埋没于沙漠荒野中的墓地被找到，战死的人们被找到，埋没的仇恨被找到。

每个墓地的祭奠都让人们对毗沙国的仇恨加深一层。

出发时的目的地是毗沙国，奥巴墓地一过，下一个墓地成了目的地，征战的方向常因墓地的位置被改变，有时为了到达一个墓地要走好几天弯路，所有弯路也都指向毗沙国，十万大军，经过一个又一个墓地，沿途所有村庄的人们被带动，加入墓地祭拜队伍里，没有一条路能容下这个队伍，整个沙漠戈壁成了路，田野山谷成了路，不断壮大的黑勒军前后望不见首尾。每过一个村庄，村里能吃的都被吃光，未熟的瓜果被摘光，牛羊鸡鸭宰光，家家的存粮吃光，眼看将黄的麦子被吃光，烧青麦成了一路的主食。部队驻扎在麦地旁，燃起火堆，成把的青麦穗在火里一燎，烧焦麦芒，麦香就飘出来，手搓掉麦壳，嘴吹走麦壳，焦黑的麦粒扔嘴里，十万人嚼食青麦的声音惹得老鼠四处逃窜。有性急的直接将麦地点着，火过了蹲地下捡焦煳的麦穗。一亩青麦吃饱三百人。吃不完的驴驮上，下一个墓地在沙漠中，下下一个墓地在戈壁上，不会每天都遇到麦地，但绕来绕去的墓地路总会绕到一片片将熟的麦地。吃光一个村庄，村里人就只能跟着队伍走了。不断壮大的黑勒军变成铺天盖地的蝗虫。

进攻毗沙的时间本来选在六月，黑勒的麦子收了，带着新麦面饼上路。士兵都贪恋家乡的新麦，吃一口新麦烤饼，死在外面也无憾。

卡汗却不这么想，他颁布的命令是："去吃毗沙的新麦。"这个出发前的口号，现在成了所有人的目标。毗沙的麦香弥漫在空气里。毗沙的麦子比黑勒早熟。毗沙人已经在磨镰刀准备割麦子了。但是，他们没机会割麦子，收割毗沙麦子的人来了。

陡 峭

到达两国交界的干河谷时，黑勒军跟毗沙国军相遇了。河谷深陷下去数十米，两旁是陡峭的高岸。几年前那个夜晚，库牵着谢下到这个长满铃铛刺的河谷里，又从对岸爬上来，进入黑勒领地。毗沙军把守住上岸的口子，蝗虫般的黑勒军从高岸泻进河谷，又往毗沙军把守的对岸涌。毗沙军根本没办法守，所有的箭头射完，垒成堆的石头朝下砸完，长矛投完，黑勒军死一片又拥上来一片，毫无退缩，一千个墓地里积的仇，一千个墓地里积的恨，山洪一样咆哮高涨。冲到跟前的士兵昂着头，直接把脖子伸过来让割，把胸脯挺上去让刺。毗沙兵手砍软刀砍钝，心砍怕。

库随卡汗站在高岸上观战，河沟窄深，能清楚地看见对岸的毗沙军和洪水一样往岸上涌的黑勒军，一直看到涌上高岸的黑勒军洪水一样把毗沙军淹没。

第十五章　栏杆村

白杨树

道路穿过麦地通到村子，路两旁的白杨树都砍了头。村里的白杨树也砍了头。从黑勒郊外到奥巴到毗沙境内的渠莎、固玛，所有白杨树都砍了头。白杨树没头的村庄，都改了宗。

村里人全被驱赶到路上，驴也跟着来了，驴缰绳用作绑人。一棵杨树上绑两个人，手背手绑一起。驴不绑，也不跑，站一旁眯眼看。

买生大天门带十几个天门徒一个一个询问村民，愿意改宗归顺的就释放，不愿的立马砍头。天门徒后面跟着的刀手黑布蒙面，宰牛刀砍得豁豁牙牙。

买生大天门说黑勒语，栏杆村农民听不懂。其实买生会说毗沙语，但他不说。随军翻译不够用，天门也不够用，没法一个一个让毗沙人改宗。

“割掉一半人头，问剩下的一半。”卡汗下令。

库赶紧跟汗王说，我愿意做买生天门的翻译，劝说他们归顺。

汗王说我这有更重要的事要你做。

库说他们都将是您的臣民，您少砍掉一个头，就多一个给您牵驴干活的。

库骑骡子过去时一半人头已落地，白杨树干都变红了，没头的人和有头的人绑在一起。

买生大天门浑身溅满血，他左右的刀斧手更像从血坑里捞出来的。

“可否让我先挨个跟这些人说句话，他们会听我的。”库说。

买生说下一个村庄还有几百人等我去，要归顺和要砍头的昆门徒太多，天门徒和刀斧手都忙不过来。

一棵树上绑两人，一个砍了头，另一个也浑身是血。白杨树也没有头。库不敢看冒血的脖子。

库走到一个仰着头伸长脖子等候被砍的中年男子身边，用毗沙语说：“你先改了宗把头保住。”

男子摇摇头：“我头脑里全是昆。信不得别的。”

“把头保住，回去慢慢跟头里的昆商量，有头在，头里的事就能办。”

那人点头。把头伸过来，归顺了。

没头的脖子还在冒血，掉地上的那颗头，眼睛朝上翻，耳朵朝上在听，它显然听到得晚了。

旁边树上的人偏头看。库把刚才说的大声重复了一遍。库的话显然起了作用。多数人被他劝得归顺了，但还有硬头死不改宗，嘴里念着昆经，头伸过来让砍。

锄　头

半个村庄在燃烧，都是红柳条编制的房子，着起来就是一堆干柴。不改宗的人家被烧着，烧着的房子又把一旁改了宗的人家引着，一时间栏杆村全着起来，人和驴都往村头跑。

村头小寺院前聚了好多人，挨着寺院的房顶上站着四个人，库认出是他上次借住的那家的人，都站在房顶上，老奶奶提着镰刀，表情安静。儿媳妇怀里抱着的小女孩在哭。两个十几岁的男孩举着锄头，毫无恐惧地盯着地上的黑勒人。大部队已经开往村外，留下的驴骑兵围住房子。驴骑兵手里的武器也都是镰刀锄头。

下面的人朝上喊，扔土块打。上面的人拿锄头抵挡。

库本想走近劝劝这户人家，至少跟老奶奶说句话，安慰她几句，又觉得自己羞愧难当，没有勇气出现在这个老奶奶和那家人面前。

三年前库牵着毛驴谢入住她家时，老太太微微一笑又瞬间平静的表情一直留在库心里。库心里还有一个难言的愧疚，他对她隐瞒了她儿子觉被杀的消息，他从心里不愿把这个消息捎给这户人家，他们或许至今以为大儿子觉还在指挥毗沙军前锋，正在打回家的路上。老奶奶的两个儿子死了，寻找儿子头颅的丈夫没有回来，他把两个被砍了头的儿子的躯体绑在驴背上，驴缰绳交给同村的人，自己满荒野地找儿子的头。在老奶奶心里，她还有两个儿子活着，他们会回来救她。

就在库低垂着头想这些的时候，有人扛来梯子，一个驴骑兵把缰绳交给另一个，提镰刀往上爬梯子，他给旁边的人说，几个妇女娃娃，我一个人就收拾了。

他爬一截往上看一眼，又往下看一眼，他得看清把脚踩在梯子横杆上，又要提防上头高举的锄头。他的头刚探上房顶，头发就被老奶奶拿左手一把抓住，右手的镰刀像收割葫芦一样，嚓地一下把头割了，没头的身体沿倾斜的木梯滚落下来，木梯也倾倒在地。

老奶奶把割了的头举起，狠狠扔下来，正好砸在一头驴背上，驴惊叫着奔跑起来，惹得其他驴一起“昂昂”大叫。

骡子黑丘也“昂昂”地大叫起来，她驴的那一半加入到大叫的驴群中，马的那一半看着走过身边的马队，驴的那一半侧眼看见倒骑着附体在库身上的鬼魂妥觉，觉用妥的眼睛看见站在房顶拿一把镰刀抵抗的母亲，看见自己的妻子和三个孩子，最小的女儿是他几年前一个夜晚让妻子怀上的，他的儿女都不认识他，他每次回村子都是黑夜，在满村子的狗吠声里摸进家门，摸一把孩子熟睡的脸，摸见一脸泪水的妻子。他的老母亲坐在暗处，再黑的夜里她都能感觉到儿子回来。自从四个儿子都去了战场，她的耳朵便一直朝着村外的路，她一夜夜地在风声和尘土的声音里辨认儿子回家的脚步声。

觉用妥的眼睛看见这一切，这双眼睛里满是身体的悲哀。

其实觉不悲哀，他只是冰凉地看着，像小时候守在路口等家里人回来，他知道他们很快就都回来了，回到他这里。只是，他在这边什么都没有。他长着一颗他们不认识的头。

端　直

光秃秃的戈壁上走来一个人，库一眼认出是瞎子昆门徒，他端直地走来，对眼前的十万大军视而不见。

卡汗也看见这个毫无畏惧一步步迎面走来的昆门，仿佛他一个人来迎战他的大军。

卫兵策马冲出要杀了他，被卡汗制止。

“那是个瞎子昆门，是个神人。”库靠近卡汗说。

库说这句话时，卡汗看了一眼身边的买生，当年他的大军攻入桃花昆寺时，买生旁若无人地盘腿端坐在驴背上，双目微闭，身边的人都说他是神人。

盲昆门越走越近，他的耳朵里一定是铺天盖地的马蹄驴蹄声，但他仿佛什么都没听见。

卡汗的战马明显放慢了步子。

“你们看怎么处置这个人？”卡汗询问身边的天门徒和买生天门。

买生没有吭声，眼睛看着库。

“你怎么处置他都看不见。”库说这句话时习惯性把脖子往前一伸，眼睛望天。

“由他去吧。”卡汗挥了挥手。

盲昆门旁若无人地走过卡汗身边，他几乎挨着库的骡子过去，他看不见骑在骡子背上的库，他端直地走过时，马队、驴队都自动让出一条窄道，尤其毛驴，好像都害怕他似的挪腿躲让。

库一直看着盲昆门穿过大军让开的缝隙走到村头，小寺院的火光清晰可见，挨着小寺院的那户人家的火光已经熄灭，整个栏杆村的浓烟在没头的白杨树上面，静穆地组合出一个天上的村庄，传到空中的驴叫声在那里聚集，已经停歇的人的叫声也在那里聚集。

库知道盲昆门会一直地走进烧毁的小昆寺，像往常一样，坐在那个昆台上。四周熊熊大火他看不见。

第十六章　人羊墓地

准　备

天从西边黑过来，太阳直接埋入黄沙。人羊墓地周围燃起一堆堆火，黑勒军民静坐在火堆旁，没有得胜的狂欢，只有静默。库和黑丘驻扎在卡汗大帐旁，卫兵让库到汗王大帐外的火堆旁说话，汗王让库给大家讲一讲人羊墓地的故事，库说我只听说过，并不知道人羊墓地的全部故事。汗王说，你不愿说，我讲给你。

其实不用汗王讲，所有黑勒人都知道人羊的故事。这个故事被无数的捎话人往黑勒传，也就有了无数的版本。那些捎话人，捎到黑勒的都是已经长大的故事，故事在漫长的路途中越长越大。他们需要那些小事情长大，变成他们的大事情。那些发生在远处的芝麻小事，传到黑勒都成了西瓜大事。

库一直心神不宁地望着下午毗沙军败退的方向，正如库所预料的，那边突然骚乱了，火光中一大队毗沙骑兵挥刀砍杀而来，一堆堆火被马蹄踩灭，那些在白天挥锄头镰刀砍杀的农民，都被毗沙夜军吓坏了，四处逃窜，他们又变成胆小怕事的农民，白天的嚣张勇敢全吓丢了，取而代之的是混乱惨叫。

护卫在汗王帐外的黑勒军早有准备，整队骑兵很快集结，朝毗沙军杀来的方向冲去，骑兵的身影晃动在火堆旁，一堆堆篝火被马蹄踏灭，待两军相遇时，所有火堆都灭了，在黑黑的沙地上，只有刀刃相碰的声音，没有喊杀声，没有受伤者的惨叫，听上去只是刀与刀的一场冰冷相击。

汗王已经骑在马上，库也骑在黑丘上，他们朝啥也看不见的地方望。刚才在一堆堆火光里，库看见还是白天被黑勒军消灭的那支毗沙军，一样的装束，一样的长相，仿佛他们又从地上爬起来，找到砍掉的头，找到胳膊、腿，找到卷刃的刀剑，找到浑身淋血的马匹，找到战旗和各自的首领。

这场砍杀一直持续到深夜，库在骡子背上睡着了，刀与刀的撞击声传进梦里，在那里变成另一场夜战，他骑在小母驴谢身上，他贴着谢光亮皮毛的地方时常有感觉。那时他还年轻，仅仅过去三年，他就老得什么感觉都没有了。

祭 祀

第二天一早，祭祀人羊墓地的仪式开始，库见墓地旁新添了一大片坟，证明昨晚那场夜战不是梦。

俘虏的上百个毗沙伤兵被绳子拴着押跪在墓地前，问哪个见过埋在这里的人羊，刀架在脖子上一个一个问，不知道的刀起头落，一会儿工夫，地上滚了几十个血淋淋的人头。

终于问到一个知道的，牵到卡汗面前。

“你把人羊殉难的过程讲一遍。”卡汗拿长刀指着毗沙兵。

毗沙兵浑身哆嗦，吓得说不出话。

卡汗扭头看库。

库赶紧过来，用毗沙语跟士兵说：“别怕，说出来就没事了。”

毗沙兵哆哆嗦嗦说起来，从几年前在西叶的那场战争，说到放羊人玛江汉被捉住，头朝下吊在树上审问，十个手指头被割掉，语词东颠西倒的，几乎不成句子。库翻译成黑勒语的故事则完全是自己经历的。

毗沙兵说到拿刀剥人羊的皮时，突然停住不说了。

“说。”几把尖刀刺到士兵胸前。

士兵这时候倒镇定了，对刺到胸前的尖刀视而不见，只是目光平静地看着库。

库示意士兵说下去。

士兵挺直胸，伸直脖子，眼睛微闭，张开干裂的嘴，把人羊被捉住，皮怎么剥，怎么疼死的完完整整讲了一遍。讲到从人身上剥羊皮时，库感觉自己的皮被生剥下来。库将这些翻译成黑勒语时，感觉浑身的皮又在黑勒语里被活剥了一次。

卡汗指着蹲了一地的毗沙士兵说："这些人，都得承受人羊所受的。"话音未落，毗沙兵被一个个牵过来，衣服扒了，开始剥皮，库实在看不下去，扭过头去。

卡汗下了命令转头走了，库尾随而去。

走出去很远了，惨叫声还满满地灌进库的耳朵里，几年前他亲耳听到的那个人羊的惨叫声里有人和羊的痛苦，现在这些毗沙兵的惨叫纯粹是人的。

回　去

人羊墓地祭祀极大地鼓舞了黑勒兵的士气，这些随军祭拜墓地的农民，从黑勒的奥巴墓地开始，一路祭拜到西叶的鸽子墓地，当他们祭拜完最后的人羊墓地时，回去的路已经太远，也没有人愿意回去，他们全部成为卡汗的勇敢士兵。一个牧羊人的墓地受到汗王和众人的祭拜，这让所有人都受到鼓舞。人人抱着牺牲的愿望，希望自己的墓地留在毗沙的地上，永受祭拜。

“以前我们由河流、沙包、风和西昆寺高墙的影子指路，现在由一个挨一个的墓地引领。在死者为我们占领的土地上，以后不管河流改道，沙包刮平，风转向，墓地会长存，我们不再迷路。我希望毗沙的地上遍布你们的墓地。我希望与你们埋在一起，享受被千秋万代的后人祭祀。”

卡汗的话在炽热的沙地上引起风暴般的欢呼。

第十七章　固　玛

鸽　子

妥，我听见鸽子咕咕叫，又到这地方了。还是三年前那些鸽子的叫声。我用你的耳朵听见。我不想用你的眼睛看。你的眼睛忙着看你所见的东西。固玛到了。

两军打成一片时，成群的鸽子在天上飞，刀刃碰击的声音把树林里的鸽子惊飞，那场仗直打到深夜，战场上横七竖八躺满了人。

我就在那个黄昏死去了。我被一根木棒从后脑勺打晕，挨棒的瞬间我转过头，看见一个白胡子牧羊人，袭击我的歪木棒上沾着羊粪，刚才我提刀从他身边过时，以为他是一个无辜的牧羊人，没去杀他，却挨了他一棒子，我嫌被一根牧羊棒打死丢人得很，眼珠偷偷地向四周看，像小时候做错事怕被人看见似的。

就在这时我的背上冰凉地划了一道口子，我知道挨刀了，却不觉得疼，那一棒子把我打蒙了，我的脑子不在了，忽然不知道自己是谁，也不清楚周围在发生什么，眼睛瞪得圆圆的，却看不懂。身体不知道脑子走了，脑子也不知道脑子走了。仗一直打到黄昏，天一下黑了，挥舞的刀认不清敌我，双方都不打了，往后撤。我的脑子不在了，不知道往哪撤，我一直昏躺着，我等天黑。这时候鸽子的咕咕声响起来，地上的砍杀停歇后鸽子落下来，我听见一只鸽子在耳边咕咕叫，我不敢睁眼，怕我的白眼仁吓飞她。也不敢蹬腿，遍地是咕咕的叫声，每个倒地的士兵耳边都有一只鸽子在叫，我想他们跟我一样死死地不去惊飞鸽子。

后来鸽子飞起来，哗哗的一片翅膀声，接着我听见有人念诵，我睁开眼，月光盈盈的沙地上，跪着一个人，倒地的士兵往那边爬，有断腿的、少一只胳膊的、半个身体不动的，更多的是无头的身体，竭力往那边爬，我也不由自主往那爬，快爬到跟前了，才听出念的不是昆经，听不懂，身旁全是黑勒兵，我头埋在沙子里，不让他们看见。他们眼里没有我，每个人都捧举双手，眼望西天。没手的半个断臂捧起，没眼睛的用血污的眼眶凝望。我认出他们都是天门徒。

我朝后望，耳朵后面有念昆经的声音。我转身往那边爬，不远的沙丘上端坐一昆门徒，月光在他头顶上反光，好多人往那里爬。沙丘下聚了一圈一圈人。我快爬到时头撞上一个黑勒兵的头，他的一条腿伤了，拖拉在地，身体侧地在往天门徒念经处爬，我俩头顶头黑黑对望了好一阵，他打量着我的身体，他比我矮小，我压根没把他当回事。可是，他的眼睛厉害，死死盯着我看，我看不过那双眼睛，我把头仰向夜空。

这时我听见远处的马蹄声，我熟悉的马蹄声，在那里，撤离的毗沙军悄然转身，后队变前队，顶着月光和漫天星辰，朝这里嗒嗒而来，我做梦一样从满是血污的沙土中爬起，加入到队伍中，失去的脑子从远远的地方回来，身体的气力回来，勇敢和无畏回来，我从那一刻变成一个没有畏惧不知疲惫的夜军战士，不管白天跟乔克努克将军打了胜仗还是败仗，也不管败退多远，一旦北斗星的勺指到头顶，没有任何指令，队伍在黑暗中悄然转身，向着天黑前撤离的地方，嗒嗒而去。

黎　明

你在那个夜晚头对头碰到的黑勒人一定是我，我拖拉着伤腿要爬到天门徒那里去，你挡住我的路，你要去的地方在我背后，我们都伤残得只剩下以头死死相抵。你身强力壮，但我的眼睛比你更有力量。

觉，我在那个黎明又活过来。一晚上我听见鸽子咕咕叫，我全身都死了，只有耳朵活着。单独活下来的耳朵像一个枯木洞，里面刮着一场风，黑洞洞。黎明时我感觉心中有一只鸽子在飞，我兀地坐起来，遍地是人起身的声音，后来我的眼睛也活了，看见昨晚死了一地的人都坐起来，木桩一样，跪在那里，好像下半身还没活过来。侧倒的马匹也正挣扎起身。不远的沙丘上有天门徒拜天，我的耳朵里只剩下一个声音，亮堂堂的。

后来我才知道，那个早晨，所有人心中都有一只鸽子在飞。在传到黑勒的有关鸽子墓地的故事里，那个早晨，鸽子的咕咕叫声把遍地倒毙的黑勒兵唤醒，他们脸朝天躺着。而所有毗沙兵都脸埋在污血染红的沙子里。在毗沙人的传说里，咕咕的鸽子叫止住所有受伤士兵的血。所有士兵的伤口都好了，鸽子飞起来，地上的仗停了。

听到鸽子咕咕叫我脖子上的血不流了。鸽子咕止血。我小时候听母亲说的。她说给去奥什打仗的父亲听的，父亲每次回来背上都会多一处新伤，那是他在回家的路上被砍的，回来时，从那些被践踏过的麦地、草丛、白杨树梢、瓜田飞来的斧头、镰刀、锤子、石块，落在他的后背上。他一直在回家路上，他企望一场一场的仗把他打回家乡。

飞起来

觉，现在我才想起来，我在那个黄昏的混战中遇见过你。你的罗圈腿、硕壮身体，跟我太不一样，我从小骑驴，双腿朝内弯成驴罗圈，你是在马背上长大的，双腿内弯成马罗圈。马罗圈腿比驴罗圈腿大一圈，我们看人的腿就知道是战士还是农夫。你是那种虎背熊腰的男子汉，在战场上左冲右突，谁见了你都会打马躲开，没有谁能打得过你，有经验的士兵都找比自己弱的对手，弱的对手在找更弱的对手。在尘土飞扬的宽阔沙地上，刀和刀碰击，人和人遭遇。谁遇到你都倒霉，都远远躲开。只有我想遭遇你，想和你挥刀对砍。你看，我一直在欣赏你，我换了一具更好的身体，现在你的身体是我的。你肯定也暗自高兴换了一颗更聪明的脑袋吧，若你的脑袋还在，我一定能认出来。现在我是你的头，你的相貌被替换了，你成了我，我丢掉的身体又成了谁？

记得我的头被砍掉的瞬间，身体也倒了，头滚落在手边，手抽搐一下，想抓住，又兀自僵在那里。

然后，我看见自己飞起来，一次一次地飞到天上又落下。飞起来时我看见地上全是无头身体，落下时我看见天上飞满人头。我经历的每一场战争，打到所有剑折断，刀刃砍卷，最后的兵器是人头，用砍掉的毗沙人的头击打毗沙人，拽住头发抡圆了扔出去。毗沙人的头飞过去，黑勒人的头飞过来。满天飞来我认识的头，我们兄弟的头从天上飞过来，眼睛朝下瞪我们，嘴朝下喊我们，我们不躲，拿胸接，拿头接。

我的头在天上飞了多少个来回我记不清了，最后落在一个有头的毗沙人身旁，他满脸血污，大胡子被血浸成毡片。我一眼看出他在装死，我们死人还是认得死人的，我用不动的眼仁看他，他与我对视的眼仁在动，他听不懂不动的眼仁说什么。他旁边趴着一个没头的毗沙兵，一只脚尖还在动，蹬被血浸湿的沙子，可能那只脚不知道头被砍掉了。我盯着他看了好久，我好像认识那个山梁一样的身体，好像和他对打过，我忘了因何与他厮杀，也许原因在身体那里，我的身体与他有仇，现在身体不在了，他的头也不在了。这样过了好久，好似几辈子都过去了，再后来，那个有头的毗沙人站起来跑了，再后来，我眼睁睁看着一个臭皮匠把我的头往那个高大身体的血脖子上缝，我努力拿眼睛看他，想告诉他这个身体不是我的，我是黑勒人妥。可是，一个死人的话怎么会传给活人呢。

坑

觉，走到这里我把一切都想起来了，我的头在天上飞来飞去最后落地的时候，我的眼睛还有一丝人间的余光，我的眼仁不动了，眼睛里的光还没有散尽，我就在最后的那一丝余光里，看见那个趴在我对面，一只眼睛埋在污血里的男人，他在出气，眨眼睛，他的眼仁里满是人的光芒，不像我的眼仁，慢慢地变灰。我努力地想对他眨一下眼睛，可是，我连眨眼的一点愿望都没有了，让眼睛眨一下的身体不知道去了哪里，留给眼睛里的只是最后的望，突然睁开没有力气闭回去的望，整个的天空、沙漠、人群、驴和马，在眼前过，好像早就过去了，睁开的眼睛里什么都没有了，只是留着眼仁里的余光看见这一切。正是保留在生死之间的这一丝的余光，让早已成鬼魂的我，又想起那一刻，想起我最后看见的那个人。你知道他是谁吗？觉，你当然不知道，你没有眼睛，当时这个人躺在你身边，他一直用没被埋住的一只眼睛看你。他看见你的头被割掉，你的眼睛也一定看见过他，只是，你看见这些的眼睛跟头一起飞走了。在我的头没落到你身边的那段时间里，他一直看着你的一条腿脚尖朝下蹬沙子，蹬出一个坑，你那只不老实的脚，一定没有把世间的路走够，它长了铁一样硬的一腿肌肉、厚实的脚板、树干一样散开的五个指头，它知道自己能走遍全世界的路，能走到想去的任何地方。可是，突然地，想让双脚走遍世界的头不见了，浑身的力气在走掉，身体坍塌在地，右脚听话地僵硬在那里，左脚不甘，脚尖朝下走，一下一下蹬着地。

你那条不甘死去的左腿的力气，肯定被另一个人接住，他一辈子都停不住，右腿累了想歇息，左腿不停，停不住。

宿　主

我早知道这个叫库的人，妥，我用你的眼睛认出他，当时他就趴在我对面，他用我的血滚满全身，用我的血往脸上抹，用我的死装模作样，他半睁的一只眼睛里，我磨磨唧唧徜徉在生死边缘，他看出我半死半活，他要装得像我死掉的一半，让黑勒兵以为他死了，免得挨刀。

我在他的注视里身体一点点变硬。

“哪都去不了了。”

想说出这句话的嘴也变硬，脑子里突然布满远远近近的路，每条路上都走着自己，都面朝里，往回走，身后的路在消失，前脚刚落，后脚跟就长满荒草，所有的路从脚后跟被收走，走远的我在回来，从不同时间里同时回来，一群一群的我走到自己僵死的身体旁，就像水倒流到早已枯竭的源头。

“都回来。回来了。”

不动的瞳孔前是漫天繁星般闪动的眼睛，瞳孔如门洞开，所有散失的目光回来，带回被看见的世界，带回眼里的泪和喜悦、安静和恐怖、光和影、睁开和闭住，一个人的世界就此圆满了，外面彻底黑暗了，内心的光亮起来，除了亮什么都没有。

唯一意外的是我的左腿还在动，它独自在已经没有我的黑暗世界里走，所有路荒了，门关住，只有一只脚在走。

突然地，发生这一切的脑子不在了，飞了，脑子一定在飞走的天上眼睛朝下，看见自己没有想清生和死的身体，愣愣地像一截木头躺在地上。

如果它流一滴泪，我朝上的手心会接住。如果他喊，依旧在动的脚指头会听见。

可是，一具没有脑子的躯体，很快就什么都不知道了。

后来你的头错安在我的脖子上时，我用你的脑子慢慢地又找回来我的往事。

现在，我用你的脑子想起我最后看见的那个人，他正走在前面。他牵小毛驴谢经过这里时，遇见我们的死亡，他不知道人死后还有另一种生活，当那个臭皮匠把你的头错缝到我脖子上，我用你的眼睛看见那个身体横绑在驴背上，超脱出身体的鬼寄宿在驴身上，我们一路吵架，头嫌弃身体，身体也想把头扔了，可是，傻子都知道我们两个离不开，直到后来我们寄宿的毛驴谢被剥皮，我们和毛驴谢的魂一起寄宿在这个人身上。

固　玛

天上在落土，地上的土往上蹿，人浑身满脸的土，分不清敌我，只有靠喊声，喊声里也是土，好多个语言的声音埋在土里，土把太阳月亮都遮了，分不清是白天还是夜晚，两军相遇时好像天还亮着，只是灰蒙蒙的，后来就什么都看不见了。

库满脑子是三年前那场战争，那时他和毛驴谢误闯进战场中心，现在他是卡汗的翻译和顾问，跟汗王一起行走在呛人的尘土里。

不断有将领灰头土脸来到汗王跟前，汇报说仗没法打，找不到敌人。

“眼睛看不见用耳朵听，用手摸，我都听见遍地毗沙人在喊，你们竟然找不到。”卡汗怒吼。

“真的找不到人，汗王。我的部队冲着喊声过去，什么都没有，地上连马蹄印都没有。士兵说他们听见的全是过去的声音，三年前发生在这里的那场大战，死了好多人，我们的马蹄声把鬼吵醒了。”

卡汗不信，带部队朝一片毗沙语的喊声冲杀过去，库骑骡子黑丘紧跟在后面，就在不远处灰蒙蒙的沙地上，毗沙语的声音汇聚在那里，听上去是上千人的喊声。

卡汗长剑一挥，黑勒语和天语的喊杀声直冲过去，部队踩起的尘土把自己淹没其中，毗沙语的声音突然不见了。黑勒语和天语的声音也停住，只有尘土唰唰落下又扬起的声音。

“怎么回事？”卡汗问库。

“全是过去的声音，汗王。你仔细听，那些声音在半空里，下面没有一丝马蹄声，也没有脚步声。”

库说出这些话时，脊背上一阵凉风。

看　见

在能看见鬼魂的骡子黑丘的一只驴眼睛里，好多没身体的头悬在半空，尘土弥漫在空荡荡的嘴里，全是三年前的喊声。库看见听见了，库还看见附在自己身体上身首错合的鬼魂，三年前，库在这里看着他们被皮匠缝合在一起，又让小母驴谢驮着，库在逃跑中把他掀下驴背时并不知道鬼魂已经附在毛驴谢背上，后来谢在桃花寺被剥了皮子，再后来，库在黑勒街巷毛驴的叫声里，知道谢和这个身首错合的鬼魂，都附在自己身上了。

库的梦中经常出现那个安错的头和身体，他们在梦里吵架，打架，头让身体往西走，身体偏往东走。头说，你个驴日的。身体的手一把揪下头来，一脚踢飞。身体同时跌倒，他离不开头。

库还记住了他们相互称呼的名字，那个头叫妥，身体叫觉，有时候合起来，倒骑在驴背上，他认出那头驴就是谢，谢扭头看他们在背上吵架。谢能看见他们，驴眼睛里满是鬼。库夜里梦见他们，白天也能感到他们的存在。库有时回头，想跟附在身上的鬼魂说几句话。库会几十种语言，却没有一种能跟鬼魂交流。

库已活到能看见鬼魂的年纪，却还不能像师傅一样跟鬼魂说话。

师　傅

库记得他的师傅在七十岁时开始看见鬼魂，那时他腿已经走不动，出不了家门。人先老腿，后老嘴。师傅最后躺炕上动弹不得，嘴却一直不闲，对着房子各个角落说话，一会儿昆语，一会儿泰语，一会儿皇语，一会儿是库从未听说的语言。师傅在跟早他离世的熟人说话："王大您老也来了，您不是回中原了吗？""图牙木匠也来了，看看，你做的凳子都快散架了，你坐呀。"师傅说着他们的名字，库有的认识有的不认识。仿佛好多人从远远近近的地方来看他。屋里挤不下，窗台、房梁上都坐着人，师傅有时望着房梁说话。

库坐在屋外窗根处，听师傅跟里面的人说话，师傅除了说话便是咳嗽，咳得紧了，库进去扶师傅坐起，背靠在炕里面，库坐在炕沿上，师傅咳嗽几声说一阵话，再咳嗽。师傅盯着库右边，跟一个叫骇亥的人说话，库侧脸望空空的左边。师傅又望着他左边跟另一个叫古的人说话。库不敢往右边看，只觉得左右有两个人的气息，紧紧夹住他。库认识这两个人，是师傅的老友，好多年前一同死在攻打黑勒城的战场上，那一茬人好像就库的师傅活到了老。

师傅自跟鬼魂说话起就不认识库了。库给他端饭喂水，照顾他醒来睡着，在挤满屋子的鬼魂中进来出去，库看不见那些鬼魂，但能感觉到，库与鬼魂迎面相遇时，能感到一股凉气袭来，浑身毛发竖立。

就像库刚才说出鬼魂时，脊背上的一股凉气，那是鬼冒的凉气。

人看见鬼会头皮冒汗。鬼被人看见说出来，就会害怕得冒凉气。库感到背上的凉气时，知道那个鬼魂就在自己脊背上。还有毛驴谢的魂，也附在他脊背上。库不时回头望，他这样望时就会想到小毛驴谢。那时谢经常朝后望，库以为她在望骑在背上的自己。现在他知道谢望的，是倒骑在背上的鬼魂妥觉。这个身首错合的鬼东西，就和他背靠背骑在谢背上，一直走到了黑勒。他有时候脊背冰凉，都不知道是靠在了鬼身上。

驴　年

库想起跟谢一起走过这片野地，想起搂着谢度过的那些夜晚，谢的体温还在他身体里，他夜里贴着她皮毛的那地方还在发热。

库想谢时，觉得身体里有一头毛驴在想她自己。她用库的心在一遍遍地想念自己。有时候库也分不清是她在想自己，还是库在想她。

库想起买生天门说的，你身体里有头小驴，可要管好了。

买生能看见鬼，这个许多黑勒人都知道，买生平时也不睁眼看人，他与人对面时都低头眯眼，见他的人都不敢让他看，他也不轻易抬头看人。那次，买生看着库说“你身体里有头小驴”时，库的身体猛地抽搐，那时库并不完全知道买生的意思。现在，库已经感觉到买生说的那头小驴了，她就在他身体里，平常时候她是乖的，一旦她倔强起来，库就管不住自己。

库见过鬼魂附体的，鬼魂一动作，人就犯病，满嘴说胡话。这时候就请昆门徒过来念经。昆门徒能看见鬼魂，却不得罪，让家人折一根桃木放在家里。鬼怕桃木。鬼都不知道自己为啥怕桃木。鬼听人说多了鬼怕桃木，鬼就真的怕起桃木来，见了就怕。昆门徒还画了符贴在门上。符是画出来的鬼。鬼无形。人一旦把鬼的形画出来，鬼就怕。鬼看见鬼符就被吸过去。一旦被鬼符吸住，鬼就脱不了身，规规矩矩了。

库知道买生天门会驱鬼，自从库知道自己身上附有鬼魂，便有意躲开买生。库接纳身体里的这些东西了。

第十八章　无　眠

高　岸

“我是毗沙翻译家库，有话捎给乔克努克将军。”

库站在满是乱石的河沟朝上喊，声音快爬上岸了又掉下来。库喊两声上面没反应，嗓子突然一痒，感觉一头驴胀满了身体。

“昂叽昂叽昂。”

库发出的驴叫在河谷间回荡，很快，北岸响起一片驴鸣，那是黑勒军后面的驴骑兵队，清一色的黑叫驴，叫声在岸上又筑起一道声音的高岸。

南岸上静悄悄的，岸边松散地排列着毗沙骑兵。有人喊上来，声音像砸下来的土块。库吆骡子上，岸太陡，骡子不上，扭头看他。

库一着急，又喊出一声驴叫。库一发出驴叫声，骡子黑丘便扭头看。然后身体扭动着前蹿几步。库把骡子身上驴的那部分叫醒了，马的那部分却不听他的。

毗沙军几乎全列队在河岸边，单薄的一队人马，后面没有营帐和后备部队，不像黑勒兵，岸边列了厚实的五排骑兵，后面步兵驴骑兵多得数不过来。

乔克努克将军在一块平坦的巨石上接见了库。从这里可以望见对岸黑压压的黑勒军。库知道这块平坦的石头就是乔克努克将军的作战指挥部了，三年前库在将军豪奢大帐里的相见仿佛就在昨天。那时这位毗沙的常胜将军虽然已开始打败仗，但远没有现在这样败得一塌糊涂。但库在乔克努克将军脸上没看出一丝败军之将的沮丧。

“传闻国王已决定投降，将军您还要战斗吗？”

“国家的战争是否结束由国王决定，我的战争由我做主。”

“您统领的是毗沙国军啊，将军。”

“我的部队只有白天黑夜。”

库又看见那张对他说话的脸上沉默着另一张不说话的脸。他盯着库的眼睛后面有一双看着别处的眼睛。

“卡汗让你来劝降吧？我没工夫听你捎来的废话。我倒有话要你捎走。你耐下心听我说完，你就走。”

库目光疲惫地看着乔克努克将军，他的嗓子被刚才的驴叫扯破，一时说不了话，只有瞪着眼听乔克努克将军去说。

乔克努克将军目光平静地看着库，他似乎对眼看就要开打的这一仗漠不关心，他向两个气喘吁吁跑过来汇报军情的将领摆摆手，他们只好在一旁焦急地候着。

库也焦急，看看两个满脸流汗的将领，又盯着乔克努克将军看，他本想告诉将军黑勒十万大军马上要发起进攻，将军不该拿鸡蛋硬碰石头，这个时候要么投降，要么组织队伍转移逃跑。又觉得没有必要说这些，从这边河岸，能清楚地看见那边黑勒军的庞大阵势，将军既然安坐在这里，谁又能让他改变主意呢。

库以为乔克努克将军有重要的情报要他捎出去，却没有。他讲了一个长长的故事。

乔克和努克

乔克努克是两个人的名字，昨晚率兵出击的是努克，他是我孪生弟弟，我是他哥哥乔克。我们俩本来是一个人，却长出了两个身体。白天我打仗的时候他在睡觉，他梦见的都是我打的仗。晚上我睡觉时他带领军队在打仗。我梦里也全是他打的仗。

没有人知道我们是两个人，除了我父亲。我们俩一出生，就被父亲分开，我母亲都不知道她生了双胞胎孩子，白天她抱着我喂奶，晚上搂着弟弟睡觉，我们都叫乔克努克。我们在父亲打仗的空隙里出生。自从毗沙黑勒开战以来，大大小小的仗都是我父亲指挥。他一个人指挥打仗太累了，看见我俩出生的那一刻，他就认定帮他指挥打仗的人降世了。

他让我俩分别生活在白天和夜晚。我先出生，白天是我的。黑夜属于弟弟努克。他从不让我们见面。

在夜里出现的是另一个你。我父亲这样对我说。

在白天出现的是另一个你。他在夜里对我弟弟努克说这句话时，我正在努克的黑夜里做梦，梦中全是他做的事。

有一天他来白天找我，我领他走遍阳光下每一条街，在每一个街角停下来，吃香喷喷的烤包子。小时候我经常这样想。我像想另一个我一样想他。但他从没到过白天，我也从不去夜里找他。我们背对背长大。我白天勾引的女人晚上过去跟他睡觉。晚上他睡过的女人白天依在我身旁。

我父亲招收和我同龄的孩子让我们指挥，在那个可以忘记睡眠的年纪，白天我穿黑衣骑黑马率领他们跟随父亲冲锋杀敌或被敌人追杀，晚上弟弟努克着白衣跨白马带领他们把白天的仗再打一遍。

他让我们在一场一场的激战中长高个子。

他在外打了三十年仗，把所有士兵都打老了。

就在他那一代人快要老死的时候，他的儿子开始指挥打仗。他用自己的两个孪生儿子，打造了毗沙国年轻无畏的无眠之师，他瞒过所有人，连国王都不知晓。

没有谁能抵挡住我们。我在白天打了败仗，晚上努克会胜利。天一黑，部队的指挥权落到努克手里。他从不关心我在白天打了胜仗还是败仗。天一黑我便消失。我知道夜里将发生什么，他着白衣端坐马背上，长剑一指，刚刚结束战斗浑身刀伤疲惫不堪的战士全站起来，躺在血泊中的马匹全站起来，遍野里倒毙的躯体全站起来，无声地奔赴白天的战场，我们在白天牺牲的人越多，他的部队就越壮大。他把我打过的仗再打一遍，杀过的敌再杀一遍，被杀死的士兵再死一遍，每一场战争都变成两场。

我的士兵们，白天黑夜地打仗，早分不清睡和醒，他们在夜晚被敌人杀死前，都相信自己在梦里，还有一个醒来的早晨。在白天冲锋杀敌时，又认为晚上的梦可以让一切重来。夜晚减轻了白天的分量，眼睛睁开闭住都像在梦里。

整个军队中只有我和努克这对孪生将军是清醒的。也许我和努克比所有人都更不清醒。我们轮流睡觉，梦里和醒来都在打仗。我带军在打白天的仗时，向来义无反顾，因为不管胜败如何，弟弟努克都会在晚上接着跟敌人开战。

黑勒军根本适应不了这样的战争，每当他们白天战斗得人困马乏，伤痕累累躺倒昏睡时，着白衣骑白马的毗沙夜军便呼啸而至，多少人被砍死在梦里。

他们害怕毗沙的无眠之师，打完一仗，便远远撤到一个自认为安全的地方去睡觉。他们要睡觉，我们不睡。无论跑多远，我们都会追上，把仗打到他们梦里。

我们几度打进黑勒城。

可是，仅仅过了几十年，一切都变了。当年我们率领士兵偷袭黑勒的情景一去不返。那时候，沿途全是昆塔林立的村子，那些农舍、羊圈、果园和麦田，都掩护我们。现在沿途城镇的农民几乎全改了信仰，再没有庄稼地、羊圈、草垛和葡萄架掩护我们。那些提镰刀的农民，随时都可能割了我们的头。

我告诉你这些，是因为我活不到天黑了。这些话你帮我捎给那些骑驴赶驴的人，驴会驮着它走遍大地。以后有驴处定会有人传乔克努克的故事。我本想让你把这些话捎给我城里的家人。可是，我的家人很快会被黑勒人杀绝。因为我杀的黑勒人太多，他们不会放过我的任何一个家人。

今天是我的最后一战，背后就是毗沙城，我们没有退路了。我想在天黑之前，把我的最后一仗打完。这是最容易打的一场仗了，因为注定失败，所以不假思索，只是领着这些剩下的士兵往前冲，去赴死。

至于我的弟弟努克，我不用跟他商量，我白天做了，他晚上会知道。当他今晚醒来时，会知道已没有一兵一卒可以指挥。我把他晚上的仗一起打完了。

库一声不吭听乔克将军讲完这些，乔克将军石头一样无声了，他的士兵正迈着石头一样坚定的步子，朝他聚拢。库不知道该对乔克说句什么，只是重重地点了点头，临走又突然说了句："我能见见努克将军吗？"

"他不在白天，你只有到黑夜里见他。"乔克说话时朝西斜的太阳望了望，他似乎望见不远处的黑夜了，他的弟弟努克就在那里，可是他走不到那个黑夜。

库骑着黑丘离开时，乔克的残军石头墙一样堆垒在岸边，那些瘸腿的马和伤残的士兵都已做好冲杀准备，一场自杀式的恶战就要开打。库催促骡子一阵小跑，下到干河谷，又喘着粗气往对面河岸爬。

卡汗没等到库上岸就发令冲锋。黑勒语和天语的喊杀声像决堤洪水直泻而下。对岸毗沙语的喊杀声也直泻而下。两股声音的洪流在河谷乱石滩上冲撞到一起。

努　克

一身白衣的努克将军骑白马出现在黑勒军前时，狂欢的黑勒士兵全惊呆了，乔克努克将军明明在傍晚时分被砍了头，他的头颅就插在军营中间的白杨树干上，像几年前毗沙军把兰狮汗的头颅插在白杨树干上一样，那时他们高举着兰狮汗的头颅攻打进黑勒城，现在是毗沙将军流血的头颅在高高的白杨树干上，看着黑勒军狂欢。

周围烧起堆堆篝火，黑勒军围着篝火狂饮狂跳，火光中将军的头颅流着血，他的血没凝住，直视的眼睛没闭住，他的身体被十万匹马踩成肉泥。在刚刚过去的傍晚，将军头颅被割的乱石河谷，一队队战马从他身上踏过去，马队后面是农民军的驴队，驴被赶着牵着打着往将军身上踩，没有一头驴踩他的身体，都跳着趟子躲过去。他的尸体上被撒了十万脬尿，拉了十万脬屎，然后，十万人的狂欢开始了，千百堆篝火把夜空烧成白天。乔克努克将军和他的部队全被消灭，这支不分白天黑夜地出现在黑勒军面前，让整个黑勒王朝恐惧了几十年的毗沙主力，终于在这个黄昏被彻底消灭。没有谁会想到还有夜战，他们把白天夜晚的敌人都消灭了，可以彻夜狂欢了。

可是，死了的将军又突然复活。他们不知道乔克努克是两个人，哥哥乔克死了，弟弟努克还活着。

努克将军威风凛凛地立在十万黑勒军前，他在等他的夜军，等傍晚刚打完仗疲惫不堪伤痕累累的士兵重新挺身而起，把打败的仗再打一遍，他等遍野里已经战死身首异处的士兵呼啦啦全集合在身旁，像以往的无数次夜战那样，那些睡着和死去的都被他唤起来。

可是今夜，他身后没有一个人。多少年来他的士兵白天跟着乔克将军打仗，晚上跟着努克打仗。他们一直以为乔克努克将军是一个人，他们不知疲倦地跟着这个永不疲倦的将军，学会了不睡觉不休息。他们从毗沙打到黑勒又一路被打回来，许多人战死，许多人老死。那些战死老死的又一次次被唤醒，把打过的仗一打再打。可是今夜，努克将军没有唤醒一个士兵，他们再不能跟着这个鬼一样的将军没日没夜打仗了。那些跟了他几十年的鬼魂都回到家乡，全是半个身子的鬼，有头的没躯体，有躯体的没头，头看见家里烟囱冒烟，却没有腿，走不过去。躯体在四处乱走，看不见家在哪。

努克将军也一定知道等不到他的夜军了。他长剑直指前方，独自高呼喊杀，在遍地火光中穿过一片慌乱的黑勒军营地，没有人敢阻挡他，谁都相信他身后跟着千军万马，都朝他身后看。

努克将军一气冲过五个军营，直奔卡汗大帐。

卡汗已披挂整齐，提刀立马，等待在那里。他在一夜一夜的奔逃中学会应对毗沙夜军。他的卫队全副武装护卫左右，库也骑上骡子黑丘，站在卫队旁。在熊熊火光和明媚月色里，努克将军出现了，他孤独的喊杀声利剑般直刺人耳，接着白色战马直奔而来，一身白衣的将军和皎洁月色融为一体，近了才看清他直视的目光和直指前方的长剑，他身后是嗒嗒而来的千军万马，那是追赶他的黑勒兵。

卡汗身边的卫兵身体发抖，他们肯定以为见到鬼了。被他们踩成肉泥的乔克努克将军怎么又出现了？像他们曾经的无数次噩梦般的夜战一样，那些白天被杀死的人又鬼一般地出现在眼前。

卡汗举剑迎击，卫队呼啦啦扑上去。

努克将军像没看见迎面而来的敌人，他的战马旁若无人地从卡汗身边直奔过去，从乱作一团的卫兵中间直穿过去，经过骑在骡子背上的库时，也没看他一眼，他的目光跟手中的长剑一样直，他瞬间穿过大营奔到荒野里。

反应过来的汗王和卫队急忙掉转马头追击，卫队后面是将军经过的五座军营的黑勒士兵，浩浩荡荡的大军奔到荒野里。

库鞭抽骡子黑丘紧随汗王身后。

努克将军的身影不远不近晃动在前方，连同他孤独的喊杀声，像鬼魂一样。卡汗的十万大军被他一个人牵着奔跑，那情景就像他率领十万夜军奔赴战场。

库意识到他们正越来越远地离开毗沙。努克将军在往黑勒方向奔去。他的目标是远在千里的黑勒城。他要直取黑勒，对眼前的一切视而不见。

已经到后半夜，月光没那么敞亮了。库担心再追下去，一旦天亮，努克将军就跑不掉了，白天不是他的。他也一定知道哥哥死了，接下来这个白天里再没有人接着他去打仗，哥哥乔克的战争结束了，以后所有战斗都是他一个人的夜战。他将一夜一夜地率领追赶他的敌人，向遥远的黑勒城奔去。

库的骡子渐渐地落到后面。一队一队马骑兵超过他往前奔。紧跟着驴骑兵超过他往前奔。努克将军孤独的喊杀声渐渐听不见了。整个黑暗大地被马蹄驴蹄声踩碎。

醒　来

卡汗的大军没有追赶上努克将军，他在天亮前的鸡叫声中消失了。黑勒军像突然从一场狂奔的长梦中被鸡叫醒，停住不追了。停住的军队像一大块凝固的夜，让荒野变得更漆黑，只能隐隐辨出骑在马上驴上的人形，驴比马矮，骑驴的人形也矮。

库在土蒙蒙的曙光里，骑着一身水汗的黑丘追赶上来，黑丘奔跑一夜，骨头快散架了，四个蹄子乱摆着穿过木头一样呆立的驴队马队，驴叫马嘶混杂在一起，这头马配驴生的骡子，突然找到驴和马的感觉，她身体中驴的那部分昂叽昂叽叫起来，马的那部分打着响鼻长嘶，结果发出不马不驴的一阵怪叫。

库给汗王请了安，说自己的骡子跑不过马，落后了，请汗王恕罪。

“你的骡子难道跑不过驴吗？汗王派人找了你两次，驴队里都喊着找了，不见你，还以为你溜回家了。”汗王身边的本天门指责库。

本天门从域外带来三万援军参战，他说话的口气自然比别的天门徒都大。但他也不便过多责怪库。库是他的另一个舌头。他说的每一句话，都要库翻译给汗王。每次库把他的话翻译成黑勒语给汗王，他都会狐疑地看一眼库，好像不确定那是不是他说的意思。

在这个说着十几种语言的混杂大军中，只有库能够把各种语言表达的意思准确传递给卡汗，再把汗王的指令和意图传递给说各种语言的人。一个从黑勒语发出的指令，必须由黑勒语分别翻译成各语言，而不能先译成泰语，再由泰语译成丘语，这样一个指令就变成无数个，这无数个指令再翻译回来，就连汗王都不知道说的是啥了，其意思偏差之大就好像早晨赶出去一群羊，下午吆回来变成一群狗一样。

库掌控着整个军队的语言，他还是卡汗的向导，自从进入毗沙地界，行军路线都是听库的。库能说出沿途只有两户人家的小村庄的名字，知道那些很少有人走过的路。难怪卡汗会离不开他，半夜两次派人回头找他。第一次是后半夜时分，部队追赶到一片戈壁上，汗王有点瞌睡了，跑了大半夜的士兵也都眼睛迷糊，辨不清前面隐约骑在一匹白马上的白衣将军是人还是鬼。要是人，怎么老追不上？汗王心里没底，回头问库，部下说库的骡子跑得慢，早甩后面了。第二次是眼看就要追上的乔克努克将军在一片鸡鸣声中突然消失，没有了前面的追赶对象，卡汗惊慌了，不知道自己率领的十万大军身在何处，整个夜晚都是被追赶的乔克努克将军领着他的大军前进，他们穿过大片麦田，穿过许多个空无一人的村庄，穿过许多条河与干沟，在一片几乎没边的戈壁上奔跑到月亮落下，那时候他不用担心方向，前面隐约晃动的白马在指引，乔克努克将军孤独的喊杀声在牵引。可是，乔克努克突然不见了。汗王和他的大军突然失去前进的方向。汗王又一次让手下去找库，只有库能把他的部队从黑夜里带出去。找库的人没回来，库自己赶上来了。

“这是什么鬼地方？”卡汗气呼呼地问库。

“应该到固玛了，汗王。”库看着天上的星星说。

说出固玛时库眼前又浮现出不久前在这里活剥人皮的情景，自己的皮从头到脚一阵揪疼。

其实库也说不出具体位置，四周一片漆黑，他一路看北斗星，知道部队一直在荒野上朝西奔跑，按路程应该到固玛了。

“这么说我们一夜间往回跑了三天的路。”

“是。汗王，我们快跑回黑勒地界了。”

“我的十万大军，被一个毗沙将军牵着鼻子跑了一夜，不知情的人还以为毗沙将军带着我的部队打回黑勒了。”卡汗自言自语。

鸡　鸣

鸡鸣声越过头顶，往西边远去了。天从长着枯黄杂草的地皮上渐渐亮起来，太阳在地平线以下的土里发出光，它升起来还得一会儿。

卫队士兵还在四处张望，寻找消失的乔克努克。库知道他们不会找到。努克将军隐入梦中了。醒来的黑勒大军追不到他封闭的梦里。

卡汗转身对着东方，又一阵鸡鸣声迎面而来。在能看见声音形色的驴眼睛里，细长的鸡鸣如彩色丝绸密织在空中。卡汗看不见鸡鸣的颜色，天门徒们也看不见，但都随在汗王身旁，瞪着眼睛跟他看。库也跟着看，他时刻不离汗王身边，汗王要说话，库得及时翻译给身旁的天门们。

库也是第一次这样认真地倾听鸡鸣，鸡从前方的毗沙城叫起，一个村庄接一个村庄地叫过来，细密的鸡叫覆盖过黑勒大军头顶，被后方村庄的鸡鸣接住，一片一片往黑勒叫过去。卡汗似乎也在仔细感受着越过大军头顶的鸡鸣声。

“老早我就听说毗沙鸡先于黑勒鸡鸣叫，毗沙人先于黑勒人醒来。地处东方的毗沙人开始吃早饭了，西边的黑勒人还在梦里饿着肚子。原先我想象毗沙人每天都比黑勒人早醒来一个时辰，一天天地加起来，千百年里他们已经比黑勒人早醒了多少年，早早把好多事情干完，把好多事情想清楚，黑勒永远也追不上毗沙。现在我不这样认为了，这个时辰我们黑勒人还在安然熟睡，毗沙人却早早醒来逃命了。他们醒来太早，早早把劲用完，现在正是我们气力强盛消灭他们的时候。”

库把卡汗的意思说给域外军首领本天门。

本天门告诉汗王："这里的村庄已经全被我们征服，现在都是您的鸡在叫。"

库把这句话译成黑勒语时，汗王难得地笑了。不知道汗王是否听出来，在已经改了信仰的土地上，鸡还是照常在叫，没有丝毫改变。

鼾　声

人困马乏的黑勒大军就地歇息。天亮起来时，库看见黑勒军正在相距很远的三个村庄之间。十万黑勒军在村庄间的荒野上打呼做梦，鼾声把村里人全吓跑了。这是离固玛半天路程的三个村庄，一个叫小水村，皇语名字。三天前，库随汗王经过这里时，村庄已归顺了天。本天门的先头部队砍了一半村民的头，刀架脖子上让另一半村民改了宗。现在改宗的村民也吓跑了。天没亮骑驴的黑勒农民军就冲进村子，他们听着鸡鸣声找到每个鸡圈每一只鸡，摸黑把全村的鸡都捉住宰吃了。没跑掉的母驴遭了殃，被饥渴的黑勒骚公驴轮番上。驴算幸运，黑勒人改宗不吃驴肉。羊和牛成了随后进村的正规马骑兵的食物。大军蝗虫一样把三个村庄能啃动的东西都吃光，把村里仅有的一口井喝干，然后把大片鼾声留在村庄间的荒地上。

吵 架

荒睡半日的黑勒军起程往毗沙开拔，昨夜里十万大军在荒野上踩踏出的道路清晰地伸向远方。依旧是本天门的军队打头，随后是黑勒军，卡汗在自己的卫队中间，后面便是其他天门徒的混杂军队和黑勒农民的驴队。驴队的农民不时和域外天门徒的部队起纠纷，告到汗王那里，因为语言不通讲不成道理，就让库去调节。那些域外天门徒军队的士兵，也大半是集合起来的农民，平常乱糟糟的，打起仗来也没章法。但吵架厉害。这会儿为一头母驴的事吵了起来，士兵说母驴是他在夜里捡的，算战利品，归自己。黑勒农民说母驴是自己家的，养了好多年，家里人一样。

旁边围了好多黑勒农民军，那士兵不停地说，说他怎么从深夜里把一头没有人要的母驴牵到天亮，其艰难如同从黑勒牵到毗沙，驴和自己已经过了一夜，他不会给别人的。士兵高亢地说这些话时，黑勒农民军都毕恭毕敬地倾听，因为那士兵说的是念诵天经的语言，农民军不敢对这种声音不恭，就让库把他们的意思翻译给这个士兵。库问那个士兵，你用她没有？士兵说我骑了。她牵着不走，我就从马上下来骑在驴上牵着马走到天亮。库把这些话译成黑勒语，引来一阵大笑。那士兵不知道他们笑什么，眼睛看库。库说，你用了人家的母驴一晚上，看在天的分上，不问你要钱。但是，驴得还给人家。

急　报

部队行到黄昏，后面快马传来急报，说乔克努克将军率领他的夜军已于昨夜冲过渠莎，他骑白马着白衣，手持长剑，无人敢挡，他身后昏暗的暮色里不知道有多少人马。

卡汗听了急报面无表情，部队继续往毗沙行进。

第二天一早，飞马再传来消息，乔克努克将军已冲过西叶。第三天的消息更紧迫，乔克努克将军冲到奥巴，在空荡荡的宫殿废墟中高声喊杀，然后他挥剑直奔黑勒城，他的战马已在漫天星光下踏上奔赴黑勒的大道，沿途村庄的狗和人都听到他嗒嗒的马蹄声，一个接一个村庄的狗追着他的马蹄声狂咬，连片的狗吠声使他的孤独马蹄声变成千军万马的奔腾，一个接一个村庄的驴连夜奔往黑勒报信，黑勒城危在旦夕，守城将军请求卡汗立马回军保卫黑勒城。

消息传到时，卡汗的大军已开到离西昆寺小半天路的一个寺院旁。这些天黑勒军一直行走在西昆寺高墙的影子里，不管仗打到哪，总看见西昆寺浮现在云端的高墙。现在，卡汗的大军，马上就要开到传说中一直挡着黑勒阳光的西昆寺门前了。

库骑着骡子黑丘，一直跟在汗王侧目能看见他的地方。

“我们真的不用回去解救黑勒城吗？”库担忧地看着汗王。

“让乔克努克将军去攻打黑勒城吧，我攻取他的毗沙城，做毗沙的王。”

卡汗斜视着库说。

第十九章　西昆寺

逃　跑

西昆寺西边七个村庄烧成火海。

五天前村里半数人就骑驴跑了。毗沙大军踩起的漫天沙尘已经飘到村子，黑勒军和毗沙军在干河谷决战的喊杀声也传到村子。狗夜夜狂吠不宁，驴一阵一阵接着远处村庄传来的鸣叫往更远处传。狗和驴都叫唤着让人快跑。鸡叫的时辰都提早了，鸡也催人早醒来快跑。

人逃跑有两个去处，城里和山里。往山里跑的驴和人一起上山，山上没树，山前的戈壁上也没树，人光秃秃地跑，跑到山上的石头缝里躲起来，探头看山下动静，有追兵了再往山深处钻，人躲哪，驴躲哪，驴上笼套，不让张嘴叫。往城里跑的只有人进了城，驴不让进城，一伙伙的驴围城墙转，四方城门都紧闭，不让驴进。驴对着城里叫，声音翻过墙头，城里驴听见了又朝外叫。两拨驴鸣在城墙上空碰撞成干炸炸的雷声，把守城士兵的耳朵都震聋了。

聚在城外的驴叫唤够了转头回村里。驴是往回跑的动物，跑多远都知道回家。三三两两的驴回到村里，人扔下的空院子成了驴的家。没逃走的人看见驴回来，在院子里吃草，都以为主人遇难了，不然驴怎么会自己回来呢。看驴的表情又不像是主人遇难的样子。

就在人们犹豫是否逃跑的时候，黑勒大军撤退了。本来黑勒军在白天打败毗沙军，杀了毗沙将军乔克努克，整个毗沙都惊慌了，小道消息还传说国王罗已经投降，全部毗沙人要改信天宗。让人意想不到的是，入夜后黑勒军却突然撤退。传闻被杀的乔克努克将军复活了，率领他的常胜夜军把黑勒军彻底打败。所有村庄的人都看见十万黑勒大军仓皇败退的场面，听见十万大军逃离毗沙的马蹄声，沿途村民甚至组织起驴骑兵从后面追杀黑勒兵。

黑勒军一夜间逃离得无影无踪，村里人都以为没事了，跑到山里的人也试探着往山下走。就在这时，黑勒军又突然出现在眼前。

转头回来的黑勒军扫荡了所有村庄。没逃走的村民被团团围住，本天门的部队负责让村民改宗，不改宗的全家灭口，烧房子。

这些村庄的人，脾气犟得跟驴一样，让当牛做马都行，就是不改宗。好多人脖子伸长长的送到屠刀下，让砍。也有答应改的，头伸过去归顺。

本天门的军队砍光所有不改宗的头，挂在没头的白杨树上。白杨树的头是卡汗的先头部队砍掉的，凡部队经过处，所有白杨树不留头。这是命令。

不改宗的人家全被放火烧着，大火把改了宗的人家也烧着。一时间村子全着起来，七个村庄的熊熊大火映红西昆寺的高墙。

驴车院

驴从火海中跑出来，烧得有皮没毛，往西昆寺跑，寺院北坡的驴车院是驴的一个家，许多驴在驴车院驮过昆门徒。每头驴一生中都有一段在寺院驮昆门徒的日子，这是毗沙民众自愿形成的俗规。人相信驮过昆像的驴能给家里带来福气，如果没机会驮昆像，让昆门徒骑骑，驴身上也会放光，鬼魂不敢附体。

毗沙驴比昆门徒多，骑不过来，就挨家轮，好多驴一辈子轮不上。昆门徒骑驴也挑三拣四。就有送好驴给昆门徒用的。最受欢迎的是小处母驴，院里常有俗家送来的小母驴，供昆门徒骑用。

驴车院聚了一群白肚皮毗沙母驴，一伙一伙站着，对嗒嗒而来的军队毫不惧怕。

看见母驴，黑勒驴队来劲了，骑驴的民兵一下窜到骑马的士兵前面。驴放趟子往前奔，拉不住。这些黑勒骚公驴，肚子下伸出长长一截子，直端端指路，驴和人都硬不过它，得听它的。

库的骡子也一阵小跑，库紧拉缰绳。骡子身体里驴的那一半跟驴队跑。马的那一半不配合，跑几下泄了气。

驴车院大门敞着，黑勒驴骑兵直冲进院子，那些骚公驴也不管背上驮着人，直往母驴背上爬，人、公驴、母驴摞了三层。混乱中驴车院大门悄然关闭，蝗虫般的铁箭从草垛、棚顶、墙头直射下来。

马骑兵赶到时，满院子的驴正追逐交配，地上躺着三百多具黑勒民兵的尸体。

伏击了驴骑兵的毗沙昆门徒全从后门撤进西昆寺。

母驴墓地

三百驴骑兵的尸体埋在西墙外半坡上，驴圈棚清理出来，汗王大帐支在院子中间，卫队驻扎在四周的驴圈里。驴车院不远有一小寺院，昆门徒没跑掉，全自焚了。买生天门劝卡汗住那去，小寺院院墙高，好防卫。再说，驴车院离西昆寺太近，容易遭袭击。

汗王嫌昆寺院不干净。宁住驴圈，不进昆院。

库跟买生天门住在汗王大帐旁的草料房。本天门住自己的大帐。域外天门徒和汗王的对话，要靠库随时翻译。天门徒对着汗王说完自己的语言，就拿黄眼珠狐疑地看库，不知道他的话被库译成了什么。

有骑驴的来报，先头小分队遭到驴车院东边一个村庄的人伏击，牺牲了三十七个人，尸体让狗吃了。本天门请示汗王带自己的军队去洗劫。汗王令屠杀全村，一只狗都不放过。库译给本天门的话是，屠杀全村有罪者，包括狗，天仁慈，原谅归顺者。

结果半村人活下来。

西昆寺

西昆寺的大门用砖从里面封死，黑勒军抬来旁边寺院拆下的彩绘大圆木，一边五十人抬着，一下一下撞击寺门，轰隆的空洞巨响从里面迸发出来，在寺院上空回荡。高墙随之摇晃。撞门的士兵吓坏了，丢下圆木往回跑，被后面的军队堵住。

库仰头看西昆寺的墙头，喉管突然又一鼓一鼓，他努力地压住，不让喉咙里的驴叫跑出来，可是，他管不住自己，身体里一头犟驴在发威，眼睛后面那双驴眼睛睁开了，看见西昆寺上空层层叠叠的声音的昆塔在震颤中纷纷塌陷，又很快复原起来。更加强大的诵经声从里面护住院墙，在高处垒造昆界。黑勒驴和马都仰头看。在能看见声音形状的黑勒驴眼里，西昆寺上空出现层层叠叠的寺院和塔，这跟黑勒桃花寺天门徒诵经时，天上呈现的声音的形是一样的。在黑勒驴耳朵里，毗沙昆门徒跟黑勒天门徒的念经声音没有区别，声音都往天上走，都在半空塑造起层层叠叠的塔。

条　件

库转到德昆门领他和谢出来的门洞，门洞也从里面用砖封死，扒木门缝看，突然觉得眼睛后面一双驴眼睛也在看，喉咙一鼓一鼓就要发出驴鸣，库努力克制着，不让那牲口奔跑出来。三年前的秋天，库牵着谢从这个门洞出来，那时他并不知道自己要牵着一头皮毛下刻着昆经的小母驴到黑勒。德昆门让他护着小处母驴，千万别让公驴爬了，他还以为拿她去讨好桃花寺买生天门呢。

库嘴对木门喊，声音碰回来，啪啪扇在脸上。

又转到封住的大门处，仰头对着高墙喊：我是库，有话捎给德昆门。声音爬到半墙高落下来，又喊几声，喉咙突然暴胀开。

“昂叽昂叽昂。”

一串驴叫控不住地冒出来，直往高墙顶上蹿，眼看蹿到墙头，哗啦啦跌落下来，库也一屁股瘫坐在地上。骡子黑丘瞪眼看着库，嘴唇一翻一翻，身体里驴那部分要跟着叫，嘴张歪了没叫出声。

旁边的士兵全惊讶地看着库，不知道他用什么语言在往里面喊。士兵都知道库是桃花寺有名的诵经天门，又是汗王身边最大的翻译家，脑子里装着世界各地的几十种不同语言。他刚刚喊出的声音是那么熟悉却说不出是哪国语言。

库又对着门缝里的砖墙喊，这次是毗沙语，那墙仿佛被喊醒，砖头松动了，一块块从里面抽走，出现一个洞。

“快爬进来。”

有人叫他。库对着洞口望，只见好几双眼睛朝外望。库迟疑了一下，手臂刚伸进去，被里面人抓住，连拉带扯拽进去。

库一下从白天掉进夜里。外面是半下午，寺里的太阳早落在西墙外，天上密布着黑黑的乌鸦群。

寺里挤满人和毛驴，附近村庄的人和驴都躲进寺里。领他的昆门徒认识库，称库师傅，说自己早年常听库在寺院讲授各种语言。

昆门徒扒开一条窄窄的人缝往前走，还是前年德昆门带他走的那条石板小道，昆塔周围围满了人，都安安静静。天上的乌鸦也安安静静，只是翅膀在动。

德昆门在后院接见库，三年前德昆门就在这里将小母驴谢的缰绳交到库手里。

“你的小母驴我完好无损捎给黑勒桃花昆寺买生了。”

德昆门点点头。

“不过买生天门已做了桃花大天寺的天门。”

德昆门点点头。

“你没告诉我驴皮上刻有昆经，否则我死也不敢牵着她穿过天门徒所占地区。”

德昆门依旧点头。

“他们把毛驴闷死，毛烫了，皮子完整剥下来，皮上的经文比写在纸上的还清晰，好像活的一样。他们都给驴皮上的昆经行了礼。买生让人把驴皮埋进沙漠里。买生说那是部好经，他不信昆了，不念这个经了，以后还有人信，有人念，留给后人吧。”

德昆门重重地点了头。招呼人拿来两锭银子，交给库。库迟疑一下，还是收下了。

“我知道卞汀派你来劝我改宗。从黑勒到毗沙，你一路上都在干这个活，我们早听说了。被你劝改宗的一些村民，有逃到我们这里的，他们说你是好人，让他们先应承了，把头保住。他们活下来，才有机会再信奉昆。不过，你就不要劝我们先把头保住了。”

库对德昆门点点头。

库本来有话要说给德昆门，却突然觉得没什么可说了，只是眼睁睁看着德昆门，他想听德昆门说话，他知道德昆门再没机会说话了。

“我提三个问，你捎给卡汗。”

德昆门仰脸望着竖满了塔尖的上空，库也跟着望上去，当年谢的那声驴叫又轰鸣在脑子里。

德昆门一字一句的话语像从塔尖落下的瓦砾。

“一、 毗沙人耗千年精力修建了诸多昆寺昆塔，我们改宗信天后，它们可否幸免于难？

“二、我们修昆千年，改宗后修昆的功德可否转到天那里？

“三、我们可否依旧用毗沙语说话？

“卡汗答应了，我们全体改宗。不答应，我们全体自焚。我等到最高的塔尖上看不见阳光，你的回话还不到，我们就不等了。”

德昆门说完，给库行了昆礼。

库也回了礼。

“不”

库像进来时一样，头和手臂先钻进墙里，后面有人使劲推他的双腿，墙洞塞得满满，他被硬塞进去，感觉墙洞比进来时深许多，自己被卡在里面出不去了。这时，库的手和衣领被人拽住，他被硬拉出来，从头到脚全是土。

库急着见卡汗，走几步回头看一眼墙顶，快到驴车院大帐了，高塔的尖露出来，夕阳彤红地驻留在伸出墙头的唯一塔尖上，太阳已经偏往大帐后面，士兵和战马的影子长长地拉了一地。西昆寺的时光不多了。

汗王跟本天门在帐内议事，库向汗王施礼，又向本天门施礼。

库用黑勒语向卡汗陈述了德昆门提的三个条件，卡汗的回答是库早料到的，他几乎不假思索地说了三个“不”。

着　火

库从大帐出来时太阳已落了，西边天空布满奇形怪状的晚云，西昆寺高墙阴暗下来，伸过墙头的塔尖还亮着，落日余晖还迷恋在昆塔金顶上。库注意到金顶越来越亮，亮得耀眼了，这才清楚那不是阳光，而是寺院内烧起的火光。

“寺院着火了。嗷嗷。”

黑勒军呼喊起来。人马驴骡子全朝高处看。

倒　塌

西昆寺像一个巨大烟囱向天喷吐烟火，赤红的浓烟在渐渐暗下来的天空中幻化出一尊巨大昆像，它的头在看不见的星云里，身体端坐在高墙顶上，周身又幻化出无数昆像，那些燃烧的雕梁画栋和彩绘门窗的烟，在空中绘画成梁栋和门窗，坐化昆门徒的烟幻化成各自的样子，每一种语言的昆经燃烧的烟，幻化出不一样的景象，经卷在描述昆的样子，经卷的烟描述经文的样子，所有语言都是烟，一种东西在内心燃烧过，变成语言的烟，烟描述烧过的东西，那些昆像不断变化、组合、吞噬。

星星出来了。星星和月亮装饰着烟火塑造的幻化昆界。

墙内传出轰隆隆的巨响。高塔和寺堂倒塌的声音，在整个夜空中剧烈回响，仿佛云被烧疼了在天上打滚。

“我要让全毗沙人看着西昆寺烧毁，看见他们心中的昆倒塌。”

卡汗说这句话时，高墙里面正传来一阵阵巨大的倒塌声，那些屋顶大梁藏经阁在接连倒塌，每一声倒塌都使火焰轰地蹿高，滚滚浓烟好似把天庭都熏黑了。

火从夜里烧到白天。卡汗的军队一直围着冒烟的西昆寺看。所有驴和马仰脖子看。库和骡子黑丘也看。在能看见声音形状和颜色的驴眼睛里，一座空中的天庭正在轰隆隆塌落。

黑勒军笼罩在高墙和浓烟的双重阴影里，西昆寺的高墙被里面的大火烧烫，黑勒兵像围在一个巨大的火炉边，被烤得脸通红。

库感到不妙，想提醒卡汗，把军队后撤几里，又没吭声。

半中午，空中突然传来开裂声，库见寺院高墙从顶上裂开，朝外倾倒过来，地上一片惊叫，围寺的军队慌忙后撤，库只感到一个天大的黑影从上盖下来。

“墙要倒了，快跑。”

卡汗由卫兵护着调转马头跑起来，库赶紧骑上黑丘跟着跑，边跑边回头望，西昆寺的西墙从顶上分裂开，像一片天斜倾下来，东墙南墙北墙也朝外倾倒下来，像一朵怒放的四瓣莲花。库觉得自己跑不脱了，他的骡子比马慢，身后比他更慢的步兵惊慌成一窝蚂蚁。

库突然一勒缰绳，黑丘沿一条羊道朝北跑起来，倾过来的高墙把天遮黑了，库只觉得黑在迅速地往下压，骡子吓惊了，扯展蹄子奔起来。

身后一声巨响，巨大的气浪把库从骡子背上掀下来。他的世界瞬间黑了。

过了很久，仿佛一辈子都过去了，库费力睁开眼睛，眼皮上压了厚厚的土，头上身上满是土，土还在落。离他不远处站着蹲着躺着一堆土人，有的刚从土里钻出来，有的抱头呻吟。库认出卡汗和他的大青马，侍卫正帮他打衣服上的土，他要尽快从一身一脸的尘土里露出汗王的尊容。

库摇摇晃晃朝那边走，脚腕突然被一只土里伸出的手抓住，回头见一个半露的头顶，赶紧蹲下扒开土，一张不认识的脸露出来。

跑远的士兵呼叫着拥过来，在砖头和尘土里往外扒人。黑勒军一半埋进倒塌的高墙下。土里到处是人的喊叫和呻吟声。

库在渐渐清晰的空气里，看见黑丘站在不远处，回头望他，那眼神像谢在固玛的战场上望他一样。

这时库才看清楚，倒塌的四堵高墙在地上铺展成四条宽阔的路，朝东南西北四个方向伸展而去。在四条道路的中心，是烧黑的西昆寺的昆塔。一大片。

最高的昆塔立在中央，它的金顶依旧亮闪闪，烟火熏不到那里。

四散的队伍呼地又聚集起来。集合起来的队伍好像一下矮了半截子，好多士兵被砸断腿砸折腰，半躺在地。卡汗和他的军队都被震蒙了，一身土的卫兵还在围着卡汗转，在从飞扬的尘土里把汗王的容颜和服饰清理出来。

黑勒兵踩着遍地砖头拥向寺里。库随卡汗站在厚厚墙体铺成的道路上。

“这就是每天早晨挡住黑勒阳光的高墙，它踩在我的脚下了。”汗王用黑勒语大声说。

库脑子里是译成好多种语言的声音。在库所知的每一种语言里，西昆寺的高墙都隆重巨大地倒塌一次。

一头驴

前面报回的消息说西昆寺里没找到一个活人，也没见一个死人，只有寺中间站一头母驴，背上驮一捆黑勒语昆经，包裹昆经的麻布上写明是黑勒朝数十年前付巨资让西昆寺转译的昆经，早译好了，因为两国一直打仗，加上黑勒国人不再信昆，就一直留着，原想毗沙军再打过去的时候，带着译好的昆经过去，没想到黑勒人打过来了，就拜托这头驴把经卷交给汗王。

“经卷呢？”汗王问。

“扔火堆烧了。”

“那头驴呢？”库问。

“一起扔火堆里烧了。”

昆　经

库随汗王进入满是焦煳味道的西昆寺，果然没有看见人和驴，早年库在西昆寺做翻译时，就听说西昆寺下面在挖洞，西昆寺的门徒早就准备了三条路，一条通天庭，一条去街市，一条入地下。地下的路通到昆山，从那里有一条朝上的密道，一直通往昆音不绝的蕃。

库曾经穿过的一间套一间的译经院变成一片烧黑的墙圈，主殿墙体还在，坍塌的屋顶压在殿堂内巨大的黄金包裹的昆像上，烧化的金箔流淌在昆脸上，旁边的藏经阁还在冒烟，那是千万卷昆经的烟，浓黑地翻滚着，汹涌升腾，仿佛一场最后的念诵。

库脑子里满是那头驴背上的昆经，应该是八十七卷，库参与过其中七卷的勘校。有好几年库就住在西昆寺，校对昆门徒翻译的昆经。西昆寺一间挨一间的矮小房子里住满了来自世界各地的译经师，同一部昆经，要两个人背对背翻译，译好了相互对照。

给黑勒翻译昆经是西昆寺早些年接手的一个大活，那时黑勒人还都信着昆，黑勒国出重金请西昆寺翻译八十七部昆经，从毗沙文译成黑勒文。

译经时间要八十七年。翻译到第二十三年时，黑勒国在新国王带领下全体改信天宗，消息传来后西昆寺的译经并未停止。众多昆门徒从黑勒逃到毗沙，西昆寺的昆门徒增加了一倍。逃来的昆门徒捎来被迫改宗的黑勒昆门徒的口信，希望毗沙昆国出兵救难。

那时西昆寺的高墙已经快修到顶了，关于西昆寺高墙挡住了黑勒的阳光，黑勒国发誓要推倒西昆寺高墙的传言，也早已由这些昆门徒不断捎来。给黑勒译经的工作未停下，西昆寺高墙的修建工程却停住了，原因之一是墙已经顶到天，原先只想修高墙挡住驴叫，现在连远在沙漠那边的黑勒的阳光都被挡住了。原因之二是国家要打仗了，国王命令所有无关战争的体力活都停下，国家的劲再不能耗在只为阻挡驴叫的高墙上。首次出兵攻打黑勒的战争，就是从西昆寺高墙下出发的，毗沙军声势浩大行进在西昆寺朝西铺去的长长影子里。

墙

打了这么多年仗，许多人都忘了为啥打这场没完没了的仗。只有库还记得，两国开战的最初原因，就是黑勒人听说远在东方的毗沙国修了一堵顶到天上的高墙，目的是要挡住黑勒的太阳，让黑勒人每天上午都在一堵墙的影子里度过。这个只有影子的高墙，被国王在宫廷里说，被天门徒在天寺里说，大街小巷的人都在说。毛驴的叫声里也全是这个高墙的事。库的师傅那时候每年去几次黑勒，他带来的消息让毗沙人觉得可笑又不可思议。黑勒人每时每刻都处在对毗沙的仇恨中。民间早已传开黑勒要建造一堵更高大的墙挡住毗沙城下午的太阳。

“毗沙人让我们照不到早晨的太阳，我们就让毗沙人照不到下午的太阳。让毗沙国早早天黑，让毗沙人啥事都干不成天就黑了。”

黑勒国王没有愚蠢地去修墙，国王认为垒起一堵高墙花的力气远比推倒一堵墙大得多。于是，推倒毗沙西昆寺的高墙，便成了黑勒人最初的作战目标。

战争就这样打起来。第一仗是毗沙人攻打黑勒，因为黑勒人老喊叫着打毗沙，老不来打，毗沙人着急了，便主动攻打到黑勒城下，竟然破了黑勒城。

打了第一仗，第二仗便免不了。因为死了许多人，国家要报国仇，家庭要报家仇。反正以后的战争跟高墙没关系了，谁也说不清为什么在打仗。

第二十章　麦　田

尘　土

战败的毗沙兵溃散在野地，都朝毗沙城跑。黑勒军紧追不放。整个荒野和田地成了路。人、马、驴踩踏起的尘土朝天上飞扬。在高处看一大片尘土追逐另一大片。这是谢附在库身上看见的。三年前库骑着谢遭遇的那场混战一直留在心里。那是谢第一次看见人头满天扔，飞到天上的头把遍地的魂灵吓坏了。现在库骑在骡子上，谢的魂倒骑在库背上，眼界一下高了。人说骑驴看见的跟骑马看见的不一样。骑驴上跟骑马上想的也不一样。骑人身上又怎么样呢？谢现在就骑在库身上。

遍野的鬼魂被惊醒，拖尘带土往上逃，逃到白杨树梢停住，尘土也在那里停住，白杨树都没有了梢，秃头的白杨树上空只有尘土。飘起来的鬼魂就蹲在一粒一粒浮土上，眼睛看下面的人群马队。

觉用妥的眼睛远远看见毗沙城。看见遍地奔逃的毗沙人。他们被一场一场的战争打回老家。觉也到家了。他的家在栏杆村。那里也不是他的家了。在那个白杨树被砍了头的村庄，他的母亲、妻子、儿女，都已化为灰烬。他们的魂还在尘土里，在一声声的狗吠和驴叫里，在母亲呼喊孩子一样的阵阵风声里。觉想着这些时，感觉失去的一切都在空空满满的风里，它们在回来的路上，自己也在路上。

麦　子

正是麦熟季节，大片焦黄的麦地空无一人。马骑兵浩浩荡荡从麦田践踏过去。驴骑兵绕开走，驴蹄不践踏麦子。库的骡子也不践踏麦子，跟驴队后面，绕着走。

逃跑的毗沙兵看见麦田愣住了，丢下刀往农田里跑。意思是我不打仗了。你也别打我了，我要收麦子了。

这怎么行呢，你的仗打完了，你打到家乡了，我的仗还没完。

黑勒兵追杀到麦田。跑进麦田的毗沙兵拿起镰刀就割麦子，他们不要身后的战争了。可是战争还要他们。追进麦田的黑勒兵看见丢了刀的毗沙兵拿起镰刀旁若无人地割麦子，身后的马蹄声喊杀声好像跟他们没有关系。黑勒兵砍了一个割麦子的，前面的头也不抬，自顾自地挥着镰刀。那些毗沙兵的头，就在投入地低头割着麦子的时候，一个一个血淋淋地滚落到地里。这情景就像几年前在奥巴，拜天的黑勒人头也不回地任毗沙兵宰割，后一排被砍倒了，前一排一动不动，右边的被砍倒了，左边的一动不动，人像长在地上的庄稼不惧收割，毗沙兵砍着砍着不敢砍了。黑勒兵也突然停住，这些像成熟的麦穗一样低垂着任他们砍杀的毗沙人头令他们发怵。这群东征西杀的黑勒农民，多少年没摸过农具了。麦子黄熟了，扑面而来的麦香把这些农民的软心肠唤醒，他们纷纷下马，夺毗沙兵手里的镰刀，过一把割麦子的瘾。毗沙兵不让，在麦地里扭打在一起。

越来越多的毗沙兵跑进麦地，黑勒大军追赶到麦地。人马驴都不由自主地停住脚步。卡汗也勒马停住，库的骡子在他身后停住。

库以为汗王要问穿过麦地的路。却没有。他看了一眼库，然后指着金黄麦地尽头隐约可见的毗沙城。

“毗沙城墙有多高？”汗王问。

“三头驴摞起来那么高。”库答。

“你们毗沙人说啥都要跟驴扯一起吗？”汗王侧眼看库。

库略微低头，没有作答。汗王的话险些把库胸腔的驴叫唤出来。

“我们已经推倒西昆寺的高墙，毗沙国再不会有什么墙可以阻挡我的大军。”卡汗说。

斜　眼

割倒的麦子腾开一条宽展大道，直通毗沙城。除了无边黄熟的麦地，卡汗的大军再没遇到任何抵抗。

毗沙城城门紧闭，城墙被灰蒙蒙的浮尘糊住，墙根围满了驴，都是不让进城的乡下毛驴。毗沙三十六镇的人都躲避到城里，人太多，没有驴的位置。

聚在墙根的毛驴见逼近的黑勒大军，不惊慌，都斜眼看。马骑兵过去，驴骑兵过来。骑驴的黑勒兵拥进驴群抢夺驴，一人手里牵几个缰绳。毗沙驴不从，拉着不走打着后退。

库的骡子黑丘左眼望驴群，右眼看马队，它身上驴的那一半想冲进驴群，又被马的那一半牵制住。库也有跑进驴群的冲动，他嗓子痒，脖子一伸，还没出声，城墙下的驴先大叫起来，库在飞扬的尘土中看见抢驴的黑勒骑兵纷纷倒地，城墙上如雨的箭镞齐射下来，驴叫声里夹杂着人的一片惨叫声。

驴骑兵仓皇后撤了上百米，跟马骑兵混在一起。

库这才看清城墙上一个挨一个站立的士兵，他们让城墙猛地高了一层，士兵高举的刀枪又高出一层。在已经能看见声音形状和颜色的库眼睛里，林立的士兵和刀枪上面，是更高更绚丽的驴鸣的墙，顶天立地。

割　喉

退到安全处的黑勒兵对着城头高声大喊，十万黑勒人的喊杀声轰地腾空而起。黑勒人想在攻城之前先把喊杀声扔进城里，把敌人镇住。

立在城头的毗沙兵没有声音，一动不动。但库分明听到另一个声音在城墙之上把黑勒人的喊声拦住。那是城墙下丁丁的打铁声和霍霍磨刀声。

库知道毗沙城的铁匠巷子就在西门内的城墙根，两头军队把守，每个铁匠铺前站一持刀军人，监制兵器。

此刻，黑勒十万大军在城外高喊，城上的毗沙军静静的，只有城内一条铁匠巷子的密密打铁磨刀声越过城墙，在空中形成一把声音的巨大弯刀，刃朝西划过去，所有外面的声音被割了喉。

捎 话

城外大小昆寺都空了，黑勒大军占领了城外的拜昆路，库早年经常骑驴在这条路上行走，心里装着各种语言的昆经，他觉得自己像一个倒卖者，把毗沙语的昆倒卖给皇语和黑勒语。又像一个捎话人，在几种语言间来回传话。现在他骑在不驴不马的骡子背上，感觉所有语言里的昆都已经灰飞烟灭。这是他有生之年经历的最大的变故了。

库陪卡汗沿城外的拜昆路绕城一周，卡汗在选择攻打的方位，他最后还是决定从西门攻城，尽管东城门看上去不如西城门牢固，城墙也矮几层，但汗王对东边不放心，他的大军是从西边来的，攻打西城门时，背后是他的黑勒王朝，王朝的力量会在后面助他。而东城门的后面是信昆的沙洲，虽相距遥远，卡汗仍然不放心。

舌 头

捉来两个毗沙人，跪在地上，说要给汗王献上自己的羊群和土地。

“他们在说什么语言？”卡汗不等库翻译便问。

“是毗沙语。”库回答。

卡汗脸色一沉。“把他们的舌头割了。”

卡汗望着身旁的天门徒和将领说：“我们征服毗沙后要做的第一件事是什么？”

“让他们全部改宗。”本天门说。

“这件事在攻破毗沙之日便可完成。”汗王说。

“让他们全部成为我们的奴仆，像驴一样给我们干活。”

卡汗笑了，他难得的笑容只展开一半，立马就收走了，留下一脸的威严。

“我要让说毗沙语的舌头全部腐烂成土。以后从所有毗沙人嘴里说出来的，都将是黑勒语。”

库听到这句话时，舌根一阵生疼，仿佛他说毗沙语的舌头，又一次被割掉。

库大张着嘴，不知道要说什么，怎么说，仿佛他说所有语言的舌头都被割掉，只留下说黑勒语的舌头，他在嘴里找说黑勒语的舌头，怎么也找不着，他一着急，脖子一下伸直，嗓子里有一股倔强要喷发出来。

买生天门看出库不对劲，知道他要发作，赶紧拽了一下库的衣襟。库猛地一仰头，把冲到喉咙的叫声压住，那些声音变成朝腹腔内的呼叫。

“昂叽昂叽昂。”库听见这个叫声往自己身体里喊，轰轰烈烈，把他会说的所有语言埋葬掉，只剩下昂叽昂叽的驴叫。

驴　人

库就在这时感觉到一头驴在胀满他的身体和脑子，他早已知道她在他身体里，他面含微笑，毫不拒绝，任由她的头长进他的头里，耳朵听她使唤，动了动，又动了动，两个动作都是驴的。他看见她透过他的眼睛在看。她的蹄子伸到他脚里，肋骨取代他的肋骨，心肝肺在咚咚咚的心跳里交换。

这一切似乎在一个瞬间完成，他的皮肤撑开，看见那个浑身刻满经文的光秃秃的身体，完全地被他的皮肤包裹起来。他突然想起了人羊，那个在羊身体里活着的人。现在是一头小驴活在他身体里。他知道自己已成了一个驴人。

第二十一章　破毗沙城

消　失

黑勒军队围城到第九天，天依旧灰蒙蒙，上空是漫天浮尘，低空是几十万人马驴踩起的沙土，久久不散。军队在呛人的尘土里发起进攻，库跟随汗王站在大帐前的高台上，军队冲杀到离城门一里时，毗沙城突然不见，眼前一片翻滚的黑云，黑勒军惊慌撤退，撤全三里外，毗沙城又出现在眼前。汗王发令再进攻，大军眼看冲到城下，毗沙城又不见。汗王和库在大帐前看见毗沙城就在那里，可是冲到跟前的士兵看不见毗沙城。汗王震怒，亲领大军攻城，冲到城下一里时，库和国王眼见毗沙城从眼前消失，攻城的士兵全愣在那里，喊杀声停顿在那里。

“怎么回事？”汗王侧眼看库。

库知道这是昆法中的隐术，但也是第一次亲眼看见。

“肯定是城里的昆门徒在作法，汗王可召集天门徒破之。”本天门抢在库前面说，他跟昆门徒打了几十年仗，听说过这阵势。

本天门带领上千一色白衣的天门徒，汇聚到城外。所有人齐刷刷跪地，齐声念诵天经。库随卡汗站在后面的高地上，只听见“天啊、天啊”的念声有节奏地震荡着，声音低沉，像地的声音。全体黑勒士兵也随声齐唤“天啊、天啊”。库只觉得地在抖，整个天空晃起来，尘土唰唰唰震落下来，消失的城墙被一声声地喊出来，先是城墙上端的城垛、举刀剑的士兵，浮在云烟里，接着城墙根和下面的护城渠显露出来。

看见城墙出现在眼前，大军趁机发起攻击，祈祷的天门徒也起身挥刀冲向城门。

这时城又不见了。

念　功

卡汗又侧眼看库，汗王很少直接跟库说话，侧眼一瞥，库便知道该说话了。

“本天门说得对，是昆门徒的诵经声保护着城池。我们一千个天门徒在城外念经时，一万个昆门徒在城里念经，天门徒的诵经声没越过城墙就被顶回来。念经我们可能念不过昆门徒。我们的诵经声像一张巨大的网盖过去时，他们的诵经声像昆塔一样顶起来，我们的声音盖不住他们。”

“你是说，我们的天降服不了他们的昆？”卡汗望着毗沙城消失的地方。

“天至上。天无敌。”库忙说。

“那为何破不了城？”

“昆经在毗沙念诵了千年，尘土都成昆了，风都成昆了。”库低声说。

“我们的天经也会在这里念诵千年。”卡汗说。

一直站在身后的买生天门走上前来，向汗王施礼。

“请汗王给我一万头黑勒黑叫驴，即可破敌。”

“你在蔑视我的十万大军不如毛驴？”

“驴也是您的臣民，汗工。”

卡汗看着盘腿坐在马背上的买生，十年前，他带领军队冲入桃花昆寺时，当时的买生就这样盘腿坐在驴背上，双目紧闭，神仙一样置身于混乱的人群中，他座下的黑母驴也双目微闭，卡汗的军队正是在他面前停住了杀戮。

“给他一万头驴。”卡汗对身后的司驴官说。

驴 鸣

一色白衣的天门徒撤到后面，军队让开一条通道，让驴骑兵赶着万头毛驴开到城墙下。

买生天门指挥人把捕获的几百头毗沙母驴赶进驴群，驴群一时骚动起来，先是公驴追母驴，接着公驴间相互踢打，爬上母驴的公驴被后面追来的公驴一蹶子踢下来，驴群的情绪激昂了。

“昂叽昂叽昂叽。”

库听出买生天门的叫声，他潜入驴群中学驴叫，学得可真像，一声接一声，跟他当年诵昆经的声音一模一样。

库的嗓子也痒起来，血从大腿根往脖子根涌。

“昂叽昂叽昂叽。”

库扯嗓子叫起来，身体一纵一纵，座下的骡子也被唤醒了驴性，驮着库奔进驴群。躁乱的驴群被库的鸣叫声吸引，都扭头看库。库干脆跳下骡背，高叫着狂奔起来，库两腿像驴一样撒蹄子跑，两手像悬空的前蹄朝前奔，驴见了他都躲。

买生天门朝后挥手，一群人“昂叽昂叽”学着驴叫跑进驴群，库的叫声最高最响亮，许多人在桃花寺听他念经，这时突然听懂这个声音了。库也明白是谢在他身体里鸣叫，他认出这个声音了，谢用库的四肢在奔跑，用库的喉咙在鸣叫。

库知道买生天门想干啥。买生学驴叫不如库，他身体里没有一头叫谢的毛驴。库想成全买生。他叫人把谢刻满昆经的皮埋进沙子，库感激他，驴死留张好皮，他给了库也给了毛驴谢最大的面子，库也给他面子。库用谢的激情叫出让所有驴和人都亢奋的声音，一群人跟着库叫起来，所有驴跟着库叫起来，一时间，万头毛驴齐鸣。在能看见声音形状和颜色的毛驴和库的眼里，万道驴鸣的彩虹拔地而起，跨过消失的城墙。

很快，城里响起一片驴叫。毗沙驴奋起还击了。两群驴叫在空中碰撞出轰隆隆的响声，整个天空被驴鸣声映得五彩缤纷。在城外黑勒驴眼里，一座连天接地的天寺穹顶罩住整个毗沙城。而在城中毗沙驴眼里，驴鸣声拱起顶天立地的七彩昆光，一尊声音的巨大昆像端坐在天地之间。

“朝驴叫处杀去。”卡汗命令。

在震耳的驴鸣声里，毗沙城清晰地显露出来。站满城墙的士兵显露出来。蝗虫般飞来的利箭显露出来。

黑勒兵呼喊着冲到城墙下，人的喊杀声自轰隆的驴鸣声下升起。在能看见声音形状和颜色的驴眼里，红色驴叫高高地骑在土黄色的人声上面，一起往城上飙，飙到半墙人声纷纷跌落，剩下驴鸣越过高墙，越过墙头上颤抖的云朵，落进毗沙城。

城池瞬间又消失，爬到墙上的士兵摔下来。冲到墙根的马队停下来。

“往驴叫处冲啊！”

卡汗挥舞长剑，剑锋指处，一座由驴鸣声描绘出的城池，扁的，一只鞋一样浮现在眼前。

在城里鸣叫的毗沙驴，看见黑勒人在攻打他们用声音描述的城。他们疯狂地叫，一座声音的城越升越高，这些蠢驴，活脱脱把毗沙城暴露给了黑勒军。

妻　子

库就在这时听见自己家的驴叫声，在城里那个拴满毛驴的院子里，所有驴都嘴对着城墙高叫，他的小妻子莎站在覆盖头顶的驴叫声下面，她会想到他正在城外吗？他一去三年，没给她捎过一句话。或许她早以为自己死了。

库想着妻子莎时，心里软软的，身体也软软的像散了架，他突然意识到自己连想念的劲都没有了，刚才还活在脑海里的妻子莎的容颜瞬间变成一片尘土，库努力想从尘土中看见妻子的容颜，却连看的劲也没有了，他眼睛不动地对着心里的那片尘土，那是陪伴了一生的这片大地的尘土，他就要被它盖住了，却又看见尘土在浮动，从飞扬的尘土里，隐隐约约走出来一个身影，越走越近。

空

“谢。”

库在万头毛驴的鸣叫声中清晰地听到了谢的叫声，她的声音里没有一粒尘土，干干净净，库知道那是自己身体里的叫声，他本来早就死了，这头附体的小母驴把他的命延长至今，她天真的目光撑开库耷拉的眼皮，她倔强的脾气常常让库挺直脖子，她在里面撑起库早该塌陷的躯体，库甘愿任她奔跑喊叫，用他的喉咙喊出让千万人迷狂的声音，没有人知道，在他生命的最后日子，他的身体里活着一头驴，他用驴力气走完最后的一截路。

“谢。”库没有唤出她的名字，只嘴角微微动了动，像一个微笑，没完全展开便凝固住。然后，库身体软软地往一边倒，旁边的卫兵一手拦住他，像抱一个孩子一样把他从骡子上抱下来，放在地上。

“他不愿看到家乡遭殃。”卡汗冷冷地说。

躺到地上的一瞬，库感觉自己完全变空了。刚才，库满头大汗从驴群里跑出来，被卫兵搀扶着骑到骡子背上时，便感到自己在变轻，仿佛身体里的那头驴跑掉没有回来。库能感到自己在迅速地塌陷，刚才还奔跑鸣叫的那个自己永远地远去了。库无助地张着眼睛，看见满天空五彩缤纷的驴鸣，库第一次看见驴鸣是如此有色有形。库眼睛圆睁，想看见自己刚才的那阵鸣叫是如何灿烂，库仿佛看见了，眼睛一动不动地静止在那里。

已经脱离开库身体的谢，歪着头怜悯地看着自己曾经的宿主仰躺在地，谢的魂拿嘴蹭库的脸，又蹭肩膀，像她在奥巴、在固玛、在他们一起赶赴黑勒的许多个荒睡野外的清晨，她醒来，拿嘴蹭还在梦中的库。

库的魂在那一刻睁开眼睛，仿佛从一个长睡里醒来，看见自己往满是驴蹄印的沙漠里跑，后面是黑乎乎的追赶他的人，跑着跑着他突然发现自己长出了四个驴蹄子，他放趟子奔跑起来。

捎　话

库死于毗沙城攻破的那一刻。他是在这场漫长的战争中老死的，享年七十一岁，跟他师傅活了一样长。谢在库的死亡里又一次看见自己的死，上一次是在桃花寺后院，被人拿热湿布闷死，剥了皮。这一次是在比一座寺院更幽深的一个人内心里。

在库临死前的模糊时间，他的嘴已经僵住不动，喉咙里却咕噜咕噜说着谁也听不懂的语言，汗王身边的大小翻译没一个听懂库说的话。卡汗让他的翻译仔细记录下库的话，他想知道这个会说天底下所有语言的人最后的遗言。

只有库心里清楚，他说着早已死亡的自己家乡的语言，那是他三岁前说的语言。在他被平放在地上的一瞬间，他早已遗忘的三岁时的生活全部回来，他被皮贩子当成一张羊皮装在车上带到黑勒，倒卖给驴贩子，师傅买驴时顺便把驴背上的库买来，然后一路走到毗沙。整个毗沙城只有他和师傅会说这种早已死亡只被某个偏僻村庄的人最后在说的语言。后来师傅用许多种语言把他家乡的话语埋藏了，他再记不起那些话，他的家乡在遗忘中死亡了。现在，那些他早已忘记的语言在脑子里复活，他在冥冥中听见有人说："用你最早的母语把以往的生活说一遍。"仿佛是对谁的一场交代，在世间的这一趟差事做完了，给谁交个差。他一句叠一句，一段叠一段地说起来。他被贩卖到一个陌生语言地区，他学习各个地方的语言，其目的就是想有一天找到自己家乡的语言。可是，没有一个人说他家乡的话，他向所有说外地语言的人说的第一句都是家乡话，所有人都摇头。

他一开始记忆父亲母亲哥哥妹妹的相貌，后来相貌模糊了，就记他们的名字，名字可以一直记住，他经常在无人处用家乡话自言自语，用家乡话说他来到毗沙，后来他逐渐听不懂自己说的话，他就反复说家乡的麦子、羊，最后他用家乡话记住这些东西的名字。再后来他就不认识这些词了。当他用家乡语说出羊这个词时，他会怀疑地停住。世界上有一种这样称呼羊的语言吗？他有关家乡的记忆像一个梦一样飘起来。现在，这个记忆回来了。仿佛家乡让他往异乡捎话，他花了一辈子时光，没走到一个接收家乡话的地方，没遇到一个听懂他家乡话的人，他早已捎丢的家乡话，突然地全拾回来了，他把那些话，全部说给了自己。

“或许是他自己创造的一种语言。”翻译不住地摇头。

“他喉咙里咕噜的似乎是驴叫。”抱他下来的卫兵说。

“我也觉得声音熟悉，就是没敢往那方面去想。”翻译也说。

库的声音从喉管深处经过已经僵硬的舌头，断断续续地发出来，确实像有气无力的驴叫声。

“他或许不屑于用人的语言跟我们说话了。这个假天门，临死了嘴里全是驴叫，没一声‘天啊’。他注定要下地狱。”本天门说。

天　庭

就在身边的人还在议论库说的话时，库的魂已经离开。

妥觉发现库剩下一个空躯体，还在出声，但魂已经走了。妥觉乘着那个有气无力的驴叫悠地升起。库的魂早在自己的叫声里升起，升到半天空突然停住，那声由库发出的驴叫短半截子，搭不到天庭门槛上。库想起小时候爬梯子上房，爬到头梯子短半截，够不到房顶。长大后他经常做这个梦，他在爬一架很高很高的梯子，梯子斜搭在墙上，摇摇晃晃，一格一格往上爬，快到房顶了梯子短半截子，人恐怖地悬在那里。现在他又回到以前做的那个梦里。他摇晃着就要掉下去，突然从下面的广袤大地传来大片驴鸣，库的魂看见地上的驴鸣像白杨树林一样茂盛地往天上生长，那些摇曳的白杨树梢已伸到天庭门口，被砍掉的白杨树全长出了头，许许多多的鬼魂攀升上来了。库的魂也被大地上的茂盛驴鸣托举到天庭。

妥觉见库的魂先一步到达天庭门口。妥觉挤过去和库挨着。这个可怜的人，他把生前的事都忘了，不知道附在谢身上跟他一起到了黑勒的鬼魂妥觉，又在谢死后附在他身上来到毗沙，他们一起到达天庭门口了。

妥觉没看见谢的魂。驴不进天堂，这个鬼都知道，驴的天庭在地上。

妥觉多么希望库的魂能扭头看他们一眼，现在他能看见身首被皮条缝合在一起的妥觉了。可是，库的眼睛直直看着天庭里面。

妥觉也跟着看。

妥觉又一次看到几年前的那一幕，天庭朝上的台阶上走着这场战争的所有阵亡者，他们不分彼此，手牵手，兄弟姐妹一样，往天庭的祥云里走。刚刚战死的乔克将军也在里面，向门口的库招手。一支涂红的毒箭向他射来时，他的魂便惊飞起来，魂看见涂红的毒箭头直对将军的印堂而来，将军也看见了，一动不动，嘴角微笑，像迎接一位远道的客人，魂被主人的举动惊骇，他打了几十年仗，经历无数刀林箭雨，没有一支箭能射中他，这支箭头似乎也偏差一点，将军看出它不准，可能会射到眉毛和眼角，他微微动了一下，让箭头正中印堂。魂惊愕地看着箭头射入印堂，将军依然微笑着，座下的大黑马感到主人中箭了，一声长嘶，魂在那声马嘶里升天了。

将军的魂在天庭里说说笑笑时，留在世间的躯体被剁了头，挂在毗沙城西门口的拴驴木架子上，躯体则被十万匹马在河滩上踩成烂泥，毗沙士兵在城墙上流泪看着将军的头颅。脱身到天庭里的将军依旧威风凛凛，被他宰杀的七八个黑勒士兵满脸微笑拥在他身边，乔克将军保持着中箭那一刻的释然微笑。那个在河滩上战死的自己早丢进忘川，在天庭里，地上的生活反转过来，像一个遗忘干净的梦。他拍着一个黑勒兵的肩膀，还侧头看他脖子上的一道印痕，这个印痕正是他一刀留下的，干净利落，他觉得熟悉，有一点想起来。

库羡慕地看着他们，只有他知道这是乔克将军，叫了那个名字另一半的努克将军此刻在攻打黑勒的路上，他正独自挥剑，一个夜晚又一个夜晚地朝黑勒挺进，也许他早已攻打到黑勒城下，早已攻入黑暗中空荡荡的黑勒城中，他正挥剑穿过一城人的梦，在那里，每个人都躲在自己遥远的梦中，他找不到一个可以举剑对砍的人，人们把他的战争忘了，人们在睡觉。

乔克将军代替他死了，也代替他到了天庭。

捎　话

库想侧身挤进门，加入到他们中间，却被守门人拦住。

“你就是长一百条舌头的翻译家库吗？”

“我用一百种语言吟诵过赞美天庭的经文，难道你没听见过？”

“我听到最多的是凡间的驴叫。人声高不过麻雀的翅膀，又怎会传到天庭？”

“那你怎么知道我是翻译家库？”

“你在地上时每天进出的一扇门，就是天庭之门，我也在那里守门。你熟悉天庭甚于凡间。天庭是你遗忘的一处故乡。”

“我已遗忘了地上的家乡，我想到天庭做翻译。”

库心里的念头一起，守门人就知道了。

“在天庭，人的灵魂是透明的，无须翻译。”

库突然不知道用什么语言往下说，仿佛走到所有语言的尽头，大张的嘴里只有风。

“你回人间去，把驴叫翻译给人听。”

天庭守门人仿佛把库忘了，又突然扭头对库说话。

“我回去也是一个鬼魂，我跟人说话的舌头已腐烂成土。”

“上天让你用驴叫给人捎一趟话。你当了一辈子捎话人，都是把人话捎给人。这趟差不一样，是把上天说给驴的话，捎给人。”

“上天为何不直接捎给人？”

“上天把真言给过人，被人传歪。唯独驴叫没有走形。”

库到过上百个语言地区，在那里，驴叫无须翻译。

“你到地上有人有驴处去，上天要说的，那里的驴会说给你，你再将驴叫捎给人。这是趟苦差，路途要比你从毗沙往黑勒捎一头驴更远。”

库想起在西昆寺，自己问昆门，不是要捎话到黑勒吗，怎么是一头驴。昆门眯着眼睛，说：“把驴当一句话。”当时库不太懂，现在恍然明白了。

“西昆寺门徒把昆经写在活驴皮上，让你捎到黑勒。上天早已将要说的话写在驴心上。你回去用心听驴叫，你能听懂，你身体里已经有一头驴，她年轻有力，会带着你奔跑，鸣叫。你把驴叫捎给人时，人中间属驴的会懂。属鼠、兔、蛇、猪、马、牛、鸡、狗、虎的也会懂。”

库脑子里所有所有的驴叫变成话，一句摞一句，一段摞一段，一片摞一片地垒起来。像他小时候跟师傅到西昆寺读经，他仰脸看一部部摞到屋顶的昆经。现在他看见摞在天地间的驴叫。

妥 觉

库看见天庭大门的轴在转动，刚才还挤在门口的鬼魂在咯咯吱吱的关门声里一下都不见了，门外剩下库孤零零一人。

库在徐徐关住的天庭门缝里，竟然看见在固玛战场上被皮条缝错了头的那个身体，库开始不知道这个搞错身首的鬼魂一直附在谢背上，跟着他们到了黑勒，他骑在谢身上时，常常感到后背阵阵凉气，他也注意到谢常常扭头看背后，眼神阴阴的，他装糊涂不往鬼那里想。谢死后，他们又一起附在自己身上。他活着时的这些事，像一个梦飘远了。库仔细看那人的脖子，已经没有皮条缝合的痕迹。那人也看库，向库挥手。那是一双黑勒人的眼睛和一只毗沙人的手，已经结合得像是一个人了。

破 城

突然一阵驴叫声传上来，库才意识到自己的耳朵口一直对着地上的毗沙。千万头毛驴的叫声在他耳朵里绘出一片鞋状的毗沙城。

在天庭守门人的耳朵里，毗沙城的形状曾无数次地被驴叫声描述，在寂寞夏天的夜晚，月亮在高处叫，一张鼓圆又扁的嘴，月光四处流淌，驴听见月亮的叫声，驴就叫起来，毗沙城角角落落的驴都叫起来。驴伸长脖子的鸣叫声直接到了天上，吵不醒地上一个人，一条狗。大片驴叫声像朝天惊飞的大鸟。

库一扭头，地上的驴叫声瞬间反转到天上，库听见那每一声都在说地上和天上的事情。

库还未变凉变硬的身体躺在城外的战场上，身体最后的一丝温度让他的魂牵肠挂肚。他想等一等，等到身体彻底地冰凉了，魂亦凉凉的，无悲无喜。

库知道毗沙城破了。人的声音在这里听不见。城破的声音应是最惨烈的。但这里听不见。无论黑勒人还是毗沙人的声音，都像尘土扬起落下。毗沙语的声音被镇压下去。现在该是毗沙的驴在叫，黑勒驴也叫。黑勒的一万头公驴拥进毗沙城。黑勒驴在攻城的关键时刻立了大功。城破后驴和军队一起冲进城。人沿街追杀人，破门闯户抢夺财物、女人。驴找驴。公驴找母驴。白肚皮的毗沙母驴，天底下的驴都想日。多少年来，黑勒公驴发情时嘴都对着毗沙叫，现在终于冲进了毗沙城。

毗沙母驴不躲不跑，任由黑勒公驴撒野。毗沙驴知道毗沙人被打败了，听见黑勒驴在城外叫的时候，毗沙驴就感到了危机。

“以后我们的后代会变成灰色。”

“灰驴也是驴。”

“是。黑勒人也是人，是人就离不开驴。”

驴交头接耳。这场人和人的战争，驴本来没参与。但是，攻破毗沙城的战争驴立功了。驴被人骗了。毗沙城外的驴鸣引得城里的毗沙驴大叫。毗沙城的形状被驴叫描绘出来。驴不知道。人看不见声音的形，却能听见声音的方位，整个毗沙城里的驴叫声，把一只鞋一样的城墙轮廓暴露在黑勒军面前。

这时候满街跑的应该都是黑勒公驴，人已经不跑，死的死了，活的躲起来不动了，街上横七竖八的死人直绊驴蹄。驴怕死人的鬼魂上身，躲着跑，绕着走。墙头、树梢、昆塔上蹲满了鬼魂，都等驴过来。世上的魂都认驴做登天阶梯。驴叫最有劲，那架声音的天梯直接送魂到天庭门口。白杨树的生长也能把魂送到天上。黄昏炊烟、月光下突然的花开、旋风和彩虹，也能把魂送到天上。昆门徒的诵经声也能抵达天庭。现在不会有昆门徒的诵经声了。魂最不愿附在人身上。人的喊叫奔跑都不能帮魂上天。魂只有靠人的梦。人有飞升到天上的梦。人在梦里的眼睛看见魂。人在梦里时同时在天堂和地狱。

降　生

此时库的躯体躺在喊叫声渐远的毗沙城外，他断了的气被一头伸长脖子大叫的黑勒公驴一口接上，那驴放声鸣叫的腔调一下不一样了，变成了库以往的激昂吟诵。库的魂也瞬间倒骑在这头年轻的大毛驴背上，这驴有了感应似的突然停住，所有驴和人往城里冲，这头驴掉头往外跑，库的魂脸朝后，看着一群群的人和驴吼叫着拥进毗沙城门。城外渐渐地空旷了。

那驴一直跑到库的身体躺着的坡地上，在那里，端端正正站立着一头小黑母驴，库的魂一下认出了她。

“谢。”库的魂叫了一声。

她眼睛眯眯地看着公驴的背。

那个叫谢的小母驴已经转世，她会不会记得前世里跟库的一段情呢？

小黑母驴甩了下头，给大公驴丢了个媚眼，然后，扭着圆鼓鼓的屁股跑起来，大公驴跟着一阵小跑，来到河边树林里的一个大院子，一个小孩正在驴圈里出生。

“生在驴年了。就叫他库。”

库听见里面说话，听见他们叫“库”的一瞬间，突然什么都不知道了，仿佛自己看着自己消失了，却又明明白白地知道自己在世间的另一场生活已经开始。

以后的情景是那头小黑母驴看见听见的。

“一转身就不见了，你个小骚货，那边在打仗不知道吗？还缠了头大公驴回来。”女主人的声音。

"谢，快过来看，你的新主人出生了。"

叫谢的小黑母驴乖巧地走过去，头探进驴圈，一个光溜溜的孩子正在母亲怀里大声啼哭。

"嗯啊嗯啊嗯啊。"

他的声音惹得那头大公驴跟着鸣叫起来。

"昂叽昂叽昂叽。"

谢也鸣叫起来。

在能看见声音颜色和形状的驴眼睛里，鸣叫声像七色彩虹飞架在天空，叫谢的小母驴眼睛眯眯地朝上望，叫库的男孩不哭了，也目光喜悦地朝天上望。

2017年4月28日完稿

2017年12月11日改定

2018年3月10日修正

我的语言是黑暗的照亮

——《捎话》访谈

刘亮程　刘予儿

好的小说一定孤悬于历史之外

刘予儿：我刚刚读完您的这部小说《捎话》。这是我有幸第二次在时隔一年多后通读全书，几乎比第一次读它时还要紧张。这主要是因为小说的语言。每一句文字的张力都很大，每一句都不敢轻易错过。这部小说的题材与古代西域有关，这是一个什么都有可能发生的地方。您能谈一下小说题材的最初来源吗？

刘亮程：《捎话》故事背景和西域地理历史有隐约的一点关系。但它是虚构的小说，不是历史。小说可以借助历史，但好的小说一定是孤悬于历史之外，一个单独的存在。

刘予儿：这是一部无法形容的小说，也是一部也许要读很多遍才能读懂、读清楚的小说。可以说它是一部荒诞寓言小说，也可以说它是一部惊悚童话，一部超现实主义的小说。也许它还是一部死亡之书。其中具有的神秘的抽象意识流色彩，不同于西方现代小说的意识流描写。同时，整部小说都带有一种梦境色彩。您自己如何界定它？

刘亮程：最真实的文学都仿佛是梦。梦是封闭的时间。文学也是。再宏大的文学作品也是封闭在一个时间块里，它孤悬于现实时间之外。

文学创造时间。当文字抵达时，那个世界醒来，但又不是完全醒来，那块时间里的夜色朦朦胧胧，时间本身也在文字里逐渐醒来，重新安排白天黑夜，安排发生什么不发生什么。塑造一个人物，等于唤醒一个灵魂。一部好小说，必定呈现的是灵魂时间。而灵魂状态如梦如醒。这也是《捎话》的整体氛围。

人想事情时，心里有个鬼在动

刘予儿：关于这部小说的结构安排和叙述方式，第七章和第八章，鬼魂觉和妥两个角度的叙述，是这部小说中很动人的地方。觉和妥到了后半部越来越靠近，他们开始分别向对方回忆和描述往昔。第十章是回到黑勒城的妥的讲述。到了第十七章固玛，觉和妥又开始以回忆的形式互相对话，像兄弟一样越来越惺惺相惜。整部小说故事的推进，是不断交由谢、库、鬼魂妥觉、乔克努克等角色来进行的。妥觉和乔克努克以第一人称的口吻回忆，讲述，但都是由库和谢转述的。而库和谢则是以第三人称来叙述，小说这样安排是出于怎样的考虑呢？

刘亮程：《捎话》只有两个叙述者：捎话人库和毛驴谢。第一章“西昆寺”是驴-人交替叙述，第一节“扁”是毛驴谢的视角，第二节“高”是主人公库的视角，彼此交替，铺垫出故事的大背景。第二章“大驴圈”整个是以毛驴谢的视角在叙述。第三章开始，人、驴自由叙述，有些是主人公库看见的，按人的视角在写。更多东西库看不见，毛驴谢能看见能听见，按驴的思维在叙述。叙述视角转换没有刻意交代，有时前一句是库的视角，后一句很自然地转换到毛驴谢的视角。如果不去关心这种转换，按全视角小说去读，也没问题。在小说人物安排中，驴能看见声音的颜色和形、能听懂人和鬼魂的话、能窥见人心里想什么，“人想事情时，心里有个鬼在动”。人却听不懂人之外的任何声音。这是人的局限。

刘予儿：你真的认为有鬼吗？

刘亮程：我曾经说过“作家都是见过鬼的人”。但我也知道好多作家也不相信有鬼，他们没见过。但这也不妨碍他们写出一个无鬼的世界。

刘予儿：你见过？

刘亮程：看了《捎话》中那些写鬼魂的文字，你不觉得那些个鬼是活的吗？

刘予儿： 那是你文字的到达，让读者信了。

刘亮程： 是通达。人和万物间皆有障，作家写什么像什么，写驴像驴写马像马，那是到达。一般的写作者都可以做到，因为我们的语言本身就具备对事物的描述功能。但还有一些作家，他写草时仿佛自己就是草，写鬼时自己已经站在鬼那里，他和万物之灵是通的，消除了障碍。鬼在人心里。对于写作者，人心之外，并没有另一个世界。鬼魂属于我们的心灵世界。睁开眼睛看不见的，闭上眼睛会看见。这便是鬼。作家要多写闭住眼睛看见的。

每个人心中都有另一个或另几个我

刘予儿： 在这部小说里，我读到分裂的人心，自我精神的分裂，语言的分裂，信仰的分裂。比如妥觉这个身首各异的鬼魂，比如改宗的桃花天寺天门买生，比如为捎一句话而记住又遗忘许多语言的民间翻译家库，还有让我读来惊心的人羊，还有马和驴没有完全结合的骡子黑丘……他们共同营造了一个撕裂与缝合的世界。这样的书写是出于什么考虑？

刘亮程： 小说中写的是战争和改宗给人带来的身体和精神分裂。其实，即使在平常生活中，内心分裂也是人的潜在状态，每个人心中都有另一个或另几个我。至少有一个睡着和醒来的我。乔克努克在外人眼里是一个人，毗沙国常胜将军，但实际上乔克和努克是一对孪生兄弟，他们俩一个在白天，一个在黑夜，从不见面。弟弟努克在哥哥乔克的梦里率领毗沙夜军作战，把哥哥白天打过的仗再打一遍，也让战死的将领再死一遍。而当白天来临，昏睡的弟弟梦见的全是哥哥白天的战争。他们只靠梦联系。这其实是一个人睡着和醒来的两种状态——梦和醒从不相遇。或者说，梦和醒只在文学中相遇。

我们都可能有一个没出生的孪生兄弟或姐妹。我认识一对孪生姐妹，姐姐跟我的一位朋友热恋，每当姐姐和男友约会时，妹妹的身体就会有强烈反应。后来妹妹忍受不了，便去找了姐姐的男友，她每次都把姐姐做过的事再做一遍。她们是在母腹里被分开的两个几乎一样的身体。身体分开了，心在一起，能相互感应。更多的人在母腹里没有被分开，孤独地来到世上。但另一个自己却始终存在，以精神分裂的形式存在，以梦中的我和醒来的我两种形态存在。我睡着时，另一个我在梦中醒来。那是我的孪生兄弟，我看见他在梦中过一种生活，他似乎也知道我在梦见他。如果倒过来想，当我醒来时，我是否也是在他的梦中醒来呢？

刘予儿：人羊的故事让我想到古代的一些酷刑，历史上真有其事吗？

刘亮程：我在前苏联作家索尔仁尼琴的谈话录中，读到过突厥人制造干活奴隶的故事，他们把刚剥下来的羊皮，做成头套，缝在俘虏的头上，羊皮一干，便收缩，紧紧箍在俘虏头上，里面的头发长不出来，便朝脑子里长，时间久了脑子就变得只会听主人的话。人羊也许受这个故事启发。小男孩脱光钻进活剥的羊皮里，羊皮最后长成人的皮，人羊就做成了。这是我最不想写的一段，但写好又不想删了。《捎话》里的人物，几乎全是精神或身体分裂的怪物。人羊是其中之一。

我有悠长的听觉

刘予儿：作为一位作家，似乎您本身就能看到声音之形，并赋予声音色彩。这种独特的对于声音的感知和塑造在《虚土》《凿空》中便多有呈现。在这本书中，借助驴的视角，登峰造极。您为何对于声音如此敏感？在小说中，这种借助声音塑造人间事物的能力，似乎使得作家多出一种语言的调度和使用，也为您的小说创造多出一种独属于个人的途径。您能谈谈其中的感受吗？

刘亮程：我有悠长的听觉。早年在新疆乡村，村与村之间是荒野戈壁，虽然相距很远，仍然能听见另一个村庄的声音，尤其刮风时，我能听见风声带来的更遥远处的声音，风声拉长了我对声音的想象。那时候，空气透明，地平线清晰，大地上还没有过多的嘈杂噪音，我在一个小村庄里，听见由风声、驴叫、鸡鸣狗吠和人语连接起的广阔世界。声音成了我和遥远世界的唯一联系。夜里听一场大风刮过村庄，仿佛整个世界在呼呼啸啸地经过自己。我彻夜倾听，在醒里梦里。那个我早年听见的声音世界，成了我的文学中很重要的背景。

每学会一种语言，就多一个黑夜

刘予儿：在这部小说中，感觉到作为作家您其实不信任语言。“你每学会一种语言，就多了一个黑夜。”小说中反复描写到库作为捎话人对于语言的困惑。语言更多时候是障碍，往往在人心与人心之间制造迷途。语言作为人和人交流的精神介质，反而最具有欺骗性，也最容易走样。因为语言在流通中，是利己的。西方哲学家海德格尔认为：语言即是存在。而在中国的庄子这里，语言和知识一样无用，说出口的语言是不可靠的。在印度的《奥义书》中，语言被描述为火焰，跳动、闪烁而容易灼伤人。尤其以西域大地为背景，语言似乎有了更多的歧义和不确定性。所以库的师傅教导库：只捎话，不捎变成文字的语言。但最终，依然难以将这句话捎到。人们只能用语言交流，而在这部书中，语言却无法沟通人的心灵。作为作家，作为最会使用语言的人，您是否将这看作人类生命的悲哀？

刘亮程：我是作家，知道语言到达时，所述事物会一片片亮起来。语言给了事物光和形，语言唤醒黑暗事物的灵。但是，语言也是另一重夜。语言的黑暗只有使用者知道，只有想深入灵魂的书写者洞窥。

《捎话》思考的是语言。由语言而生的交流、思想、信仰等，也都被语言控制。连生和死也似乎被语言所掌握。说出和沉默，也都在语言的意料之中。语言是最黑暗的，我们却只能借助它去照亮。这是书写的悖论。我希望《捎话》的语言，是黑暗的照亮。但是，我也知道所有被照亮的，都在另一重黑暗里。更多时候，我们只能相信闭住眼睛看见的光明。我希望接近一种冥想中的语言状态。

语言是开始也是结束。《捎话》中的库，很小被贩卖到陌生语言地区，几乎学会所有远远近近的语言，但是，他说家乡话的舌头，一辈子都在寻找家乡的语言。即使他最终知道自己的家乡语言早已被另一种语言征服和取代，但母语仍然在他生命的最后时刻，被已经僵硬的舌头找到并说了出来。

刘予儿：语言无法拯救人。信仰也无法拯救人。最后没有走样的驴叫成了拯救者。这是小说最终的出口吗？作家没办法给出解决办法时，便转而荒诞。这也是人间的现实。读者该怎么看待这一极为荒诞讽刺的处理？

刘亮程：我在《凿空》中写过一群驴，《捎话》写了一头叫谢的小驴。我一直想弄清楚毛驴和人的关系，《凿空》中那些斜眼看着人的毛驴，其实也是现实生活中驴的眼神。我想看懂驴的眼神，我想听懂驴叫。

《捎话》写到最后，懂得几十种语言的捎话人库，终于听懂驴叫，并在死后再度转世，成为人驴间的捎话者。

我构造的是一个人和万物共存的声音世界，在这个世界里，人声嘈杂，各种语言自说自话，需要捎话人转译。语言也是战争的根源。语言消灭语言。人骑在驴背上，看似主人。而大地之上，高亢的驴叫声骑在低矮人声上。驴在声音世界里的位置比人高。在忙碌奔波的人之上，鸡鸣狗吠也在往远处传递声音。塔、炊烟和高高的白杨树，是送鬼魂升天的阶梯，它们也是另一种语言。而所有的语言声音中，驴叫声连天接地。这种未曾走样无须翻译的声音，成为所有声音的希望。

我不是一个对人世的彻底悲观者。人可以从身边其他生命那里看到未来，这恰恰是人的希望。

刘予儿：在《捎话》中，发现您的语言更干脆地撇去了日常的细枝末节，常常直达事物的本质。这些出乎意料的描写，通鬼神的描写，在整部小说中，处处可见。您小说语言的这种讲究来自散文，来自诗歌，但又有所不同。有一个时期，当代小说似乎更重视讲故事的能力。对文学而言，语言文字既是形式也是内容。所以，一个小说家语言粗糙是没有借口的。在您的小说中，您怎么看待语言和故事的关系？

刘亮程：首先，我希望自己不是在讲故事，而是通过故事线索，讲出更多的东西。事实上，《捎话》故事不复杂，在这样一个不复杂的故事中，呈现复杂的情感和意义，而又不丢掉故事，这需要语言的力量，也即语言所营造的世界。

我努力让自己的文字修炼成精，然后用她去书写有灵万物。

为自己的死创造出生，这是我的文学

刘予儿：当我进入这部作品，我仿佛，随着这句要捎的话，随着战争，经历了一场漫长的死亡。在这部小说中，我遭遇的是一场接一场的死亡，群体的死亡和个体的死亡。有几场死亡的细节描写，读来让人皮肤发紧。似乎，书中人物的死亡之疼痛也被传递到我的身上。我开始怨恨您。割头被描写得太多了。到最后，滚落的头颅在驴眼中，如同玩具一般。时而真实，时而戏谑，戏谑和真实始终交错进行。太多死亡的描写反而把战争的残酷消解为游戏了。我在想，这种关于死亡的描写为什么不节制一些呢？从这种角度来说，这真是一部死亡之书。

刘亮程：我的着重点不是写死亡，是写死亡的仪式、尊严，我对死的书写是在延长生。战争造成无数的死亡，战争的结果就是你死我活，打断他人的生命时间。但死亡是什么，这是我着力思考的。当死亡来临，死亡并不是结束，结束的是生，死才刚刚开始，我写了几个漫长的死亡历程，这样的书写是对死亡的尊敬，死亡本身有其漫长的生命，这恰恰被我们忽视了。

刘予儿：书中人物通过死亡学习死亡。一门绝学。记得您曾说过，一个作家必须解决死亡问题。这也是文学要做的事。您如何看待自己创作的这部“死亡之书”？

刘亮程：小说中多次写到“死亡学习”的细节，一个生命在另一个生命的死亡里，学会了自己的死亡。尽管他们互为敌人，但死亡让他们回到同一件事上，敌人和亲人的、他人和自己的，突然中断的生，让人们来到唯一的死亡跟前，死亡的仪式和庄重，成为生命最后的晚课。

我曾在印度参观泰戈尔故居，泰戈尔寝室床头，挂着诗人在这张床上临终前的一张照片，诗人无助地躺在床上，目光空洞茫然地看着前方，我不知道他最终是如何死亡的。但这张照片让我心碎。一个曾有过巨大内心精神的作家，到最后似乎毫无准备，束手无策。我也读到同样是印度哲人的奥修，一生研究思考来世，但当他临终时，竟然哭闹得像一个孩子。他体面妥善地安排了自己父亲的死亡，告诉多少人死亡是另一重生的开始。可是，他自己的死亡无法自我安排。

在我的家乡，在村里，老人们会早早为死亡做准备，提前选好墓地，做好寿房（棺材）等待。尽管死亡来了依旧孤独无助，依旧会有生命最后的挣扎和不顾，但一切早已准备好。

刘予儿：您把死写得这样细致，自己不害怕吗？想说出这句话的嘴也变硬，脑子里突然布满远远近近的路，每条路上都走着自己，都面朝里，往回走，身后的路在消失，前脚刚落，后脚跟就长满荒草，所有的路从脚后跟被收走。创作这部小说，沉浸在对死亡的想象中是什么感觉？

刘亮程：死亡活了。

刘予儿：在您眼中，人人逃不过的死亡是信仰的终极之语吗？您是在通过一场场的死亡，质疑语言、信仰吗？

刘亮程：死亡并不能让我们学会什么。但死亡里有它自己的生。我们把它表述为永生。我在《捎话》中为死创造了无限的生：飞出去的头颅的生、被砍掉的手指头的生、腐烂成土的舌头的生，还有，那些死去的人，在能看见鬼魂的驴眼睛里活着。甚至那些在战场上身首分离的头颅，也以骷髅的形式活着。面对死亡，理解死亡，创造死亡。在《捎话》所创造的死亡里，生命层层叠叠，并不被战争和时间消灭。我们必须为自己的死创造出生。这也是我的文学。

我喜欢写黑夜，我在夜里可以看见更多

刘予儿：在这部书里，有几个词的使用引人注目。小说一开始，毛驴谢"将门外的一切都看扁了"，这是您设定的一个中立者的视野？这是否意味着，一切凡间的、宗教的视野都是有局限性的，是扁的。扁这个词反复出现，连接起不同的意象。有些读者可能会不理解。您为什么要反复构造"扁"这一意象？

刘亮程：民间有"门缝看人，把人看扁"的说法。其实，任

何一个单独的眼睛看别人看世界，都是扁的。《捎话》中的扁，又有了更广的寓意。扁让所描述的事物有了轻盈欲飞的灵魂状态。扁是我设定的毛驴谢所看见的世界。在那里，天国是扁的，死亡是扁的。天空和大地是扁的。所有生命和非生命，慢慢地走向扁。扁是万物的灵魂状态。

刘予儿：除了扁这个词，黑这个词也是在小说中被频繁使用的，只是往往和黑夜融为一体，容易被忽略。黑这个词在小说里是隐性的，我理解为，一个是词语的黑，一个是夜晚的黑，一个是人心的黑，还有一个是隔开人和其他物种的黑。

刘亮程：小说中那头叫谢的小黑毛驴，自己带着一个皮毛的黑夜，和库一起穿越战争。刻在她皮毛下的昆经更是见不得天日的黑。《捎话》最重要的几个战争也都发生在黑夜，或昏天暗地的沙尘中。我喜欢写黑夜，我在夜里可以看见更多。大白天，万物都肤浅地存在着。

刘予儿：另外，读这部小说时，我感觉天上不断在落土。书中有很多从天上落土的描写。记得许多年前，《虚土》的结尾是：树叶尘土。这个词，似乎也被您赋予了特殊意义，在您的文学中，土是物质的，而漫长的尘土似乎是精神的，是一种时间的开始和结束，似乎也是一种由生命连接起来的属于大地的信仰。

刘亮程：我经历的落土天气太多。风刮起的土，人和牲口踩起的土，几乎弥漫一生。落土是这部小说的氛围，战争和忙碌使大地上尘土飞扬，扬到天上的土迟早会落下，但永远不会尘埃落定。

在我的小说和散文中，土是一个时间概念，包含生前死后。生于土上，葬于土下。生时尘土在上，那是先人的土，落下扬起。死后归入尘土，也在地上天上。尘土里有先人寄居的天堂。

捎话的本意是沟通

刘予儿：这部小说里有很多虚构的说法，比如昆门徒、天门徒，但这种虚构又对应着真实。包括文字的虚实相映，整部小说的时空之虚。在想象力到达很远的地方之时，在说“神话”、说“鬼话”、叫出“驴鸣”之时，依然能感受到一种来自现实生活的真实。您怎样看待小说虚构的真实性，或者说，两者如何达成统一？

刘亮程：这样一种在梦与醒、虚与实间自由穿行的语言方式，我在《虚土》中便已完成得非常好。《虚土》写一个孩子，在五岁的早晨突然醒来，看见自己的一生正被别人过掉，那些二十岁的人在过着自己的青年，六十岁的人在过着自己的老年。这样的醒来比睡梦还虚幻，但又真实无比。到了《捎话》，要面对那些信与不信（信仰）、白天和黑夜、鬼与人等等，语言需要悄无声息穿行其间，神不知鬼不觉，却神鬼俱现。

写作者有时也会被语言牵着走，语言有表演欲，有惯性，该停时没停住，滑出去几句，就会败了整体。一个对语言有自觉的作家，知道在哪儿恰当停住。

刘予儿：读《一个人的村庄》是您，《虚土》是您，《在新疆》是您，到了《凿空》这部小说，有一部分是您。但在这部《捎话》中，已经不是您了。

从这部《捎话》开始，您的小说节奏已经完全发生了改变，从以往的散文节奏中彻底脱离出来，形成了一种新的小说气象。《捎话》可以看作是刘亮程作为小说家完成的作品。我相信，散文之名曾经给您的小说写作带来了客观困难。但在这部小说中，您越过了这一困难。您怎么看待这种改变？

刘亮程：我以前的作品，大多在个人经验范围内写作，《捎话》进入纯虚构。一个作家要有虚构世界的能力。

刘予儿：在这部书里，我没有看到人和人最终的和解，我只看到鬼魂的和解，来世的和解。也许，人类永远无法和解。没有任何一部文学作品可以解决人心的和解。文学作品提供不了现实的解决办法。这似乎让人绝望。信仰反而使人拿起屠刀，走向反面，带来愚昧和疯狂。人性利用了信仰，还是信仰利用了人性，似乎，捎话只能建立在死亡中。终极信仰的和解并不在小毛驴谢刻在身体上的经文中。在人们还活着时，这句话却难以捎给人心。

刘亮程：捎话的本意是沟通。贯穿小说的也是不断的和解与沟通。只是有些话，注定要穿过嘈杂今生，捎给自己不知道的来世。那或许就是信仰了。

图书在版编目（CIP）数据

捎话 / 刘亮程著．—南京：译林出版社，2022.4
（刘亮程作品）
ISBN 978-7-5447-9083-3

Ⅰ.①捎…　Ⅱ.①刘…　Ⅲ.①长篇小说－中国－当代
Ⅳ.①I247.5

中国版本图书馆 CIP 数据核字（2022）第 036887 号

捎话　刘亮程 / 著

责任编辑　焦亚坤
装帧设计　朱赢椿　杨杰芳
封面绘画　大唐卓玛
校　　对　张　萍
责任印制　颜　亮

出版发行　译林出版社
地　　址　南京市湖南路 1 号 A 楼
邮　　箱　yilin@yilin.com
网　　址　www.yilin.com
市场热线　025-86633278
排　　版　南京展望文化发展有限公司
印　　刷　苏州市越洋印刷有限公司
开　　本　850 毫米 ×1168 毫米　1/32
印　　张　10.625
插　　页　4
版　　次　2022 年 4 月第 1 版
印　　次　2022 年 4 月第 1 次印刷
书　　号　ISBN 978-7-5447-9083-3
定　　价　65.00 元

译林版图书若有印装错误可向出版社调换。质量热线：025-83658316